W0398243

DE YSMAKERS

ERNEST VAN DER KWAST bij **DE BEZIGE BIJ**

Mama Tandoori

Giovanna's navel

Ernest van der Kwast

MAKERS

ROMAN

2016 DE BEZIGE BIJ
AMSTERDAM | ANTWERPEN

Eerste druk 2015

Zevende druk 2016

Vormgeving omslag Erik Cox

Auteursfoto Keke Keukelaar

Zetwerk Aard Bakker

Druk Koninklijke Wöhrmann, Zutphen

ISBN 978 90 234 9926 8

NUR 301

ernestvanderkwast.nl

debezigebij.nl

Hoe mijn vader zijn hart verloor aan een kogelslingeraarster van 83 kilo

Vlak voor zijn tachtigste verjaardag werd mijn vader verliefd. Het was liefde op het eerste gezicht, liefde die als een donderslag uit het niets komt, een bliksemstraal die een boom velt. Mijn moeder belde me op. 'Beppi heeft zijn verstand verloren,' zei ze.

Het gebeurde tijdens de live-uitzending van de Olympische Spelen in Londen. Om precies te zijn: tijdens de finale van het kogelslingeren voor vrouwen. Mijn vader heeft een satellietschotel op het dak laten plaatsen en kan meer dan duizend kanalen ontvangen. Hij zit hele dagen voor de tv, een prachtig plat scherm, en drukt dan in een constant hoog tempo op de knop van de afstandsbediening. Voetbalwedstrijden in Japan komen voorbij, Arctische natuurfilms, Spaanse arthouse, reportages van rampen in El Salvador, Tadzjikistan, Fiji. En natuurlijk schitterende en glitterende vrouwen van over de hele wereld. De rondborstige Braziliaanse presentatrices, de bijna naakte Griekse showgirls, de nieuwslezeressen wier berichten je, afgezien van de taal (Macedonisch? Sloveens?), ontgaan door hun glanzende, volle lippen.

Meestal zit er zo'n vijf of zes seconden tussen de zenders die mijn vader bezoekt. Maar soms blijft hij hangen en kijkt hij een hele avond en een halve nacht naar de verslaggeving rondom de verkiezingen in Mexico of naar een documentaireserie over de tropische wateren van Polynesië, groen als een edelsteen.

Het was een Turkse sportzender waarbij mijn vader was gestrand. Hij had zojuist met zijn eeltige duim op de knop van de afstandsbediening gedrukt. De Egyptische soap die in vijf seconden zoveel dramatische vrouwengezichten in beeld had gebracht, had hem niet kunnen bekoren. Beppi drukte op de knop die ooit zwart was, toen grijs en nu wit, haast doorzichtig. Toen werd hij getroffen door de bliksem. Op het scherm verscheen zijn prinses: een huid zo wit als room, koraalrode haren, de bovenarmen van een slager. Ze stapte de ring van het olympisch stadion in, hief de greep van de ketting, bracht de kogel omhoog, over haar linkerschouder, draaide één keer, twee keer, drie keer, vier keer, vijf keer, en slingerde de ijzeren bal toen met alle kracht die ze in zich had weg. Een meteoor die de dampkring heeft overleefd en fonkelt en scheert door de staalblauwe lucht van Londen. De inslag, een bruin gat in het meticuleus gemaaide gazon.

Mijn vader liet zijn afstandsbediening vallen. Het klepje aan de achterkant kwam los, één batterij rolde over de houten vloer. De Turkse commentator sprak lovend over de worp, maar de zangerige woorden gingen langs hem heen. De herhaling liet zijn breedgeschouderde ballerina nogmaals zien. Haar pirouette, die steeds sneller ging en eindigde in een korte, maar verbazingwekkend sierlijke buiging.

Het was alsof hij mee had gedraaid. Sneller en sneller. En nu zat hij op zijn sofa, verpletterd en verliefd, alsof híj de kogel van vier kilo op zijn kop had gekregen.

Ze heette Betty Heidler en was de houdster van het wereldrecord, dat ze een jaar eerder met 112 centimeter had verbeterd tijdens een internationale wedstrijd in Halle, Duitsland. Het was een warme meidag; haast geen wind, zonnebrillen, korte mouwen. De atlete liep met vederlichte pas naar de ring met groene netten en wierp bijna terloops een astronomische afstand. De kogel sloeg geen krater, maar stuiterde een paar maal op, zoals de kiezels die kinderen in de zomer over het water gooiden van de nabijgelegen Hufeisensee. Tussen de grote wedstrijden werkte ze voor de politie, een donkerblauw uniform met vier sterren op beide epauletten, het rode haar strak in een knot. *Polizeihauptmeisterin Heidler.*

In Londen wierp Betty Heidler een afstand die goed was voor een bronzen medaille, maar het meetsysteem faalde waardoor de afstand niet kon worden vastgesteld. Het duurde veertig minuten voordat er uitsluitsel kwam. Deze veertig minuten waren als een romantische film voor mijn vader. Zwijmelend keek hij naar de roodharige kogelslingeraarster die steeds weer in beeld werd gebracht, soms bijna in tranen. Haar concurrente, de vlezige Chinese Zhang Wenxiu, had de rode vlag met de gele sterren al om haar brede schouders geslagen en was begonnen aan een ererondje.

'Nee! Niet die Chinees van duizend kilo!' riep mijn vader.

De Turkse commentator was genuanceerder, maar ook hij was van mening dat niet Zhang Wenxiu maar Betty Heidler recht had op het brons. Overigens woog de Chinese atlete in werkelijkheid 113 kilo, maar dat was nog altijd dertig kilo zwaarder dan de rossige slingernimf.

'Doe die vlag af,' zei mijn vader. 'Gezwollen, winderige vleesbal!' En toen Betty Heidler in beeld kwam: 'Niet huilen, prinsesje. Niet verdrietig zijn, lieve, snelvoetige vrouw.'

Het was een epitheton ornans, onbewust opgediept uit het verleden, vijfendertig jaar terug, de tijd dat ik op het gymnasium zat en tot ieders schrik ging praten in bonte bijvoeglijke naamwoorden van de blinde dichter. Volgens mijn vader is daar de kiem gelegd van alle afstand die er nu is tussen mij en de familie. Of zoals hij het graag samenvat: 'Toen is het nooit meer goed gekomen.' Hij werd gek van de epitheta die ik gebruikte: de schoonmanige meisjes met wie ik flirtte, de donkeromwolkte gebouwen die mijn moeder liever niet zag, het wijnpurperen kersenijs dat hij maakte. En nu gebruikte hij er zelf een voor zijn blankarmige kogelslingeraarster.

De regie schakelde naar een reclame voor haarspray. Er kwam een bruid in beeld met een kapsel dat op z'n minst een week in model zou blijven zitten.

'Betty! Kom terug!' riep mijn vader naar het platte scherm, waar haarscherp en in slow motion de spray werd verstoven over de kastanjebruine krullen van de glimlachende bruid. Zijn duim maakte automatisch een beweging, de eeltige, oude duim, de duim die zich jarenlang als een haak om de metalen steel van de *spatolone* had gesloten, de grote lepel waarmee het ijs uit de cilinders van de Cattabriga wordt geschept.

'O, Betty,' verzuchtte mijn vader, zoals vele mannen dezelfde naam ooit smachtend hadden uitgesproken. Betty Garrett, Betty Hutton, Betty Grable. Betoverende actrices, bijna vergeten namen.

De film met de kogelslingeraarster werd hervat. Ze zat op een bankje op het roodoranje tartan van de arena en keek ongelukkig voor zich uit. De commentator tetterde onafgebroken; soms dacht mijn vader namen van atleten te herkennen, maar het konden ook Turkse woorden zijn. Hij wist dat de satelliet talloze andere kanalen had die de wedstrijd ook uitzonden. In het Deens, in het Duits, in het Italiaans, in het Nederlands. Maar de afstandsbediening lag op de vloer en hij wilde niet zappen, hij wilde geen seconde missen.

Zag hij een traan? Een zilveren druppel onder haar linkeroog? Het wás een film en hij moest iets tegen haar zeggen, hij moest haar troosten. Mijn moeder stond in de deuropening van de kleine kamer waar de televisie als een schilderij aan de muur hing. Ze had haar man horen praten en had hem vanuit de keuken geroepen: 'Beppi? Wat is er?'

Mijn vader heet Giuseppe Battista Talamini, maar mijn moeder noemt hem al haar hele leven Beppi.

'Ik hou van je,' zei mijn vader.

Het was twintig, dertig of misschien zelfs veertig jaar geleden dat mijn moeder deze woorden uit de mond van mijn vader had horen komen.

'Wat zeg je?'

'Ik hou van je,' antwoordde mijn vader. 'Ik vind je mooi.'

Mijn moeder zweeg, Betty Heidler had nog altijd tranen in haar ogen.

'Je sproeten, je sterke armen... Ik wil je spieren kussen.'

'Wat is er? Voel je je niet lekker?'

Het besef kwam langzaam. Het eerste gedeelte van zijn antwoord was gericht tot het scherm, het tweede tot zijn echtgenote in de deuropening: 'Je bent de liefde van mijn leven. Ga weg!'

De juryvoorzitter, een vrouw met een brede band om haar mouw, gaf Betty Heidler ten slotte een hand. Langzaam, als ijs dat smelt, verscheen er een glimlach op haar gezicht. Toen volgde ook een omarming. Maar dat gebeurde toen mijn moeder al in de keuken stond, aan haar fornuis, waar een eenzame pan met gehakt pruttelde. Morgen was het zaterdag: *pasticcio*, glazen gevuld met lichte rode wijn, de middag als een vlek die zich uitbreidt. Het was een geheim dat iedereen kende, dat lasagne, net als tiramisu, beter smaakt als je het een nacht laat rusten.

Er waren vreugdekreten uit de televisiekamer te horen. 'Ja! Ze heeft gewonnen! Betty heeft brons gewonnen!' riep mijn vader. 'Ja! Ja!' Toen hij blij als een kind op de vloer begon te stampen en te springen, belde mijn moeder mij op.

In de lente en de zomer belt ze mij altijd als er iets is. Mijn broer Luca is dan aan het werk. Het is een beeld dat mijn geheugen vanzelf aanmaakt: als ik mijn moeders stem over de telefoon hoor, dan zie ik Luca achter het ijs staan in Rotterdam.

Ik ben ook aan het werk, maar kan de telefoon meestal opnemen.

'Waar ben je?' vraagt mijn moeder. Het is steevast het eerste wat ze zegt.

'Ik ben in Fermoy, in Ierland.'

Het blijft een moment stil aan de andere kant van de lijn. Mijn moeder, vierenzeventig jaar oud, moet nog altijd wennen aan de mobiele telefoon. Zelf heeft ze er nooit een vastgehouden. Dat je elkaar overal, altijd kunt bereiken, daar blijft ze zich over verbazen in haar keuken in Venas di Cadore, midden in de bergen. Soms belt ze mij aan de andere kant van de wereld en neem ik met een slaperige stem op. 'In Brisbane, in Australië,' zeg ik dan. De stilte gebruik ik om te focussen op de lichtgevende wijzers van mijn horloge op het nachtkastje. Dat ik altijd ergens anders ben, daar heeft ze lang voor de opkomst van de mobiele telefoon aan moeten wennen.

Ik heb een huis, maar zo voelt het niet. Er zijn geen planten, er staat geen pak melk in de koelkast. Er wordt geen krant bezorgd. Er zijn wel gordijnen en handdoeken, maar er is geen fruitschaal. De Israëlische dichteres Nurit Zarchi schrijft in het korte gedicht 'Vandaag wou ik': 'Moe wil ik op de rand van de wereld gaan zitten, halt houden./ Toch loop ik door, om niet te laten merken/ Hoe kort de afstand is tussen mij en de thuislozen.' De afstand tussen mij en mijn familie is groot door die andere afstand. Kort en klein, bijna nietig, op sommige dagen faalt het meetsysteem.

'Wat voor weer is het in Ierland?'

Mijn moeder is geobsedeerd door het weer. Toen ze nog in de ijssalon in Rotterdam werkte, sloeg ze de krant altijd open op de pagina met het weer. Ook luisterde ze gesprekken in de rij van de supermarkt af als die over buien en kou gingen. Nu is ze met pensioen en ver van de ijssalon, maar ze kan het niet laten om bij iedereen te informeren naar het weer. Het weer van vandaag, van morgen, van overmorgen, van volgende week. Het maakt haar niet uit waar. Het kan altijd richting Rotterdam gaan. Volgens haar is de lucht van Nederland een draaikolk waar alles samenkomt, maar toch vooral regen, kou en storm. De fijne vleugelslag van de vlinder in Brazilië veroorzaakt boven de ijssalon een bijbelse hagelbui.

'Zonnig,' antwoord ik. 'Aanhoudend rustig en zomers weer, in de ochtend her en der een mistbank.' En ik voeg eraan toe: 'Geen donkeromwolkte gebouwen.'

Ze is stil, maar ik weet dat ze glimlacht. Mijn moeder heeft minder moeite met mijn keuze voor een ander leven. Zoals zij alles van het weer wil weten, zo hou ik van poëzie en zo houdt mijn vader van gereedschap. Mijn broer is eigenlijk nog de enige die ijs maakt.

'Beppi heeft zijn verstand verloren,' zegt ze dan. Ze herhaalt wat ze hem heeft horen zeggen. Ik moet lachen om de spieren die mijn vader wil kussen.

'Misschien is het alzheimer,' zegt mijn moeder. 'Fausto Olivo trekt zijn onderbroek over zijn hoofd. De dokter zegt dat hij lijdt aan dementie.' Het is de oude ijsmaker van La Venezia in Leiden. Hij is nog maar een paar jaar met pensioen. Zijn oudste zoon zet de traditie voort.

'Mevrouw Olivo heeft verteld dat Fausto denkt dat zij de buurvrouw is en dat hij haar steeds in haar billen knijpt.'

Mijn moeder weet meer van alzheimer dan van mobiele telefoons.

Ze zwijgt even. Misschien kijkt ze naar de foto's op de keukenkastjes, naar het portret van haar kleinzoon, die een week eerder naar Mexico is afgereisd.

'Ze heeft rood haar,' zegt ze dan. 'De nieuwe liefde van je vader heeft lange, rode haren.'

Ik denk aan de vrouwen die ik hier op straat heb gezien. Er

zijn veel roodharigen in Ierland. Ze blozen sneller, omdat hun huid dunner is en het bloed er makkelijker doorheen schijnt. Maar ze kijken meestal nog sneller weg. Behalve de jonge vrouw die de gasten verwelkomde op het Fermoy International Poetry Festival. Ze stond achter een kleine balie en droeg onder haar blouse een roze bh, dat kon ik zien, en de melkweg van sproeten op haar huid. Toen ik weer opkeek, keek ik in haar ogen die niet weken, zelfs niet knipperden. Ze had gezien waarnaar ik had gekeken. Het waren mijn ogen die ten slotte opgaven. Ik keek naar het formulier dat op de balie lag.

'Wat moet ik tegen hem zeggen?' vraagt mijn moeder. 'Ik heb hem somber gezien, ik weet dat hij huiverig is voor de lente, en dat hij het moeilijk vindt om van het leven te genieten, omdat hij vindt dat het voorbij is. Ik moet zijn kleren klaarleggen, anders draagt hij elke dag hetzelfde.'

Sommige mensen worden steeds mooier in hun leven, de jaren die hun karakter verfijnen, kostbare wijn die op dronk komt, en alles wat al die tijd heeft gerijpt – de dingen die je hebt geleerd, ervaringen, de grote gebeurtenissen –, dat alles is verworden tot een elixer dat het leven misschien niet verlengt, maar wel glans geeft. Mijn vader is ook niets vergeten, alleen heeft het allemaal zijn karakter bedorven.

'Hij praat nog steeds met de televisie,' zegt mijn moeder. 'Wil je het horen? Zal ik met de telefoon naar hem toe lopen?'

'Dat hoeft niet,' antwoord ik, maar ik hoor dat ze de keuken al uit loopt.

'Ik bel morgenochtend de dokter,' zegt ze vastbesloten. 'Hij moet maar op zaterdag langskomen. Het is een noodgeval.'

'Het is onzin zegt het verstand,' citeer ik het beroemde gedicht van de Duitse dichter Erich Fried. 'Het is wat het is zegt de liefde.'

'Wat zeg je?'

Mijn blik blijft een moment hangen aan de kunst op mijn hotelkamer, een aquarel van een grasvlakte. In de verte loopt een jongen, steeds verder weg.

'Het is een gedicht,' antwoord ik. 'Over de liefde, wat het is.'

'Het is waanzin,' zegt mijn moeder. 'Hij omarmt de televisie!'

In mijn hotelkamers probeer ik soms ook contact te maken met de platte schermen die mij begroeten. 'Dear Mr. Giovanni Talamini, it is a pleasure to welcome you to Ascot Hotel.' 'Welcome! G. Talamini, enjoy your stay in Radisson Blu.' 'Welcome to Crowne Plaza Hotel. Dear Talamini, it is a privilege to have you staying at the Crowne Plaza Hotel. Continue please press button ok.'

'Dat geloof je toch niet,' hoor ik de stem van mijn moeder uit mijn telefoon komen. Er is even een storing, misschien kruisen de radiogolven met haar woorden een kort moment de weg van Betty Heidler uit de ruimte naar de televisiekamer in Venas di Cadore. 'Dan heb ik liever dat hij gewoon klaagt over zijn leven en over jouw leven.'

Het geheugen doet eindelijk zijn werk: ik zie mijn broer in de ijssalon staan, witte muts op zijn hoofd, *spatola* in zijn rechterhand, de kleine platte lepel waarmee hij ijs schept voor klanten. Het is laat op de avond, maar nog steeds zacht. Zwarte vogels suizen door de lucht, nog hoger vliegt een Airbus op weg naar Amerika, de lichtjes in de cabine gedimd, maar die is niet te zien vanaf de grond. Over straat lopen jonge vrouwen, sommigen in rokjes of korte broekjes waarvan de zakken onder de spijkerstof vandaan komen; de ogen van Luca blijven hangen aan hun billen. Zijn vrouw ligt te slapen, als een zwemmer, haar ene arm naar voren gestrekt, haar andere langs haar lichaam. Op het terras zitten de laatste klanten, jongens en meisjes die naar de film zijn geweest en nog zin hebben in een hoorntje met aardbeien en mango, de oude man die troost vindt in een milkshake vlak voor middernacht.

De ontdekking van het ijs door mijn overgrootvader in 1881

De vader van de vader van mijn vader heette ook Giuseppe Talamini. Hij had golvend haar, een grote neus en donkerblauwe pretogen. Het verhaal gaat dat hij om het leven is gekomen bij een ongeval met een ontsnapte koe. De koe, negenhonderd kilo en van het Tiroler Grauvieh-ras, was door de omheining van het weiland gebroken. Ze liep de steile helling van de boerderij af en is toen verrassend genoeg op het dak geklauterd van de kleine hooistal waarin mijn overgrootvader in totale afzondering en rust dagelijks zijn dutje deed.

De zilvergrijze koe stortte door het houten dak en vermorzelde mijn overgrootvader van zesenzeventig jaar. Waarschijnlijk is hij niet direct gestorven, maar aan zijn verwondingen overleden. Toen mijn overgrootvader niet verscheen bij het avondeten, werd met een zoektocht begonnen, maar hij werd pas gevonden toen de zon achter de bergen was gezonken. De koe lag nog steeds boven op hem en likte aan zijn kleding. Mijn overgrootvader had een opmerkelijk vredige uitdrukking op zijn gezicht. Hij leek wel te glimlachen.

De koe werd dezelfde avond nog afgemaakt door de boer; beide voorpoten waren gebroken. Toen werd het langzaam nacht en kwamen de vossen uit het bos en blaften de honden in de koude berglucht. De mensen spraken de volgende ochtend over de plotselinge dood van Giuseppe Talamini, maar hoe vreemd deze ook was, men kwam al snel tot de conclusie dat dit de dood was die bij het leven van mijn overgrootvader paste. Een leven van onverwachte wendingen en buitenissige gebeurtenissen, een leven waaraan hij altijd grote eisen had gesteld, tot aan zijn dood toe. Misschien was dat wel de reden van de lach op zijn gezicht.

Waar dacht mijn overgrootvader aan toen hij onder de koe lag en niemand hem kwam bevrijden, toen hij het leven voelde wegebben? Waar denk je aan als je weet dat je zult sterven? Kolonel Aureliano Buendía dacht, staande voor het vuurpeloton, aan die lang vervlogen middag, toen zijn vader hem meenam om kennis te maken met het ijs. Een soortgelijk beeld kwam naar boven bij Giuseppe Talamini.

Het was de zomer waarin de welvingen onder het jurkje van zijn buurmeisje Maria Grazia enorme rondingen werden. Een onzedelijk wonder.

Ze waren samen opgegroeid, hadden naar dennenappels gezocht in het bos en ze hadden hand in hand gelegen onder de wolkeloze hemel van hun jeugd. Maria Grazia hield van de zon en de zon van haar honinghuid. In gedachten noemde Giuseppe haar *girasole*, zonnebloem. Terwijl de zon, traag als een miljardjarige, de hemel overstak naar het westen, bewoog Maria Grazia haar lichaam centimeter voor centimeter mee. Ze wilde zoveel mogelijk zonnestralen opvangen en schaduwen geen kans geven. Giuseppe verroerde zich nooit, waardoor ze als een levensgrote klok in het gras lagen.

Toen was daar de laatste zomer dat ze kinderen waren. Giuseppe durfde zijn buurmeisje niet meer aan te kijken. Het was alsof haar borsten groeiden in de zon. Ze werden met de dag ronder en voller, broden die rezen in een oven. Hij fantaseerde stiekem over de kleur van haar tepels. De ene dag waren ze roze als haar lippen, de andere dag blank en doorschijnend als haar handpalmen of donker als hazelnoten. Wanneer in de middag een lichte bries uit de bergen kwam, zag hij twee punten door haar blouse prikken. Terwijl de cicaden zongen en de meikevers gonsden, zwegen Maria Grazia en Giuseppe in het hoge gras. Ze hielden elkaars hand vast en keken naar de zuivere hemel. Alles was hetzelfde en alles was anders.

Zo kwam het dat Giuseppe aan het einde van de zomer voorbij de deur liep waar hij elke ochtend had aangeklopt. Hij ging met zijn vader mee, die houthakker was en ervan hield om te fluiten. Soms herkende Giuseppe een melodie en floot hij met zijn vader mee. Eind september werden de bomen op de bergen gekapt, lariksen van twintig meter hoog, de stam kaarsrecht. Het was zwaar werk, niet zonder gevaar. Je wist nooit precies hoe een boom zou vallen. Hakken, klieven, kappen. Het kale geluid dat weerkaatste tegen talloze andere bomen. Dan de doffe dreun en het beven van de aarde, alsof er een locomotief langsreed. Op een andere helling, in een ander jaar, was een boom op de houthakker terechtgekomen. Hij was op slag dood.

Giuseppe hielp met het strippen van de bomen, met een bijl ontdeed hij ze van alle takken. Daarna zaagde hij met zijn vader de stammen in stukken van vijf meter. Het zweet dat zich vermengde met het zaagsel, de hars die aan hun hele lijf kleefde. De geur was scherp en prikte in zijn ogen. Nog niet eerder was Giuseppe zo moe geweest als na de lange dagen in het bos.

Rond Kerstmis, als overal een laag smetteloze sneeuw lag, werden de gezaagde boomstammen met een slee naar beneden gebracht, naar de rivier, de Piave, die helemaal naar Venetië stroomde, bijna tweehonderd kilometer zuidelijker. De stammen werden samengebonden tot grote vlotten die in het water werden geduwd. Met honderden gingen ze de rivier af. Dagen later kwamen ze aan in Venetië en werden de stammen diep in de modderige zandbodem gedreven, per vierkante meter acht palen. Giuseppe kon zich er geen voorstelling van maken, de sprookjesstad gebouwd in het water, de ontelbare bruggen, kerken en paleizen met hun hoge plafonds. Op speciale avonden verlichtten druipende kaarsen in zilveren kandelaars fresco's van onsterfelijke verhalen.

Maar de winter was nog ver weg, de sneeuw lag alleen op de hoge toppen. Zijn vader wekte hem op een ochtend vroeger dan anders. Het was donker buiten, de sterren straalden in de heldere nacht. Giuseppe hoorde de stemmen van andere mannen uit het dorp. Hij herkende de diepe bas van de spijkersmid Antonio Zardus. Er werd zachtjes gepraat, rijzige silhouetten bogen zich naar elkaar toe. Het was alsof hij getuige was van een samenzwering. Ze vertrokken met de postkoets. Zeven man, Giuseppe was de jongste. Toen ze het dorp uit reden, werd er naar hem gelachen. Hij zag de maanwitte tanden van de vrienden van zijn vader.

Ze zwegen en luisterden naar het hoefgeklepper tot de zon opkwam boven de bergen. Goud en roosvingerig, de dageraad van Homerus. Giuseppe herkende nu ook andere gezichten. Naast hem zat de ketellapper, tegenover hem de sleutelmaker. Het waren stuk voor stuk sterke mannen.

'Kijk,' zei zijn vader en hij wees naar de helling, waar twee reeën onbeweeglijk als beelden tussen de sparren stonden, opgeschrikt door het geluid van de koets. Een ondeelbaar moment, toen schoten ze het bos in.

Antonio Zardus brak een brood, de sleutelmaker sneed plakken van een homp gedroogd vlees. Ze aten met smaak, met hun mond open. Op de houten planken van de koets lagen pikhouwelen en spades. Ze schudden en schoven met de pas van de paarden mee. Giuseppe had geen idee wat ze gingen doen. Zijn vader had hem wakker gemaakt en alleen verteld dat hij mee moest komen. Hij was uit bed gestapt en had zich razendsnel aangekleed.

'Ze hebben er bijna tien jaar aan gebouwd,' hoorde hij iemand zeggen. 'De ploegen werkten naar elkaar toe, aan beide zijdes meer dan duizend mensen.' Het was Enrico Zangrando, hij had meer koeien dan haren op zijn hoofd. De andere mannen sloegen hem soms op zijn kop, omdat het zo'n mooi geluid maakte. Hij bezat door zijn geboorte heel wat grond, maar wilde niet boven de anderen staan.

'Het is de langste spoorwegtunnel ter wereld,' vertelde Enrico. 'Vijftien kilometer lang, dwars door het Gotthardmassief. Ze gebruikten eerst boormachines op perslucht, maar ze kwamen niet door de harde steen heen. Toen hebben ze dynamiet gebruikt.'

Het waren verschrikkelijke explosies geweest, luid en hel, oorlogsgeweld. De vraag was zo groot dat er een springstoffabriek werd gebouwd aan de noordelijke zijde, vlak bij de Urnersee. Er werden gaten van een meter diep geboord en daarin werd het dynamiet tot ontploffing gebracht. Giftige gassen vulden de tunnel en veroorzaakten ontstekingen aan de ogen en luchtwegen bij de arbeiders. Zesenveertig mannen kwamen om het leven bij de explosies, totdat er op 28 februari 1880 sprake was van een doorgang. Handen die elkaar vastgrepen, hamers en houwelen die het gat groter maakten, en, ten slotte, de eerste man die erdoorheen klom, bijna onwerkelijk, alsof hij in een andere wereld stapte.

'We kunnen door de bergen reizen,' zei Enrico. Honderd jaar terug was het gelukt om met een heteluchtballon door de wolken te reizen. Dit was net zoiets groots. Niet over maar dwars door de berg, door de ondoordringbare voet, het breedste en zwaarste deel.

Giuseppe moest zich inhouden om geen vragen te stellen. Had Enrico de trein genomen? Hoe lang duurde de reis door de tunnel? Hoe zag het licht aan het einde eruit? De andere mannen lieten niks merken, alleen zijn vader knipoogde naar hem. Giuseppe liet de cadans van de koets een kort moment over zich heen komen en droomde met zijn ogen open van de Gotthard-tunnel, waar hij doorheen suisde als een komeet door de eindeloze donkere ruimte.

In Venas di Cadore stond Maria Grazia voor het raam en keek naar buiten. Ze wilde het huis ontvluchten en in het gras liggen, maar de boeren hadden hun land gemaaid. Haar borsten deden zeer. Ze had mannen zien kijken op straat, hun blik die bleef kleven aan haar lichaam. Thuis, op haar kamer, hield ze haar borsten soms uren vast. Haar heupen waren ook gegroeid en deden bijna net zoveel pijn. Ze werd een vrouw en ze had een man nodig, een man die haar vasthield.

De koets met de twee gitzwarte paarden besteeg de berg. Het was een lange, kronkelige weg. Giuseppe wist niet waar ze waren, maar uit de stemming kon hij opmaken dat ze hun doel naderden. Enrico Zangrando stroopte zijn witte mouwen op, de anderen volgden zijn voorbeeld. Ze pakten het gereedschap op, de houwelen en spades. Allen zaten rechtop.

Ze kwamen tot stilstand bij een spoor. Er stond een trein met acht wagons, de grote schuifdeuren open. Giuseppe sprong uit de koets. Hij keek om zich heen. Ze bevonden zich tussen twee bergkammen in, de zon was nergens te zien, die zou pas laat in de middag boven de helling komen. Zo ver je kon zien lag er sneeuw. Het was zeker een halve meter dik, eronder sijpelde en stroomde het water naar het dal. IJskoud water, waar mannen tot hun knieën in stapten en in bleven staan totdat het pijn deed in hun botten, omdat het goed zou zijn voor de bloedsomloop.

Het was bevroren sneeuw en ze moesten de wagons ermee vullen. Giuseppe geloofde zijn ogen niet. Ze harkten de sneeuw met hun pikhouwelen naar beneden, naar het spoor, zoals de boeren gras bijeenbrachten. Het waren flinke brokken die vuil werden, gruis en modder, maar dat was niet erg.

Giuseppe leunde soms een moment op de steel van zijn houweel en keek naar de andere mannen. De spijkersmid zweette en dampte. Hij zag nevel van zijn ontblote armen komen, armen die glansden en enorm gespierd waren. Ook de andere mannen waren in nevelen gehuld. Hij durfde zich niet te bewegen, bang om het tafereel te verstoren: de werkmannen met hun zwarte handen in de verblindende sneeuw, de wagons die gevuld werden. Hij was bang dat het allemaal weg zou zijn als hij zich zou verroeren. Een droom die plotseling ophoudt.

Enrico riep zijn naam en vroeg of hij over meisjes aan het fantaseren was. De andere mannen lachten luid, ook zijn vader deed mee.

Na twee uur hielden ze pauze. Drie wagons zaten vol, de schuifdeuren waren gesloten. Ze rustten uit op de stam van een gevelde lariks; er werd een kruik doorgegeven, maar Giuseppe had geen dorst. Hij had meerdere malen een gat in de sneeuw gegraven en een handvol naar zijn mond gebracht. Zijn vingers tintelden telkens minutenlang van de kou.

De eerste keer had niemand hem gehoord, omdat hij zijn vraag had gefluisterd. Maar toen hij hardop durfde te herhalen wat hij had gezegd – waarom ze eigenlijk sneeuw in wagons stopten? – keek iedereen hem aan. Giuseppe was jong en hij was nieuwsgierig, niet alleen naar de gewone zaken; hij vermoedde achter sommige dingen een hele wereld waar hij niet van wist, schitterend licht aan het einde van de tunnel.

'We zijn aan het oogsten,' vertelde zijn vader. 'We halen de sneeuw binnen.'

Bij het woord 'oogst' dacht hij aan aardappelen, bieten, appels. Niet aan sneeuw in de bergen. Giuseppe keek naar de wagons met gesloten deuren. Hij begreep er nog altijd niets van.

Enrico nam het over. 'Ze maken er ijs mee,' zei hij.

'IJs?'

'Niet het ijs dat jij kent, waarover je kunt lopen en schaatsen.'

'Ander ijs?'

'Verschillende smaken. Aardbeien, vanille, mokka.'

Hij vervolgde: 'Het wordt verkocht in de steden en het smaakt nog beter dan een vrouw.'

Het was alsof er licht in zijn hoofd werd uitgestort, rechtstreeks in zijn geest.

'Ik heb in Wenen ijs gegeten dat was gemaakt van sinaasappels uit Spanje.'

'Dat kan niet,' zei Antonio Zardus vastberaden, zijn stem donker en diep.

Enrico ging er niet op in. 'Ze verkochten het op straat, uit een karretje met koperen blikken.'

Zoals andere mensen verliefd worden, koortsachtig en onvergetelijk, zo verlangde Giuseppe naar het ijs dat Enrico Zangrando beschreef. Jaren later kon hij het gesprek nog altijd woord voor woord herhalen.

'Je eet het met een kleine lepel en het smelt in je mond.'

Hij probeerde het zich voor te stellen, een lepel aardbeien die smolt op zijn tong, maar het was voorbij zijn verbeelding. De stap was te groot, van de bevroren, vuile sneeuw naar het betoverende, vorstelijke ijs. Als kind had hij, zoals alle kinderen eens doen, vol verwachting geproefd van de sneeuw die 's nachts was gevallen. Het was als water, maar dan onzuiver en metaalachtig – de universele teleurstelling van de smaak van sneeuw. Hij was misleid door de stille pracht op de wegen en weilanden. Hij herinnerde zich hoe zijn jongere broertje, toen hij twee jaar oud was en de sneeuw van het jaar ervoor was vergeten, naar buiten keek en zei: 'Ik wil het aaien.' Alsof het een vacht was die de wereld beschermde tegen de kou.

Enrico vertelde over het procedé, de verschillende handelingen. Het was als alchemie. De sneeuw die met een kleine hamer werd verbrokkeld en in een houten vat gedaan, het zout dat werd toegevoegd om het smeltpunt te laten dalen. De cilinder van de mechanische ijsmachine die in het vat met ijs en zout werd geplaatst en de ijsmaker die ten slotte het handwiel in beweging bracht en daarmee de substantie langs de koude wand van de cilinder streek. Draaien, draaien, draaien. Het eerste ijs dat zich aan de rand vormde, broos van structuur. De lucht die erbij kwam, het volume dat toenam. Draaien, draaien. De kleur die langzaam lichter werd. Roze aardbeienijs, grijsgroen pistache-ijs, kaneelkleurig chocolade-ijs. Draaien.

'Totdat het stevig en dik en verrukkelijk is.'

Het was als het verhaal dat je wordt verteld over de liefde, over de daad. Het kan heel nauwkeurig worden beschreven, maar het is nooit zo goed als in het echt.

'Kom,' zei de spijkersmid. 'We moeten verder.'

Ze stonden een voor een op, alleen Giuseppe bleef zitten. Het was alsof hij mee had gedraaid, zoals zijn afstammeling en naamgenoot meer dan honderd jaar later met de ijzeren kogel van Betty Heidler mee zou draaien. Hij zat op de boomstam, alsof ook hij verpletterd was door verlangen.

Zijn vader trok hem overeind. 'Aan het werk, jongen,' zei hij bemoedigend. 'Ik help je wel.' Even later hoorde hij hem een volksliedje fluiten.

Giuseppe was niet moe, hij was jong en sterk, misschien niet zo sterk als Antonio Zardus, die munten kon krombuigen, dat werd verteld. Hij voelde zich overmand, bedwelmd door de verhalen en de zoete smaken in de koperen bussen van de ijscokar in Wenen. Zijn verbeelding klapwiekte en probeerde op te stijgen, boven de sneeuw uit, over de bergen. Misschien was het gelukt als hij had geweten hoe een vrouw smaakte, dan had hij zich een voorstelling kunnen maken van wat nóg beter was. Nu zag hij wat hij al wist, dat er achter de bergen andere bergen lagen.

Wat hij niet wist, en wat de andere mannen ook niet wisten,

zelfs Enrico Zangrando niet, was dat zij deel uitmaakten van een groter geheel. Op talloze plekken op de wereld werd de oogst van de koude maanden binnengehaald. In Boston had Frederic Tudor, de zoon van een bekende rechter en een zeldzame durfal, een ijsimperium opgebouwd. Net drieëntwintig jaar oud kocht hij zijn eerste zeilschip om ijs mee te vervoeren naar het Caribische eiland Martinique. De ijsblokken kwamen uit de vijver van het landgoed van zijn vader. Hij werd door iedereen voor gek verklaard, de kranten maakten zijn onderneming belachelijk. Hoewel een aanzienlijke hoeveelheid was gesmolten tijdens de drie weken durende vaart, lukte het Frederic Tudor het ijs uit Massachusetts te verkopen aan de eilandbewoners. Je probeert je een voorstelling te maken van hun gezichten, de blik in hun ogen. Ongeloof, betovering; de doorschijnende blokken die worden gelost uit het ruim van het zeilschip dat 2400 kilometer heeft afgelegd. Het jaar is 1806.

Het verlies bedroeg duizenden dollars, en ook het jaar erop, toen Frederic Tudor naar Havana zeilde met een bevroren meer in de romp van een schip, maakte hij zoals het een waaghals betaamt grote schulden. Hij moest bij terugkomst de gevangenis in en werd bij zijn volgende vaart tot aan de werf begeleid door de sheriffs. In het water lag zijn schip, dat de vermetele naam Trident droeg.

Tudor experimenteerde met verschillende isolatiematerialen voor zijn zeilschepen: hooi, houtsnippers, zaagsel, het bruine kaf van rijst. Maar de doorbraak voor zijn Ice Company kwam met de uitvinding van de ijsploeg. Tot dan toe werden de blokken met de hand uit de bevroren wateren van New England gezaagd. Nu kon er met behulp van paarden worden overgegaan tot massaproductie. De donkere, gracieuze dieren werden voor een ploeg met een metalen mes gespannen. Eén man leidde het paard, een ander bestuurde de ploeg. Zo ontstond een raster van perfecte vierkanten, die vervolgens uit het water werden gehesen. Er werd speciaal gereedschap ontwikkeld, langs oevers verrezen ijshuizen, maar ook in de havens van verre landen. Duizenden mannen vonden werk in de wintermaanden. Ze stonden met zagen en hakbijlen op meren die veranderd waren in immense schaakborden.

In 1833 zeilde het schip Tuscany met honderdtachtig ton ijs in zijn buik van Boston naar Calcutta. Vier maanden was het onderweg, in september bereikte de driemaster de Golf van Bengalen en voer hij de heilige rivier de Ganges op. Het bericht van het naderende ijsschip verspreidde zich onder de bevolking en velen dachten dat het een verzinsel was. In de schaduw was het al maanden boven de dertig graden. Maar bij aankomst in de haven van Calcutta bleek nog honderd ton intact te zijn: kristalhelder ijs met een blauwe schijn.

Het was het begin van een titanisch transport van het water van New England naar India. Een ijshuis van witte steen en dubbele muren werd opgetrokken in Calcutta, naar zou blijken de meest lucratieve bestemming van de Tudor Ice Company. De durfal die was uitgelachen en twee jaar van zijn leven had vastgezeten werd fabelachtig rijk en kreeg de bijnaam The Ice King of the World. Hij voer naar Brazilië, Australië en China.

Andere firma's betraden de markt, zoals The Knickerbocker Ice Company in New York en The Philadelphia Ice Company. Er werden spoorwegen gebouwd om het transport te versnellen, stoomtreinen reden door het hele land; de locomotief die werd gevoed met vuurrode kolen, de lading in de wagons doorzichtig en koud.

Tussen Noorwegen en Engeland ontstond een florerende handel in ijs. Mannen met zwarte petten en hoeden visten met tangen enorme ijsblokken uit de uitgestrekte meren. Via lange, houten sporen gleden ze in het ruim van schepen die Londen en andere Britse havens aandeden. Het stelde Carlo Gatti, een Italiaanse Zwitser, in de gelegenheid om verschillende kraampjes te openen in de hoofdstad. Hij had eerst zijn geluk beproefd met de verkoop van kastanjes en wafels, toen besloot hij ijs te gaan maken. Hij begon op straat met enkele karretjes, maar verhuisde al snel naar de drukbezochte Hungerford Market. Hier verkocht hij ijsjes in schelpen voor één penny per stuk. Later werden de schelpen vervangen door kleine glaasjes, die 'penny-licks' gingen heten in de volksmond. IJs was tot dan toe een traktatie die alleen was weggelegd voor de rijken. Carlo Gatti was de man die de bevroren lekkernij binnen handbereik bracht voor het gewone volk, alsof hij de deur van een droom wagenwijd openzette.

Dichter bij huis, achter de bergen die de wereld van Giuseppe Talamini begrensden, in Saalfelden, Oostenrijk, waren ook mannen in de weer met pikhouwelen. Ze harkten grote brokken sneeuw in een gereedstaande trein. Wie in een heteluchtballon opsteeg en door de weidse, wolkeloze hemel zweefde, zou hen misschien kunnen zien. De mannen die op verschillende plekken, zonder het van elkaar te weten, zwoegden in de sneeuw en hunkerden naar een warme maaltijd.

De groep van Giuseppe werkte nog vier uur, toen zaten de wagons vol en stond de zon hoog aan de hemel, tussen de bergkammen in. De paarden kregen een hap sneeuw, de mannen stapten een voor een in de koets. Ze zwegen, ze waren moe. Ze sliepen op elkaars schouder. Alleen Giuseppe had zijn ogen wijd open. De deur van de droom was op een kier gezet en hij wilde niets liever dan naar binnen gaan.

Waarom Giuseppe Talamini vluchtte naar de nieuwe wereld

Het buurmeisje was een vrouw geworden. Het was snel gegaan, een lichaam dat uit zijn voegen barst. Maar ze was in een schoonheid veranderd, volslank en voluptueus, en ze schaamde zich niet voor haar nieuwe lijf. Maria Grazia zocht nu zelf de ogen van mannen op als ze over straat liep of in de bakkerswinkel stond. Ze was zich bewust van het effect dat ze had als ze haar mond een klein beetje openhield, haar lippen iets van elkaar. Het was een van de mooiste combinaties die er waren: gracieus en stout.

Als Giuseppe haar zag op de stoep, keek hij onmiddellijk weg. Hij was bang voor haar; een glimp van haar loshangende, golvende haren was genoeg om zijn hartslag te ontregelen. Ze spraken geen woord meer met elkaar, maar zijn rechterhand miste haar linkerhand, de hand die hij eindeloze zomers lang had vastgehouden.

De vader van de vader van mijn vader woonde in het huis waar ik ook ben opgegroeid. Het ligt aan de rand van het dorp, dat toen nauwelijks kleiner was dan nu. De meeste huizen hebben dikke muren van meer dan honderd jaar oud. Alleen wonen er tegenwoordig minder mensen. Niet alleen in de huizen, maar ook in de straten is minder leven. Mijn generatie is elders gaan wonen, in steden en metropolen. Mijn broer keert elke herfst met zijn vrouw terug naar de bergen, als het ijsseizoen voorbij is. Hij is een uitzondering. Venas di Cadore is een dorp van oude mannen en vrouwen aan het worden, een dorp dat langzaam leegloopt.

Toen mijn overgrootvader jong was en droomde van ijs was Venas nog een dorp van boeren en ambachtslieden. Soms stak een gelukszoeker met een koffertje de oceaan over, maar de grote emigratiegolf moest nog op gang komen. Je bleef wonen waar je geboren was en je stierf waar je had geleefd. Families groeiden in plaats van dat ze slonken of uit elkaar vielen. In het huis waar Luca en ik ieder een eigen kamer hadden gehad, woonde de familie van mijn overgrootvader met z'n achten. Giuseppe was de oudste zoon, maar zijn grootmoeder was de oudste in huis, pienter en ver in de zeventig. Het was een vol huis, gevuld met geluiden van stemmen en pannen.

Toen de herfst zich aankondigde, riep de vader zijn zoon bij zich. 'Ik heb werk voor je,' zei hij. 'Bruno zoekt iemand om hem te helpen.'

Giuseppe begon te stralen. Het was de houtzager, die elk jaar naar Wenen ging om geroosterde kastanjes te verkopen. De straten roken ernaar, de prachtige straten met statige panden; het was een overweldigende geur die oude winters deed opleven in het geheugen. Mensen werden verlokt, zoals niemand het betoverende gezang van de sirenen kon weerstaan. Ze hielden halt en aten kastanjes uit papieren zakken, ze merkten niet dat hun vingertoppen een klein beetje zwart werden. Maar Wenen was ook de stad waar ijs werd verkocht uit koperen blikken.

Bruno kwam die middag langs en bekeek de schouders van Giuseppe. Ze moesten een kachel meenemen om de kastanjes op te roosteren.

'Ja,' zei de houtzager en hij sloeg hem op zijn rug. Het was alsof hij een koe kocht. Giuseppe zag zijn moeder kijken. Ze was trots, maar ook stil. Ze wilde het uitstellen, ze wilde hem nog even bij zich houden, de jongen die ze had grootgebracht, die ze door zijn haar had gestreeld als hij bang was. Ze vond hem knap, ontzettend knap, en wilde hem dat vertellen, het in zijn oor fluisteren zoals ze vroeger elke dag had gezegd hoe mooi ze hem vond.

Ze gingen te voet, zoals de meesten reisden. Afstanden waren groter toen; je deed er weken over om van de ene naar de andere plaats te komen. Wenen was drie weken lopen. De kachel was loodzwaar, maar ze wisselden elkaar af. Bruno liep er de eerste dagen grotere stukken mee. Hij was een reus, een titan als Atlas. Ze sliepen bij boeren met gelooide gezichten en slechte tanden. Soms lagen de koeien vlak naast hen. Voor zonsopkomst wasten ze zich met het koude water uit de bergen.

Na een week ging het Giuseppe makkelijker af, de last leek lichter te zijn geworden. In werkelijkheid waren zijn spieren gegroeid. Die eerste paar dagen had hij gedacht dat hij het niet zou halen, helemaal naar Wenen met een kachel op zijn rug. Met de nek van een stier kwam hij aan in de miljoenenstad.

Ze verkochten kastanjes op de hoek van de Volksgarten, niet ver van het bekende Café Landtmann, waar kunstenaars en politici samenkwamen, waar ook Sigmund Freud koffiedronk. Giuseppe leerde in één dag het vak. Het was niet moeilijk, het belangrijkste was dat de kastanjes niet verschroeiden, en dat je jezelf niet brandde aan het ijzer. De volgende dag haalde Bruno een kachel die hij het jaar ervoor had opgeslagen. Hij ging een stuk verder staan, en zo vulden ze de wijk met de rook van vuur en kastanjes en verlokten ze bewoners en wandelaars. Ze kwamen uit de straten, liepen naar hem toe en wachtten ongedurig op hun portie. Het magische moment, als de zwartgeblakerde schil werd opengebroken en de zoete geur vrijkwam. Een oester die barnsteen bevatte, gele amber. De mensen bliezen in hun handen, terwijl ze aten en verder liepen.

De sneeuw viel, grote vlokken die neerkwamen op de gebreide mutsen van meisjes. Kleine kinderen op sleeën werden voortgetrokken door hun ouders. Hij had de vorige winter met Maria Grazia op een slee gezeten en was met haar een heuvel af gegaan. Ze waren gevallen. Eén voet diep in de sneeuw, haar rode wangen slechts een kus verwijderd van zijn mond, maar ze waren kinderen, buurjongen en buurmeisje, en ze holden snel achter de slee aan die was doorgegleden.

In de witte wereld van Wenen dacht hij aan de nieuwe vormen van haar lichaam. In zijn verbeelding kon hij er uren naar kijken. Daar was op sommige delen van de dag alle tijd voor, dan leek er niemand op straat te zijn en was de stilte van de sneeuw oorverdovend.

Enkele dagen later kwam de kou. Krijtwit licht in de ochtend, een snijdende wind. Mensen verwarmden zich aan zijn kachel. En toen waren de kastanjes op. Hij verkocht de laatste portie aan een stokoude man.

'Danke,' had de man gezegd met een stem die dun was als papier.

In de tussentijd had Giuseppe een aantal woorden Duits geleerd. Hij woonde 'weit weg' en was 'zu Fuss' naar Wenen gekomen. 'Jawohl, den ganzen Weg.' Mensen hadden hem aangekeken alsof hij over water had gelopen. Met een kachel.

'We mogen weer naar huis,' zei Bruno. 'Je moeder zal je wel hebben gemist.'

Giuseppe knikte. Hij keek uit naar de terugkeer, maar hij wilde nog bij een Italiaan langs die hij een week eerder bij zijn kachel had gesproken. Het was een ijsmaker die in Wenen woonde. Giuseppe kon van hem een ijsmachine kopen.

'Weet je hoe hij werkt?' vroeg de man, toen ze samen in zijn werkplaats stonden.

Giuseppe dacht aan de woorden van Enrico Zangrando. Draaien, draaien, draaien. De helle gloed die vanzelf door de substantie heen breekt.

'Het belangrijkst is een goed recept,' zei de man.

'Hoe kom ik aan een goed recept?'

'De beste zijn geheim, maar ik kan je er wel eentje geven. Als dat lukt, moet je gaan experimenteren.'

Hij ging iets zachter praten, misschien onbewust. 'Alles is mogelijk, je kunt overal ijs van maken.' Het was alsof een profeet tot hem sprak.

De man was klein en pezig, begin vijftig. Hij had een lange, ietwat deftige naam voor zijn afkomst, Massimiliano, maar in Wenen noemde iedereen hem Max. De weg die Giuseppe had afgelegd, had hij talloze malen gelopen, vele voorjaren, de haarscherpe lijnen van de bergtoppen afgetekend tegen de lege lichtblauwe hemel, en dan weer terug in de herfst. Maar nu had hij ook een woning in de stad, boven de werkplaats die zijn eigendom was geworden.

Het was de ijsmaker Antonio Tomeo Bareta geweest die als eerste naar Wenen was gekomen. Hij kwam uit Zoldo, een dorpje in de Dolomieten niet ver van Venas di Cadore, en hij had in 1865 een officiële vergunning gekregen om 'Gefrorenes' te verkopen in de hoofdstad van Oostenrijk. Bareta was daarna naar Leipzig gegaan en leidde een onderneming met vierentwintig ijscokarretjes. Later zou hij zich in Boedapest vestigen, waar hij verschillende ijssalons opende en zestig venters voor hem met karretjes door de stad reden, mannen met petten en een lederen heuptasje voor het geld. De licentie in Wenen had hij verkocht aan Massimiliano.

Giuseppe droeg de ijsmachine helemaal alleen naar zijn dorp. Bruno hoefde hem niet te helpen. Het was een houten ton met een cilinder en een klein handwiel.

Terug in het dorp bood Bruno hem een baan aan in zijn houtzagerij. Maar hij wilde geen hout zagen. Zijn vader schudde zijn hoofd. 'Wat ga je dan doen?' vroeg hij. 'Je bent een man, je moet werken.'

'Ik ga ijs maken,' vertelde Giuseppe.

'In de winter?'

'Het is bijna lente.'

'Je hebt je verstand verloren!'

De grootmoeder mengde zich in het gesprek. 'Het zit in de familie,' zei ze. 'Mijn man verloor zijn verstand in de huwelijksnacht.'

Stemmen vulden het huis. Alleen zijn moeder zweeg, en zijn broertjes en zusjes fluisterden. Ze stonden in de gang en keken met grote nieuwsgierigheid naar de glimmende cilinder in de houten ton. De jongste draaide heel voorzichtig aan het handwiel, en rende toen vlug weg.

Het recept dat hij had gekregen van Massimiliano was voor kersenroomijs, maar het was februari. De eerste kersen zouden pas in juni, op z'n vroegst eind mei, rijp zijn. Op het land van Enrico Zangrando stond een oude boom waar hij elke zomer stiekem in klom en dronken van zoetheid uit viel.

Zijn moeder kocht ieder jaar kersen op de markt en maakte er jam van. De glaasjes stonden in de kelder. Het werd op dikke plakken brood gesmeerd.

Giuseppe vroeg om drie glaasjes. Zijn moeder gaf hem er vijf, de hele voorraad.

Hij liep in het vroege ochtendlicht de bergen in. Op zijn rug de grote mand waarin hij 's zomers hooi van de steilste hellingen naar beneden droeg. Het was een warme, zonnige dag, maar hij stopte pas met lopen toen hij onder zijn schoenen sneeuw hoorde knerpen. Hij bevond zich op tweeduizend meter hoogte, op de Antelao, de Koning van de Dolomieten. Veel hoger, aan de noordzijde van de piramidevormige top, lagen twee gletsjers. Ze glinsterden in de zon als een halsketting. Giuseppe deed de mand van zijn rug en begon te graven. Hij was de enige in de omgeving, de geluiden weerkaatsten tegen de rotsen. Het voelde niet als oogsten, het voelde als diefstal. Hij roofde sneeuw van de koning.

Maria Grazia zag hem terugkomen uit de bergen, de rieten mand met sneeuw op zijn rug. Het was maanden geleden dat ze hem voor het laatst had gezien. Hij had bredere schouders, zijn ontblote onderarmen waren gespierd. Hij kwam steeds dichterbij, en toen zag ze ook de blik in zijn donkerblauwe ogen, een schuchtere, ietwat raadselachtige blik, en ze wist weer waarom ze verliefd op hem was en niet op alle andere mannen die naar haar keken.

Hij had haar zien staan, jong en oogverblindend. Er is een schoonheid die hypnotiseert, die je in vervoering brengt. Het was haar gewelfde bovenlip, het waren haar donkere ogen en de lijnen van haar lichaam die haar kleding niet kon verbergen. Een waanzinnige belofte. Tegelijkertijd zat het wit van de winter nog in haar huid, iets wat bijna heilig leek.

Giuseppe keek haar heel even aan. Raak bedwelmd, leken haar donkere ogen te zeggen. Toen schoot hij naar binnen. Hij had het gevoel dat hij ontkomen was, maar hij wist dat het buiten op hem lag te wachten. De schoonheid die sterker is dan al het andere.

Hij brak eieren en scheidde het geel van het wit. Bij het eigeel voegde hij de suiker die hij had gekocht van Tiziano De Lorenzo, een handelaar die in Argentinië en Amerika was geweest. Hij was de zoon van een pionier en had een gebroken neus. De wereld bezien vanuit een luchtballon was klein voor hem. Ook het zout voor in de sneeuw kwam bij hem vandaan.

Giuseppe klopte het eigeel en de suiker tot een bijna witte massa. Hij wist niet precies wat hij deed, hij volgde blind de stappen van het recept van Massimiliano. *Vermeerder beheerst het eiermengsel met de melk en breng het geheel tegen de kook aan*. Het was moeilijk om beheerst te blijven. Hij wilde alles juist heel snel doen. In gedachten bracht hij het handwiel van de ijsmachine al in beweging en proefde hij van zijn eigen ijs. Het allereerste ijs in zijn leven.

Hij opende de glaasjes van zijn moeder en schudde de inhoud in het mengsel met melk. De restjes lepelde hij eruit; hij kon het niet laten om de lepel af te likken. Zijn smaakpapillen draaiden aan het wiel van de verbeelding. Even was hij weer in de boom van Enrico Zangrando.

Laat nu alles afkoelen. In de tussentijd verbrokkelde hij de sneeuw boven de houten ton en schepte het zout erbij. Giuseppe stond met zijn ijsmachine in de kelder van het huis. Hij had de deur naar de trap dichtgedaan. Hij wilde door niemand gestoord worden maar wist dat zijn broertjes en zusjes boven ongeduldig op hem wachtten.

Toen was het moment daar. Hij goot het afgekoelde mengsel in de met sneeuw omringde cilinder. Hij bracht zijn hand naar de hendel van het houten wiel en begon te draaien, langzaam maar razend benieuwd naar het effect. In het recept hadden de verhoudingen tussen water, suiker en vruchten gestaan, en hij hoopte dat de jam van zijn moeder voldeed. Maar Massimiliano had ook gezegd dat hij moest experimenteren.

Hij liet het handwiel harder draaien. Een verdieping hoger lag zijn zusje op de houten vloer. 'Snel,' had ze geroepen. 'Luister.' Ze waren allemaal op de vloer gaan liggen met hun rechteroor op de houten planken. Ze hoorden hun grote broer draaien, en nu kwam ook het wiel van hun verbeelding in beweging.

'Hij maakt ijs,' zei een van de meisjes.

'Het is kouder dan sneeuw en zoeter dan suiker.'

'Als je het doorslikt, dan begin je te zweven.'

Aan de rand van de cilinder vormde zich na een tijdje een broze laag ijs. Giuseppe zag het gebeuren. Het was als niets wat hij eerder had gezien, zoals de betovering als je voor de eerste keer de lendenen van een vrouw ziet. De kleur werd langzaam lichter, het volume groter. Zijn hart bonkte in zijn borst als een vuist op een poort.

Draaien, draaien, draaien.

Hij pakte de grote houten lepel die hij uit de keuken van zijn moeder had geleend. Zijn duim klemde zich als vanzelf om de steel. Er vormde zich nog geen eelt, wel werd de kiem gelegd voor een langdurige routine, en voor ruwe duimen die van vader op zoon overgingen.

Het ijs was klaar. Het was stevig, dik en roze. Giuseppe bracht de houten lepel naar zijn mond die hij wijd opende. Hij nam een hap met zijn ogen dicht, alsof hij een meisje kuste. Opnieuw werd hij door zijn smaakpapillen heen en weer geslingerd. Hij klom in één hap in de oude kersenboom en viel er direct weer dronken uit. Hij nam meteen nog een hap. Het smolt op zijn tong en hij slikte het in één keer door. Daarna liet hij de lepel onmiddellijk in de cilinder zakken en schepte er nogmaals uit. Het was heerlijk en je kreeg er geen genoeg van. Hij at de halve cilinder leeg.

Toen kwam de schuld, alsof hij iets had gegeten wat verboden was. Het waren de geluiden boven hem, de onrustige bewegingen van zijn broers en zussen. Ze riepen zijn naam en klopten op de deur, een menigte die het paarse bloed van de koning eist. Giuseppe liep met de koude cilinder en de lepel naar boven. Ze moesten in een rij gaan staan en hun ogen dichtdoen. Een voor een ging hij ze langs en keek naar hun gezichten. Het was alsof ze bloosden en ze openden allemaal hun ogen. Ze leken een moment van de vloer los te komen.

'Meer!' riep zijn jongste broertje.

'Ik ook!' riep zijn andere broer. 'Meer!'

En toen riepen ze het allemaal. Zijn moeder kwam uit de keuken en wilde ook proeven. Ze ging voor Giuseppe staan en keek hem zonder met haar ogen te knipperen aan. Hij bracht de houten lepel met kersenroomijs naar haar lippen die toen uiteengingen en hij zag hoe mooi ze was. Een vrouw van veertig met een blos op haar gezicht.

Zijn vader wilde niet proeven, hij was te trots. 'Toe nou,' zei Giuseppe. 'Alleen een klein hapje.'

'Als hij niet wil,' riep de grootmoeder die wakker was geworden, 'dan wil ik wel twee happen.'

'Goed,' zei zijn vader ten slotte. Hij zwichtte, hij kon geen weerstand bieden aan de verleiding. Giuseppe kon het zien aan de lijnen rondom zijn ogen.

Toen stond Enrico Zangrando in de deuropening. Hij was toevallig langs hun huis gekomen en had de vreugde gehoord. Er zat nog een klein beetje in de cilinder, het laatste restje. Giuseppe liep met het kersenijs naar Enrico. Het viel de grootgrondbezitter meteen op hoe volwassen en gespierd de zoon van de houthakker was geworden. De lepel naderde zijn mond en zijn ogen gingen vanzelf dicht. Nog voordat hij had kunnen zeggen hoe lekker hij het vond, had Giuseppe hem op zijn kale kop geslagen. Het maakte een prachtig geluid.

De lente kwam en het gras ontwaakte uit zijn winterslaap. Het land zag er elke dag anders uit, minder vaal. Sommige stukken waren al lichtgroen, terwijl andere nog tot leven moesten worden gewekt door de zon, die steeds warmer aanvoelde. Er werden planken gezaagd bij de rivier en de daken van schuren werden gerepareerd. Maar er waren ook dagen die als een schim uit de nacht kwamen. Nat gras, natte bladeren, diffuus licht. Een zee van nevel die zich langzaam opende, slierten van wolken tussen de bomen. In de bergen sneeuwde het.

Toen de paardenbloemen opkwamen, maakte Giuseppe dieproze frambozenijs en lichtgeel abrikozenijs. Op advies van Enrico had hij het ijs zonder melk en eieren gemaakt. Hij had geëxperimenteerd met de vruchten in de glaasjes van zijn moeder en het had goddelijke sorbet opgeleverd. Steeds meer mensen uit het dorp waren langsgekomen. Giuseppe had hen het ijs buiten in de zon laten proeven. Het was als een mirakel. Iemand had met zijn ogen dicht uitgeroepen: 'Ik kan de kleur van het ijs zien!'

Maria Grazia trok de stoute schoenen aan en klopte op de deur van Giuseppe. Zijn vader deed open. Hij zag het meisje dat een vrouw was geworden. Ze hield vier glaasjes aardbeienjam in haar handen. De jam was lichter van kleur dan haar lippen. De vader riep onmiddellijk zijn zoon.

'Ik wil ijs,' zei ze toen hij niets zei.

Giuseppe keek van haar ogen naar de jam, maar onderweg stuitte zijn blik op haar borsten. Het gebeurde vanzelf, schoonheid die anderen deed omkijken. Hij hoorde zichzelf slikken en daarna de stem van zijn buurmeisje: 'Ik kan je ook helpen met het verzamelen van sneeuw.'

Ze glimlachte, haar tanden waren ongelofelijk wit.

Hij was opeens bang, durfde ook niet meer naar haar hals, haar handen en haar polsen te kijken.

Maria Grazia stak de glaasjes naar voren, alsof ze een baby in zijn armen drukte.

'Dank,' zei hij, maar hij wist dat hij nog iets moest zeggen. Er was een korte stilte, toen zei hij met zijn ogen naar de grond gericht: 'Ik zie je morgenochtend, ik kom je ophalen.' Hij trok de voordeur meteen daarna dicht.

Ze beklommen de Antelao in de frisse vroegte. De laagste weilanden waren al geel gekleurd met paardenbloemen. Als kind hadden ze de stengels gebroken en naar het witte sap gekeken dat eruit vloeide. Ze hadden het op hun huid gesmeerd. Maria Grazia was ermee begonnen.

'Het kleeft een beetje,' zei ze, terwijl ze kringetjes trok op haar armen.

'Is het niet giftig?'

'Ik vind het lekker.'

'Heb je geproefd?'

Ze schudde haar hoofd. 'Het voelt lekker,' zei ze, 'fijn koel', en ze smeerde ook zijn armen in.

De volgende dag plukte Giuseppe tientallen bloemen. Hij perste het sap uit de stelen en maakte een spoor van druppels over haar hele lichaam. Over haar voeten, haar bruine benen, haar handen, haar polsen, haar ranke armen.

'Je vergeet mijn hoofd,' zei ze.

Hij plukte snel nog enkele bloemen en maakte ook een spoor op haar gezicht. Hij druppelde de melk om haar mond.

Toen proefde ze ervan, heel vlug, met het puntje van haar tong.

'Het is bitter,' zei ze, en begon te giechelen. 'Wil je het ook proberen?'

Giuseppe schudde zijn hoofd.

'Durf je niet?'

Hij gaf geen antwoord, maar toen ze overeind kwam, riep hij: 'Nee! Niet doen!'

Ze waren even groot en even sterk. Of misschien was Maria Grazia in het voordeel, omdat ze boven op hem was gesprongen. Zijn handen werden in het gras gedrukt en het lukte hem niet om uit haar greep te ontsnappen. Ze duwde haar schenen op zijn armen en plukte razendsnel een paardenbloem naast zijn oor. Giuseppe spartelde als een vis, maar Maria Grazia wist met haar knieën zijn hoofd vast te zetten. Ze torende boven hem uit en genoot ervan. Ze lachte en besprenkelde zijn lippen met de melk.

Nu liepen ze zwijgzaam over de paden langs de weiden. Giuseppe voorop, Maria Grazia achter hem. Ze moesten veel hoger dan hij de eerste keer was gegaan. Soms keek hij even om. Dan wachtte hij totdat Maria Grazia weer bij hem was.

'We moeten naar de gletsjer,' zei Giuseppe. Hij wees naar de ijskoude halsketting om de top.

Ze zag de natte plekken op zijn kleding bij de lederen riemen van de mand. Ze zweette zelf ook, op haar neus zaten kleine parels. Maar ze liepen door zonder te rusten. De omgeving werd stiller en leger. Eerst verdwenen de vogels, daarna de bomen, en ten slotte ook de bladspringers die de ochtend hadden bezongen. Er was alleen het geluid van hun ademhaling in de ijle lucht. Ze hadden beiden hun mouwen opgestroopt.

Even leek het of er niets was veranderd. Of alleen iets aan de buitenkant. Toen Giuseppe en Maria Grazia in de eeuwige sneeuw stonden en het licht hun ogen dichtkneep, vonden hun handen elkaar. Er was geen onhandigheid, geen angst, alleen het kinderlijke genot van zonnestralen.

Giuseppe deed de mand af en groef een gat in de sneeuw. Hij bracht een handvol naar haar mond. Ze zoog het water uit het ijs en kauwde op de kristallen. De kou schoot rechtstreeks naar haar hoofd.

'Au,' zei ze met een verwrongen gezicht.

Hij kende het gevoel, alsof er een priem door je schedel kwam.

Ondanks de pijn zei Maria Grazia: 'Meer.'

Ze had dorst, en ze had het warm. Het liefst was ze op haar knieën gaan zitten en had ze zelf twee gaten gegraven in de gletsjer. Ze wilde het ijs tegen haar huid drukken, op haar nek en haar borst, sneeuw in haar decolleté. Het was de suggestie van de dingen die haar deed duizelen en hem deed beven.

Terwijl Giuseppe de oogst binnenhaalde, zag Maria Grazia de damp van zijn armen komen. Hij hakte grote blokken ijs uit de gletsjer en deed ze in de rieten mand die zij vasthield.

Er gebeurde niets, zoals er ook niets was gebeurd toen ze onder de bejaarde zon hadden gelegen.

Ze liepen de lange weg terug naar Venas di Cadore. Zoals *porteurs de glace* in de Pyreneeën en de arme mannen die het ijspad van de Etna afdaalden, zakte Giuseppe soms door zijn knieën.

Het was alsof er lood in zijn ledematen was gegoten. IJsblokken zijn zwaarder dan meelzakken en balen koffiebonen. Niets kan eraan tippen. Het enige voordeel ten opzichte van de lijkzware last van meel en bonen was het feit dat ijs smelt. Het smeltwater druppelde uit de mand, viel op de dorstige aarde en maakte het juk lichter. Toen ze thuis waren, was de oogst geslonken. Maria Grazia keek naar het ijs dat Giuseppe in de houten ton deed.

'Is het nog genoeg?' vroeg ze.

Ze was met hem naar binnen gelopen zoals vroeger, alsof ze bij hem ging spelen. Er was een spel dat ze zelf hadden verzonnen. Hij moest zijn bovenkleding uittrekken en op zijn rug liggen, zij liet de waterval van haar haar uiteenspetten op zijn borst. Giuseppe mocht niet om genade roepen. Dan had hij verloren.

Boven hem lagen zijn broertjes en zussen op de houten vloer. Ze hoorden allerlei geluiden en toen het houten wiel dat in beweging kwam.

Giuseppe draaide in een constant tempo en keek onafgebroken in de cilinder. Alsof hij onderdeel van de machine was.

'Mag ik ook?' vroeg Maria Grazia na een tijdje.

Hij maakte plaats voor haar. Ze bracht haar hand naar de greep en begon te draaien. Hij voelde de warmte die van haar huid afstraalde en hoorde haar ademhaling versnellen. Draaien, draaien, draaien. Steeds raakte ze hem heel even aan, bijna onmerkbaar, en zo waren ze beiden, op hetzelfde moment, deelgenoot van een wonder. Maria Grazia zag hoe de rode jam lichter van kleur werd aan de rand, hoe de massa langzaam luchtiger werd en steeds voller van structuur. Giuseppe ontdekte dat haar borsten zacht waren. Zachter nog dan zomerlicht.

Zijn hart bonkte zo hevig dat zijn borst meedreunde. Hij was bang dat Maria Grazia het merkte, het kon horen misschien. Dieren konden angst ruiken.

'Ik ben ongelofelijk benieuwd,' zei ze.

'Nog heel even.'

Hij pakte de grote lepel en klemde zijn hand om de steel, de duim er stevig omheen. Het ijs was rozerood, met kleine, donkere puntjes.

Maria Grazia nam een hap, en terwijl het ijs smolt op haar tong, werd ook zijn angst vloeibaar, minder solide. Het waren haar gesloten ogen. Giuseppe bekeek haar lippen, haar blote armen en haar borsten, die meeademden met haar lichaam.

'Het is fantastisch,' zei Maria Grazia. 'Het is lekkerder dan wat ook.'

Ze had hem betrapt, maar liet niets merken.

Hij hield haar de lepel weer voor. Maria Grazia nam een grotere hap van het ijs. Deze keer sloot ze haar ogen langer, alsof ze wegzonk in de smaak, zoals je kunt wegzinken in een diepe slaap. Het was een spel, een eeuwenoud spel, maar nieuw voor Giuseppe. Het kwam niet in hem op dat hij een tegenzet moest doen.

Er ging een minuut voorbij. Toen opende Maria Grazia haar ogen. Giuseppe had naar haar tepels gekeken die door de stof van haar kleding prikten. Hij vroeg zich af of ze de kleur van het ijs hadden.

Ze aten samen de cilinder leeg. Zijn broertjes en zusjes joelden toen ze bovenkwamen. Ze wilden aardbeiensorbet, maar moesten het doen met de aanblik van hun genoegen. De lippen van Maria Grazia glansden als een verboden vrucht.

De zomer zeeg neer. Warmte en droogte, overal de geur van hooi. De dagen waren licht en lang, de luchten helderblauw, en in de avond doordrenkt van lavendel en citroen. Giuseppe liep elke ochtend naar de gletsjer op de Antelao. Hij oogstte ijs en kwam drijfnat terug. Maria Grazia plukte vruchten in het bos, glanzende bramen en doffe, bijna zwarte bosbessen. Ze maakten indigo ijs dat hij langs de weg verkocht. De mensen stonden in de rij en lieten zich elke dag verrassen door een nieuwe kleur, een nieuwe smaak.

Giuseppe kocht abrikozen en perziken uit Bozen, boeren brachten pruimen en peren, en later ook vijgen. Hij toverde ze om in bevroren gele, grijze en roze substanties die meteen opgegeten moesten worden. Er waren ook kinderen die het ijs naar huis moesten brengen, naar een grootmoeder die hun geld had meegegeven.

'Ren zo snel als je benen je kunnen dragen,' zei Giuseppe tegen hen.

Draaien, draaien, draaien.

Maria Grazia duizelde. Er waren dagen dat ze naast elkaar stonden in de keuken of de kelder en alles naar rood fruit en suiker rook. Hun vingers kleefden, zelfs hun adem geurde naar frambozen.

Ze wachtte nog een maand, maar ook toen gebeurde er niets. Althans, niet hetgeen waarop Maria Grazia hoopte, waarnaar ze verlangde. Er gebeurde wel iets anders.

Achteraf legde men een verband met de steeds vreemdere kleuren en smaken die Giuseppe maakte. Daar had het mee te maken, zeiden de mensen. Toen hadden we het kunnen weten.

Op een middag verkocht hij lichtoranje sorbetijs aan de doorgaande weg van het dorp. De klanten namen uiterst voorzichtig een hapje, maar vonden het fantastisch smaken. 'Ik proef tomaat,' riep een man uit. 'Ik proef echte tomaat!'

Giuseppe draaide ook ijs van geitenmelk, vlierbessenbloesem, verse munt en dennennaalden. Maria Grazia had de naalden van de bomen geplukt, Giuseppe had ze in een pan met water en suiker gedaan. Je moest precies als een apotheker zijn. Te veel suiker maakte het ijs te zoet en zacht.

Toen Maria Grazia mocht proeven, was het alsof ze een hap nam uit het bos waarin ze haar halve jeugd had doorgebracht.

Dennenappels zoeken en hutten bouwen, met takken zwaardvechten. Dat alles proefde ze, maar ook het licht dat in spaken tussen de stammen viel, en het holle geluid dat haar voeten maakten op de aarde vol wortels.

Dit was wat ze in zijn ogen had gezien, in zijn raadselachtige blik. Ze had geweten dat hij dit gevoel in haar teweeg kon brengen, dat hij haar op twee plekken tegelijk kon laten zijn.

De volgende dag maakte Giuseppe ijs van espresso. Hij had er een extra ingrediënt aan toegevoegd, een brok Zwitserse chocolade die hij had gekocht van Tiziano De Lorenzo. Er waren ijseters die de donkerzoete toon ontdekten, maar Giuseppe wilde niet onthullen wat het was. De beste recepten zijn geheim, had de Weense ijsmaker gezegd.

'Is het kamille?' vroeg iemand.

Giuseppe gaf geen antwoord.

'Is het dan kaneel?'

Velen hadden die avond moeite in slaap te komen.

Maria Grazia, die talloze lepels van het ijs had geproefd, lag eindeloos te draaien in bed. Ze dacht aan de sterke armen van Giuseppe en aan zijn handen waarmee hij geen munten kon krombuigen, maar wel abrikozen had ontpit. Midden in de nacht sloop ze met een kaars naar buiten. Ze ging onder Giuseppes slaapkamerraam staan en riep met zachte stem zijn naam. Toen er geen reactie kwam, gooide ze steentjes tegen het glas.

Giuseppe stak zijn slaperige hoofd naar buiten.

'Ik wil je wat laten zien,' zei ze.

'Nu?'

'Ja.'

Het kon niet langer wachten, ze had lang genoeg gewacht.

Na een tijdje hoorde ze de deur opengaan en kwam Giuseppe naar buiten in zijn slaapkleren. Hij zag de woeste blik in de ogen van Maria Grazia en kreeg niet de kans om iets te vragen.

'Ik hou van je,' zei ze.

Giuseppe zei niets terug. Hij wist niet wat hij moest zeggen. Hij sprak de taal van de liefde niet.

Maria Grazia deed een stap naar voren. Toen knoopte ze haar nachthemd open. Ze droeg er niets onder. Hij durfde niet te kijken, maar keek toch.

Haar borsten glansden in het kaarslicht. Ze waren blanker dan haar buik en het waren duizelingwekkende kopieën van elkaar. Maar wat Giuseppe het meest trof waren haar tepels. Ze waren amberkleurig en hadden de gloed van goudgeroosterde kastanjes.

Dit wilde ze hem laten zien.

Giuseppe kon nauwelijks geloven dat de vrouw die voor hem stond Maria Grazia was.

Hij had giganten van bomen doormidden gezaagd, hij had een kachel over de bergen gedragen, maar tegen deze schoonheid was hij niet opgewassen.

'Geef me een baby,' zei ze.

In plaats van het nachthemd van haar lijf te rukken, haar lippen langdurig te kussen en haar vervolgens onder de sterrenhemel te nemen, fluisterde hij bijna onhoorbaar één woord: 'Genade.'

Het was augustus, nog niet zo diep in de maand. Over twee nachten was het de naamdag van de heilige Laurentius, die volgens de vertelling bijna tweeduizend jaar geleden was doodgemarteld op een gloeiend rooster. Er waren al vallende sterren te zien, meteoren van de Perseïden die de dampkring binnendrongen. In de vroege ochtend van dertien augustus zou het hoogtepunt worden bereikt met tientallen vallende sterren per uur, de tranen van Laurentius. Giuseppe liep toen al over het achterliggende land. Hij wilde naar de Gotthardtunnel lopen en dwars door de bergen reizen, maar raakte gedesoriënteerd onder de regen van meteoren en kwam uiteindelijk in Genova aan, waar hij in de haven de plechtige oceaanstomer Kaiser Wilhelm II zag liggen. Giuseppe had nog nooit de zee geroken en hij had nog nooit een schip gezien.

De honderdveertig meter lange oceaanstomer van de Norddeutscher Lloyd maakte zich op voor een vertrek naar New York. Er werden kisten aan boord gehesen, mannen droegen koffers over smalle loopplanken. In de eersteklas waren 180 plaatsen, in de tweede klas 86 en het tussendeks telde hutten voor 644 passagiers. De romp was geheel wit.

Zijn moeder wachtte in zijn kamer met het raam open. Maria Grazia huilde al dagen achtereen. Haar golvende, donkere haren hingen voor haar gezicht als een rouwsluier. Ze hield met haar ene hand haar andere vast, maar ze bleef het gemis voelen. Het stroomde door haar bloed. Ze was bang dat ze Giuseppe nooit meer zou zien. Langs de doorgaande weg bleven mensen de eerste dagen nog staan in de middag; er werd gespeculeerd over een nieuwe, uitzonderlijke smaak die moeilijk te bereiden was, diepblauw als de nacht, maar toen er na een week nog altijd geen teken van de ijsmaker was, liep men langs zijn plek alsof hij nooit had bestaan, alsof het allemaal een droom was geweest.

In het groene water van de haven was de Kaiser Wilhelm II afgevaren. Statig, met een kleine golf voor de boeg, begaf het schip zich naar zee. Er was geen lichte schok geweest, ze voeren opeens, waren in beweging. Vanaf de kade met de hoge kranen en de talloze achterblijvers met zakdoekjes en hoeden in hun hand leek het of het nauwelijks vaart had, maar het kielwater borrelde en schuimde. Binnenin zwoegden stokers en gloeiden ketels, uit de ronde schoorstenen kwamen grote rookwolken. Er hing een sfeer van afscheid, maar ook van vreugde, het verlangen naar een nieuw leven. Wie op het achterdek stond, kon de kust zien verdwijnen. De scheepshoorn weerklonk nog éénmaal.

Tien dagen later, bij het vallen van de avond, stond Giuseppe Talamini alleen aan de reling. Het schip voer op volle snelheid, zestien knopen. De golven werden doorkliefd, het water was donker. Hij had niet door de bergen gereisd, hij had niet het licht aan het einde van de tunnel gezien. Maar wat hij nu zag, was net zo verblindend als sneeuw. Er was land te zien en boven dit land stond een gigantische zon.

'De geest waarin maar één gedachte groeit'

In de gang van ons huis in Venas di Cadore hangt een imposante indianentooi. De veren zijn van een adelaar, 'de grootste en sterkste van alle vogels'. De tooi zou meegenomen zijn door mijn overgrootvader toen hij terugkwam uit Amerika. Hij had zich na aankomst in Castle Clinton aangesloten bij een groep immigranten en was betrokken geweest bij de bouw van een wolkenkrabber. De stenen staan vermoedelijk nog altijd overeind, maar de naam van de toren met talloze ramen is niet overgeleverd. Hij zou hierna met andere Italianen hebben gewerkt aan een spoorweg in het noorden. Houthakken, bielzen leggen, de rails die steeds langer worden en verdwijnen in de verte. Daarna wordt het vager, het beeld onscherp. In Wyoming zou hij op buffels hebben gejaagd. De runderen met de brede kop en machtige hoorns, hun bruine haren lang en stug. Tijdens dit laatste werk komt hij, in mijn verbeelding, in aanraking met de Sioux, de zwartvoetindianen die toen al in een reservaat woonden in Zuid-Dakota. De legendarische Chief Red Cloud had zijn mensen hiernaartoe geleid na het Verdrag van Fort Laramie; elke veer in zijn tooi stond voor getoonde moed in de strijd tegen andere stammen, de Pawnee, de Crow, en later ook tegen de kolonisten. Witte veren als bliksemschichten, land dat werd veroverd en heroverd, en ten slotte voor altijd verloren raakte.

Tegen de eerste man die Giuseppe zag bij terugkomst in de

Noord-Italiaanse bergen zei hij: 'Bleekgezicht, gegroet zij u.' Althans, dat is de overlevering van de overlevering van de overlevering.

Mijn vader, de andere Giuseppe Talamini, loopt langs de indianentooi en daalt af naar de kelder, die is uitgegraven en met nieuwe pijlers gestut. Hij drukt op de schakelaar. Het licht kaatst van de cementmolen naar de kolomboren, langs de duizenden schroevendraaiers, sleutels, vijlen, tangen en haken aan de muren, tegen de beitels en borstels en de schuurmachines en werkbanken. Een schatkamer van gereedschap. Dit is het levenswerk van mijn vader, of eigenlijk de wraak op zijn leven. Hij is zevenenvijftig jaar ijsmaker geweest, maar eigenlijk had hij uitvinder willen worden.

Mijn grootvader was een onbuigzame man. Hij geloofde niet in de dromen en ambities van zijn zoon en had hem ook gewoon nodig in de ijssalon. Toen mijn vader vijftien was, moest hij door de straten van Rotterdam fietsen met een ijscokar. 'Het ijs smolt op sommige dagen sneller dan je het verkopen kon,' vertelde hij vroeger aan de eettafel als wij klaagden over het werk. 'Je had na een dag niet alleen pijn in je rug en je armen, maar ook in je benen.'

In de wintermaanden ging hij in een werkplaats in Calalzo aan de slag. Hier maakte hij moeren en bouten uit grote stukken ijzer. Zijn ogen ietwat toegeknepen, zijn zwarte schoenen tussen het vijlsel op de vloer. Elk jaar kocht hij van het geld dat hij verdiende nieuw gereedschap. Het begon met een basis die iedereen in huis heeft, misschien iets uitgebreider, maar toen hij de ijssalon van zijn vader had overgenomen en zijn eigen geld verdiende, kocht hij zijn eerste machines om te boren, schuren, slijpen en zagen. Het waren krijsende monsters met grote werkbanken, maar hij kocht ook lieflijke bahco's en de minuscule instrumenten die horlogemakers en graveurs gebruiken. Alles, alles wat hij nog niet had. En ook zevenduimsspijkers, dopmoeren, contramoeren, felsmoeren, rechtse schroeven, linkse schroeven, dubbele schroeven, schroeven zonder einde, blinde bouten.

Ooit stond er voor de deur in Venas een vrachtwagenchauffeur die was doorgestuurd door de ijzerhandel in Belluno. Hij was al jaren op zoek naar een bepaalde bout. Mijn vader luisterde naar de omschrijving van de chauffeur zoals een kind luistert naar een sprookje en nam hem mee naar de kelder. Hij deed het licht aan, de schatkamer weerkaatste haar pracht. De pupillen van de vrachtwagenchauffeur verwijdden zich razendsnel. Hij wist niet wat hij zag, en het was misschien de helft van het gereedschap dat er nu staat. Nu staat ook de dubbele garage vol blinkend metaal.

Mijn vader liet zijn verzameling verder nooit aan anderen zien, 'omdat niemand het begrijpt'. De meeste mensen denken dat het een ziekte is. Maar de chauffeur feliciteerde mijn vader met de rijkdom aan werktuigen en machines.

'Zoiets heb ik nog nooit gezien,' zei hij.

Zoiets bestond waarschijnlijk ook niet.

Mijn vader zocht in enkele metalen bakjes en haalde na een minuut een bout tevoorschijn.

'Ja,' zei de chauffeur eerst alleen. 'Ja.' Toen kwamen er tranen in zijn ogen. 'Ongelofelijk,' zei hij. 'Dit is 'm. Ja, dit is 'm echt. Deze bout...'

Dit was de mooiste dag uit zijn leven, en waarschijnlijk ook die van mijn vader.

Hij vertelde het verhaal graag als mijn moeder haar afkeuring uitsprak over een nieuwe boor of schuurmachine.

'Ik hoop dat je ook een keer het schroefje vindt dat loszit in je hoofd.'

'Niemand begrijpt het, zelfs mijn eigen vrouw niet.'

Eén keer heeft ze hem onder druk gezet. 'Als je die werkbank koopt, Beppi,' zei ze heel stellig, 'dan ga ik bij je weg.'

Mijn vader kocht de werkbank, mijn moeder is gebleven. Mijn broer en ik begrepen er niets van, we waren jong en wisten weinig van het huwelijk, van de dreigementen, de compromissen, de scheuren. Mijn moeder heeft nooit meer een opmerking gemaakt over de verzameling van mijn vader, maar in haar voorhoofd verschenen steeds diepere rimpels, alsof ze waren aangebracht met een beitel.

Mijn vader gebruikte het leven dat hij leidde als rechtvaardiging om gereedschap te kopen. Hij wilde nooit ijsmaker worden en hij had ook nooit de ijssalon van zijn vader willen overnemen. Maar hij had het toch gedaan.

'Ik heb zevenenvijftig jaar geen zomer gehad,' zei hij vaak na zijn pensioen, waarna hij een doos openmaakte die een waterpas bevatte of een ijzerzaag die hij nog niet in die lengte had.

Meer dan een halve eeuw geen lange, zonnige zomer, geen vroege zomer, geen lege zomer, geen zwoele zomer, geen koele zomer, geen zoete, weemoedige zomer en geen zomer aan zee. Het was zijn klaaglied, of eigenlijk een mantra waarmee hij zichzelf maar ook anderen wilde overtuigen.

Ik ben ontelbare malen tevergeefs in discussie met hem gegaan. 'Waarom ben je nooit iets anders gaan doen?'

'Dat kon niet.'

'Het kan altijd.'

'Nee, vroeger niet.'

'Je had alleen je eigen weg moeten inslaan.'

'Die weg was al uitgestippeld voor mij,' zei hij. 'En toen het misschien kon, toen er eindelijk ruimte voor was, heb jij de benen genomen.'

Mijn vader geeft mij graag de schuld van het feit dat hij tot zijn tweeënzeventigste ijs heeft moeten maken en scheppen.

'Toen jij werd geronseld door je poëzievriendjes, moest ik Luca helpen.'

'Ik ben niet geronseld.'

'Gehersenspoeld dan.'

'Dat heet hartstocht.' Het klonk dramatischer dan ik wilde, maar ik kon zo snel geen ander woord vinden. 'Zoals jij houdt van een kettingzaag, zo hou ik van poëzie.'

'Je bent gehersenspoeld.'

Hij bedoelde de medewerkers van het World Poetry Festival, de toenmalige directeur, zijn redacteuren, de mooie stagiaires. Het kantoor zat aan de overkant van de ijssalon. Ze kwamen 's zomers vaak een ijsje eten aan het einde van de dag. Maar de directeur kwam ook in de ochtend, als we net open waren en het rustig was, dan dronk hij een espresso. Zijn naam was Richard Heiman, een man met waterig blauwe ogen en een diepe stem. Hij had altijd een dichtbundel bij zich die hij op tafel openvouwde. Hij las gewoon door als hij een slokje nam.

Ik weet niet meer welke bundel hij aan het lezen was toen ik hem zijn eerste espresso bracht, ik weet wel dat het stofomslag ontbrak en dat de band rood was. Donkerrood met gouden letters die je kon voelen als je je vingers eroverheen zou laten gaan. Schoonheid is iets wat je pas op een bepaalde leeftijd ziet. Voor kinderen is het onzichtbaar. Het bestaat wel, maar ze kijken eroverheen. Ik beeld me graag in dat de glanzende letters op de bordeauxrode dichtbundel de eerste glimp van schoonheid vormden die ik in mijn leven opving.

Ik had genoeg klanten zien lezen op het terras of aan de tafeltjes binnen. Meestal was het de krant, maar er waren ook vrouwen die pockets met weelderige omslagen lazen, terwijl ze eindeloos lang over hun bekertje met vanille, hazelnoot en chocolade deden.

'Uw ijsje smelt,' zei mijn vader soms van achter de toog.

De vrouw keek dan met een blozend gezicht op, alsof hij haar gedachten had gelezen, de vurige beelden die door de zinnen werden opgeroepen.

Richard Heiman las het mooiste boek dat ik ooit had gezien. Ik was vijftien en zat op het gymnasium in Valle di Cadore, maar was gedurende de zomervakantie drie maanden in Rotterdam, eindelijk herenigd met mijn ouders. Hij merkte mij niet op toen ik naast hem stond. Hij was verdiept in een gedicht.

Ik probeer nu nog, over de afstand van al die jaren, de gouden letters te lezen. Was het misschien 'To Urania' van Joseph Brodsky of 'High Windows' van Philip Larkin? Las hij 'De laatste roos' van Anna Achmatova of wellicht het verzameld werk van Paul Celan? Ik kan het hem niet meer vragen; hij is de rivier overgestoken en heeft al zijn herinneringen meegenomen.

'Wilt u misschien iets bestellen?' vroeg ik.

Hij keek verschrikt op. 'Excuus.' Eén woord, en toen die blauwe ogen die naar binnen probeerden te kijken. 'Stond u al lang te wachten?'

Geen enkele klant had mij eerder met 'u' aangesproken. Het paste bij hem, maar dat zou ik later pas ontdekken. Toen zag ik wat hem zo galant maakte: soms was het alsof hij uit een andere tijd kwam. De tijd van de dichters van wie hij zoveel hield. De Lake Poets: Wordsworth, Coleridge, Southey. En natuurlijk Shelley, Keats, Lord Byron.

Hij bestelde een espresso.

De volgende dag vouwde hij een andere bundel open op tafel. Ik besloot niet te vragen wat hij wilde drinken en bracht hem een espresso. Tot mijn verbazing keek hij op van het gedicht dat hij aan het lezen was en zei: 'Dat is heel vriendelijk van u.' Daarna verdween zijn blik weer in de bundel.

Het duurde een maand voordat ik durfde te vragen wat hij aan het lezen was.

'Dit,' antwoordde Heiman, 'dit is hedendaagse, onbegrijpelijke poëzie met heel soms een kristalhelder beeld. Laten we met iets anders beginnen.'

Hij nodigde me aan zijn tafeltje uit en toen ik tegenover hem zat, begon hij voor te dragen uit het lange autobiografische gedicht 'Epipsychidion' van Percy Bysshe Shelley. Eerst in het Engels, daarna ook de vertaling. 'Ik hoor niet bij de sekte die gebiedt/ Dat men in onze samenleving niet/ Meer dan één lief mag hebben aan zijn zijde/ En dat men alle anderen moet mijden.' Zijn handen bewogen mee, het was alsof hij voor een volle zaal voordroeg. De andere klanten keken naar ons, maar ook mijn moeder, die ijs schepte voor een meisje, draaide haar hoofd om. 'Klein is het hart waarin één liefde gloeit,/ De geest waarin maar één gedachte groeit,/ Het leven dat men aan één doelwit wijdt,/ Zijn kans verspelend op onsterfelijkheid.' Toen was het over, en keek hij mij met zijn waterige ogen aan, de ogen van een oude man.

Het was alsof iets uit de zinnen omhoog was gekomen, een parfum.

Ik heb me talloze malen afgevraagd waarom hij dit gedicht had gekozen, waarom hij juist deze strofen uit 'Epipsychidion' had voorgedragen. Tegelijkertijd stel ik mezelf de vraag: als ik iemand de pracht van poëzie mag laten zien, met welk gedicht zou ik hem dan inwijden? Waar moet je beginnen? Er zijn zoveel docenten die scholieren met het allereerste gedicht weten af te schrikken, of nog erger: hen opzadelen met een levenslange afkeer van poëzie. De keuze is oneindig, maar er lijkt maar één mogelijkheid. Eén gedicht voor iedere afzonderlijke leerlingenziel. Ze zouden nooit klassikaal mogen worden voorgelezen.

Heiman vroeg wat ik ervan vond. Ik wist niet wat ik moest antwoorden. Ik was jong, ik had de baard niet eens in de keel. Wat had ik kunnen zeggen? Dat ik mijn leven ging veranderen? Dat ik mijn hart zou openen voor honderd vrouwen die allen de liefde van mijn leven zouden zijn? Of had het gedicht dat al gedaan? Was de deur van een der kamers, zonder dat ik het had gemerkt, op een kleine kier gezet? Ik denk soms van wel.

Hij verbrak de stilte en vertelde over de vroege dood van Shelley, op dertigjarige leeftijd. 'Hij is verdronken in de Baai van Lerici nadat zijn zeilschip, de Don Juan, was gezonken.' De dichter spoelde enkele dagen later aan op het strand tussen Massa en Viareggio. In de zakken van zijn witte zeemansbroek werd een bundeltje gedichten van John Keats gevonden. De gedichten, maar ook zijn lichaam, werden verbrand op het strand. Het was de tijd van de pest en de cholera; alles wat aanspoelde moest door vuur worden verteerd. De as werd begraven op de plechtige Engelse begraafplaats in Rome, *een glooiend groen grasveld bij de stadsmuur* waar *de wind fluistert tussen het lover van de bomen* en waar drie jaar eerder zijn zoontje William was begraven. 'Het hart van Shelley had niet willen branden,' zei Heiman, 'en was naar zijn vrouw Mary gezonden.' Na haar dood in 1851 werd het gevonden in een van de lades van haar bureau. Het was tot stof vervallen en gewikkeld in het gedicht 'Adonais'.

Stay yet awhile! Speak to me once again;
Kiss me, so long but as a kiss may live;
And in my heartless breast and burning brain
That word, that kiss, shall all thoughts else survive.

Wat van het hart over was, werd na de dood van zijn zoon Percy Florence begraven in Bournemouth, waar Mary ook lag. Zijn minnares Claire Clairmont was toen al gestorven. Ze werd volgens haar wens begraven met een sjaal die Shelley haar had gegeven.

Richard Heiman had voordat hij directeur werd van het World Poetry Festival aan de Universiteit van Amsterdam lesgegeven, Engelse taal en cultuur. Daarvoor had hij enige tijd in Stanford gezeten. De lage, zandstenen gebouwen en de keizersbomen waarin eekhoorns rechtop omhoogrenden. Er was een affaire met een studente, bijna twintig jaar jonger, de dochter van een voorname notaris. De gouverneur had zijn testament door hem laten opmaken, maar ook de president van de universiteit liet zijn akten ten overstaan van hem verlijden. Ondanks de belofte die hij in zich droeg en de grote waardering van zijn collega's, was de positie van Heiman onhoudbaar geworden. Het was de enige misstap in zijn leven, maar zo zag hij het zelf niet. Hij zou altijd met gevoelens van affectie aan Californië terugdenken. De lange, zachte avonden en de eeuwige zon. Haar voortreffelijke gezicht – Natalie heette ze –, om haar hals een dunne ketting met een bedeltje in de vorm van een bij, een geschenk van haar vader of haar eerste vriendje. Hij was het vergeten.

Hij vergat nooit een dichter. Hij wist meer van poëzie dan wie ook, hij kon zich geen leven zonder voorstellen.

'Onzin,' zei mijn vader. 'Je kunt prima leven zonder poëzie. Ik doe het al meer dan veertig jaar.'

Het was een ander leven, bedoelde Richard Heiman. Een minder mooi leven. Hij gebruikte die woorden zonder schroom, maar ook zonder elitair te willen zijn. Hij was als de dokters die vroeger een sinaasappel voorschreven. Poëzie verrijkt je leven. Hij vertelde het in collegezalen, staand achter de katheder, terwijl zijn handen meebewogen met zijn woorden.

Hij kon gedichten citeren in vijf verschillende talen: Nederlands, Engels, Frans, Duits en Latijn. Ook wist hij over elke dichter wel een anekdote te vertellen.

'Charles Baudelaire verfde zijn haren groen en verkondigde op feestjes dat de smaak van kinderhersenen hem deed denken aan walnoten.'

'Gérard de Nerval had een kreeft die hij aan een blauwzijden lint mee uit wandelen nam in de tuinen van het Palais Royal.'

'Toen Anna Achmatova werd afgeluisterd door de geheime politie schreef ze haar gedichten op sigarettenvloei. De bezoekers moesten ze uit het hoofd leren, waarna ze een lucifer bij het papiertje hield.'

'Geen krachtigere knoflooksoep dan die van Johnny van Doorn! Er zitten veertig teentjes in en de soep is een remedie tegen depressies, slechte stoelgang, huidirritatie, menstruatiestoornissen en duizeligheid.'

'Edwin Arlington Robinson liet zijn bed door zijn familie naar buiten dragen om onder de sterren te kunnen sterven.'

Mijn vader had op zijn vijftiende door de straten moeten fietsen met een ijscokar, ik luisterde naar poëzie. In de jaren dat Heiman in de ijssalon kwam, kreeg ik dagelijks een hoorcollege over de dichtkunst, van Aesopus tot Cornelis Bastiaan Vaandrager. Het was een vogelvlucht, en ik verlangde steeds meer naar een zachte landing in deze wereld van herfstdagen en verstilde binnenmeren, van witte bloesems en de wijde, wijde oceaan.

'Nu is het weer welletjes geweest,' zei mijn vader elke ochtend. 'Er moet ook worden gewerkt.'

In het begin had hij Heiman nog begroet met een glimlach. Het was de tijd dat we net een espressoapparaat hadden, een Faema E61, gestroomlijnd als een raceauto. Hij kwam uit Milaan en trok veel bekijks van Italianen die in Rotterdam woonden. Ze prezen de ronde vormen, maar vooral de smaak van de espresso.

'*Buonissimo*.'

'*Perfettamente*.'

Sommigen ontdekten zelfs de geur van rozen in het aroma. De Nederlanders waren minder enthousiast. De eerste klant die mijn vader een espresso voorzette, keek stomverbaasd naar het kopje.

'Wat is dit?'

'Espresso.'

'Er zit vrijwel niets in het kopje.'

'Dat hoort zo.'

'Maar ik kan bijna de bodem zien.'

Na een week stond er standaard een emmer klaar naast het

espressoapparaat. Als iemand zich beklaagde over de geringe hoeveelheid koffie in verhouding tot de prijs, dan zei mijn vader: 'U kunt er gratis een emmer water bij krijgen.'

Alleen Heiman dronk zijn espresso als een Italiaan. Hij genoot ervan, alsof het een klein gedicht was, een haiku.

Mijn vader verwelkomde hem steeds met een enthousiaste groet, totdat ik na een maand bij hem aan tafel ging zitten. Het was als het gezang van de sirenen. Odysseus had zich laten vastbinden aan de mast van zijn schip. Mijn vader had mij het liefst geketend aan de ijsmachine.

'Van poëzie kun je niet leven,' zei hij. 'Heb je die dichters niet gezien die om hem heen zwermen als vliegen?'

Soms zat Heiman op het terras met enkele dichters en trakteerde hij hen op een ijsje.

'Die jongen heeft zijn zool met plakband aan zijn schoen vastgemaakt,' fluisterde mijn vader. 'Zie je dat niet?'

Of: 'Als Heiman er niet was, had ik ze vóór zwervers aangezien en van mijn terras gejaagd.'

Heiman keek nooit neer op anderen. Zijn pakken waren handgemaakt en hij droeg altijd een stropdas, maar hij was zijn afkomst niet vergeten. Zijn ouders waren gewone mensen, net als de ouders van Shakespeare, wiens vader handschoenmaker was geweest. De sterkste herinnering uit Heimans jeugd was de geur van uierboord. Ze hadden het iedere zaterdag gegeten, zijn moeder nam het kleinste stuk. Hij stond niet boven dichters, hij bewonderde ze, althans, velen. Je had volgens hem niet alleen talent nodig, maar ook iets anders, wat zich niet zo makkelijk liet omschrijven. Het had met afzondering en doorzettingsvermogen te maken en ook met afstand van dingen, van bezit. Je had genoeg aan een tafel en een vel papier. Net als bij monniken was het een keuze voor een ander leven. Er waren dichters die het niet volhielden. Drank of drugs, sommigen pleegden zelfmoord.

De lijst was lang. Heiman had er twee persoonlijk gekend. Ze waren jonger dan Shelley geweest.

Ik heb nooit een dichter willen worden, ik heb het talent niet in me. Het zit niet in mijn bloed, het heilige waarvoor alles moet wijken. Natuurlijk heb ik het geprobeerd in die eerste jaren, aangeraakt door de taal van de zuchtende zielen en de grote doden. Het waren drie gedichten, waarvan één sonnet volledig in de stijl van Petrarca, de zwaan van Vaucluse. Maar mijn sonnet wilde lyrischer zijn dan de hele *Canzoniere*. Ik was de zwaan van Venetië, maar dan niet van de lagunestad met haar heiige ochtenden en leeuwen die uitkijken over de stille grachten, maar van de ijssalon met haar zoete smaken in alle kleuren van de regenboog.

Toch word ik minimaal twee keer per jaar als dichter uitgenodigd voor een poëziefestival ergens op de wereld. En het zijn niet de minste festivals. Soms sta ik zelfs al op het affiche. Ik heb verschillende programmaboekjes waar mijn naam in voorkomt: Giovanni Talamini, gerenommeerde Nederlandse dichter van Italiaanse afkomst. Mijn poëzie wordt geroemd om 'het grote humanistische inzicht' dat ik tentoonspreid en, aan de andere kant van de aarde, om 'de speelsheid' die ik weet te combineren met 'een subtiel gevoel voor sterfelijkheid'.

Veel directeuren van poëziefestivals zijn dichters die graag op het meest prestigieuze podium willen optreden, World Poetry. Ze denken dat het een ruilhandel is. Ik heb enkele jaren terug ruzie gehad met een Israëlische dichter. Hij belde me op en vertelde dat hij in Rotterdam wilde voorlezen. De tijd was er rijp voor.

'Hoe bedoel je dat je dat niet doet?' zei hij verontwaardigd.

'Ik boek uit principe nooit dichters die ook directeur zijn.'

De Israëlische dichter was directeur van het Sha'ar International Poetry Festival. De nadruk lag op een dialoog tussen de Hebreeuwse en Arabische cultuur. Er traden geëngageerde dichters van over de hele wereld op. Het was een belangrijk festival.

'Maar je mag ook bij mij optreden,' zei hij.

'Dat wil ik niet.'

'Op het hoofdpodium.'

'Ik ben geen dichter.'

'Je hebt toch wel een paar gedichten geschreven.'

'Die wil ik niet voorlezen, zelfs niet als ik onder schot word gehouden.'

Het was een moment stil aan de andere kant van de lijn. 'Ik heb op festivals over de hele wereld voorgelezen,' zei de Israëlische dichter toen. 'In Medellín, in Berlijn, in Struga.'

Waarschijnlijk hadden de directeuren of programmeurs van Medellín, Berlijn en Struga ook in Tel Aviv opgetreden, maar dat zei ik niet.

'Als je geen directeur meer bent, dan wil ik erover nadenken.'

De Israëlische dichter hing woedend op, maar onlangs belde hij weer. 'Ik ben geen directeur meer,' zei hij verheugd. 'Dus nu kun je me boeken.'

Ik vertelde dat hij vanzelf een uitnodiging zou ontvangen als we zijn werk goed vonden.

'Dus als ik niet word uitgenodigd, is mijn werk niet goed genoeg.'

Het was waar het op neerkwam, maar het was voor veel dichters onacceptabel.

De Israëlische dichter hing opnieuw woedend op.

Sinds ik directeur ben van het World Poetry Festival ontvang ik boze mails van dichters die zich miskend voelen. Ook word ik geregeld aangesproken op literaire festivals in het land. De benevelde toestand van de poëet maakt het er vaak niet aangenamer op.

'Waarom wil je op World Poetry staan?' vraag ik altijd.

'Omdat ik de beste dichter van de wereld ben.'

'Maar waarom vind je World Poetry zo belangrijk?'

'Nee, ík ben belangrijk!'

Ik probeer in mijn rol te blijven en leg uit dat World Poetry zo'n groot festival heeft kunnen worden omdat niet iedereen er zomaar kan optreden, en dat we trots zijn op onze autonomie. Geen sponsor, geen burgemeester, geen ambassade, geen letterenfonds en geen bestuur bemoeit zich met de programmering.

Richard Heiman vergeleek de status van World Poetry met de vuurtoren van Alexandrië. 'We zijn een lichtend voorbeeld,' zei hij. Als ik dat zou zeggen, zouden dichters mij te lijf gaan en uitmaken voor arrogante kwal. Heiman kon alles tegen hen zeggen. Hij kreeg ze vaak ook aan het lachen, zijn imitatie van Joseph Brodsky was briljant. Hetzelfde accent, dezelfde zangerige voordracht. Zelfs Brodsky had erom moeten lachen. Vele nationale en internationale dichters hadden gedineerd in het appartement van Heiman op de Westzeedijk, een jarendertigwoning, Nieuwe Haagse School. Beneden in de kelder waren de oude dienstbodekamers. Hier trok hij zich soms terug met een stapel bundels, maar in de zomer zat hij in de grote gemeenschappelijke tuin met rozen en sneeuwwitte hortensia's.

'Je moet een keuze maken,' zei hij toen ik achttien was. We zaten aan de ronde ijzeren tafel op het gazon, er stond een soave in de wijnkoeler. 'Ga je je leven wijden aan de poëzie of word je ijsmaker?'

Mijn vader was ijsmaker, zijn vader was het geweest, en zijn grootvader was er ooit mee begonnen. Ze hadden allemaal dezelfde duim, eeltig en sterk. Toen ik vier jaar oud was, had ik mijn eerste ijs gemaakt. Perensorbet. Mijn vader had tranen in zijn ogen. '*Sei un piccolo gelatiere*,' zei hij trots. Ik ben gegroeid, heb me ontwikkeld, heb me geschoren, heb een hart gebroken, maar in zijn ogen ben ik altijd een ijsmaker gebleven.

'Ik wil breken met de familietraditie,' zei ik.

'Daar was ik al bang voor.'

Hij nam een slokje van zijn wijn en keek me aan. Ondanks zijn ogen had hij iets jongensachtigs. Misschien kwam het door zijn gladgeschoren gezicht, wangen die rood werden als hij fietste. Zijn haar had nog een spoortje blond in zich, het geel van witlof. Hij haalde zijn hand er soms doorheen.

Toen zei Heiman plotseling, alsof hij een knoop had doorgehakt: 'Gefeliciteerd.' Hij glimlachte en hief zijn glas. We brachten een toost uit, de zon scheen door de gouden vloeistof.

'Het geluk is met de waaghalzen.'

'En wijst de angstigen af.'

Het waren de woorden van de beroemdste Romeinse dichter. Maar ik durfde later die avond in de ijssalon niet te vertellen dat ik na de zomer zou beginnen aan een studie Engelse taal en cultuur in Amsterdam. Ik voelde me een verrader, naar mijn vader toe, naar Luca, en naar mijn moeder, die tot middernacht de spatola in haar hand hield. Ze boog zich over het ijs als een landarbeider over aardappelen.

In de tuin met rozen en hortensia's had het gevoeld als vrijheid, als loskomen uit een web van verleden en traditie. De draden leken geknapt, maar dat was schijn geweest. Het rag was nog intact, het was dun en bijna onzichtbaar. Het zou me nooit lukken om helemaal los te komen, maar dat wist ik toen niet. Ik raakte steeds verder verwijderd van de ijssalon: ik ging naar de universiteit, ik ging in Amsterdam wonen, ik nam een bijbaantje bij Tofani, maar de fijne draden van de familie bleven aan mij kleven.

'Bij ijssalon Tofani?!' riep mijn vader uit. 'Ben je gek geworden?'

'Ik heb geld nodig.'

'Ze komen uit Bagni di Lucca. Het zijn Toscaners!'

De meeste Nederlandse ijsmakers kwamen uit Vodo of Venas, in ieder geval uit het Cadore-dal. Ze keken neer op de Toscaners. Het waren beeldenverkopers geweest die nu hun geld met ijs verdienden. Ze werden als na-apers gezien, hun ijs was van mindere kwaliteit, althans, dat vond iedereen uit Cadore met een ijssalon.

'Ze hebben je een baantje gegeven om achter onze recepten te komen! Het zijn dieven.'

'Ik bereid geen ijs, ik schep ijs.'

'Verkoop je ook broodjes?' vroeg mijn vader smalend.

Bij Tofani werden behalve ijs ook belegde broodjes verkocht. De familie had nog een andere ijssalon in Amsterdam en daar werd ook patat verkocht. Volgens mijn vader was er niks erger dan een ijssalon die naar een snackbar rook.

'Wat is de volgende stap?' zei hij ooit aan de eettafel toen hij tekeerging tegen de Toscaners. 'Softijs?'

Ik werkte niet voor de vijand, maar wel voor barbaren.

Luca sprak niet meer tegen mij. Als ik in de ijssalon was, deed hij alsof ik er niet was, of hij kwam de keuken niet meer uit waar het ijs werd bereid. Hij moest werken, omdat ik niet werkte. Dat moest ik zien, dat moest ik voelen.

Alleen mijn moeder informeerde naar mijn studie en wilde weten hoe het ijs van Tofani echt was.

'Hun vruchtenijs is minder lekker dan dat van ons,' vertelde ik, 'maar ze hebben ijs van pijnboompitten dat onweerstaanbaar is.'

De studie was alles wat ik ervan had verwacht. Alle vakken werden in het Engels gegeven. Tijdens hoorcolleges spraken docenten met dezelfde toewijding als Heiman over hun vakgebied, in de werkcolleges werden literaire teksten in groepsverband besproken. *The Spanish Tragedy* van Kyd, *Doctor Faustus* van Marlowe, de sonnetten van Shakespeare. Je voelde je als een aristocraat uit het elizabethaanse tijdperk. Zo ging je ook spreken, weelderig en verheven. Het was niet voor iedereen, er waren studenten die na een maand afhaakten en een andere studie gingen doen.

Ik bracht de meeste tijd door in de bibliotheek en las er het werk van Geoffrey Chaucer, de eerste grote Engelse dichter. *Canterbury Tales*, *Troilus and Criseyde*. Het was ook een keuze voor een ander leven; dezelfde stilte die monniken omringt, maar dan met jonge vrouwen die zich bogen over vuistdikke boeken. Tegenover me zat een meisje dat de tragedies van Shakespeare las. Hij had de zwaarste en de grootste in een tijdsbestek van slechts een paar jaar geschreven: *Othello*, *Hamlet*, *King Lear*, *Macbeth*. Volgens Heiman waren dit zijn beste toneelstukken, het waren drama's die door de ziel sneden, zonder de opsmuk en de overvloed van verwarrende namen in koningsdrama's als *Richard III*. Na *Macbeth* had Shakespeare nog enkele romantische spelen geschreven, maar die hadden niet de diepte van zijn beste werk.

Het meisje had blonde haren en een wipneusje en kwam uit een plaatsje in Brabant dat Wouw heette. Toen ze de volgende ochtend wakker werd en haar ogen opende, zei ze: 'Wat kun jij bewegen in je slaap.'

'Ik heb gedroomd over wat we hebben gedaan.'

Ze wreef in haar ogen en gaapte toen. Het maakte haar op een bepaalde manier onschuldig, heel jong. Misschien kwam het ook door haar korte neus, de sproeten op de punt die een klein beetje omhoogstond. Ze veranderde in een klein meisje als ze zich uitrekte.

Ik had geen geluid mogen maken, haar huisgenote lag al op bed. De wand was zo dun als karton. Ze had me mee naar huis genomen, nadat we in een café wijn hadden gedronken. Eerst steeds een glas, daarna ook een hele fles. Het plan was om wat te gaan eten, maar de wijn had de honger aan het einde van de avond verdreven. Een andere honger was ervoor in de plaats gekomen.

'Jij mag trappen,' had ze gezegd.

Ik had zelf nog geen fiets in Amsterdam en ging overal te voet naartoe. Maar nu mocht ik plaatsnemen op een geelgeverfde omafiets met een meisje op de bagagedrager, haar benen aan de linkerkant. De lichten van de auto's deden het nylon blinken.

Ik werd ontmaagd onder een boekenplank waarop ook ergens een dagboek stond, om precies te zijn tussen W.B. Yeats en T.S. Eliot. Ze duwde haar hand op mijn mond. Zelf had ze haar maagdelijkheid verloren toen ze vijftien was. Het was een foute jongen geweest, dat vertelde ze toen we 's ochtends naast elkaar lagen. Veel ouder. Hij was ook met haar beste vriendin naar bed gegaan. Ze had gehoopt dat het iets speciaals zou zijn, iets wat je maar één keer aan iemand kunt geven. De tweede keer was veel fijner geweest, een andere jongen, haar jeugdliefde die in Wouw was achtergebleven. Hij had een knetterende Zündapp en een kuif.

Ik durfde niet te vertellen dat ik door haar ontmaagd was. We bleven de hele ochtend in bed liggen. We zoenden, we deden het nog een keer, en toen een derde maal. Het was zaterdag, het was september, de zon scheen. In de ijssalon boog mijn moeder zich over het ijs, hield mijn vader een dienblad met koffie vast en vulde mijn broer de cilinder van de Cattabriga met een mengsel van melk, suiker, eierdooiers en fijngestampte amandelen.

Toen ik op zondag met de trein naar huis ging, dacht ik onafgebroken aan de lendenen van Laura. Ik had ze gekust, het was een drang sterker dan ikzelf.

'Wat doe je?'

Ik wist het niet, ik kon niet anders. Mijn hart bonkte als een vuist op een deur.

'Het kietelt.'

Ik kuste het witste plekje van haar lichaam, totdat ze beslist maar met een fluwelen stem fluisterde: 'Ik wil je in me.'

Luca kon het zien, ik wist het zeker. Toen ik de ijssalon binnenging, kwam hij net uit de keuken met een bak bijna wit ananasijs. Onze blikken kruisten elkaar, zijn ogen donker als kalamata-olijven, en hij wist het. Je kunt het zien, soms kun je het zelfs ruiken. Een bepaalde gloed, feromonen. Als ik op weg ben naar een internationaal poëziefestival en te moe ben om gedichten te lezen, dan doe ik een spelletje: ik probeer te raden wie er seks heeft gehad. Het zijn de vroege ochtendvluchten die het mooist zijn. Je kijkt naar de frisse gezichten, de blos op sommige wangen, de gewassen haren van vrouwen. Dan kijk je in hun kleine ogen, de wallen eronder. De wekker die hen heeft gewekt uit een diepe slaap, de wekker die te vroeg is gezet, zodat er nog even kan worden gedoezeld. Je denkt aan mannen die voor hun werk naar Sjanghai moeten, en hun vrouwen die zich tegen hen aan vlijen, op hen klimmen. Je denkt aan stewardessen die zich moeten haasten en hun vriendjes die hen niet willen laten gaan, hun rok omhoogstropen en hen met natte haren nemen. Ik zag ooit in de trein op weg naar de luchthaven een donkere vrouw in hemelsblauw uniform een vlek van haar jasje poetsen.

Ik was even bang dat mijn broer de bak met ananasijs zou laten vallen, maar hij liep stoïcijns door naar de voorkant van de zaak, waar mijn moeder een oudere dame aan het helpen was. Hij plaatste het ijs in de gekoelde vitrine, draaide zich om en liep terug naar de keuken. Ditmaal ontweek hij mijn blik.

Mijn moeder vroeg of ik kon helpen. Het zou een warme dag worden. Ik knikte en liep naar achteren om een schort om te doen.

'Voel je je schuldig?' zei mijn vader toen hij me zag.

'Nee, ik kom graag helpen.'

'We zijn vanochtend om zes uur begonnen met ijs maken.'

Ik wist het, ik kon het zien, aan zijn kleine ogen, de wallen eronder. Verder zag ik niets, verder wilde ik niet kijken. Ik liep naar buiten en ging bij een tafeltje staan van een echtpaar dat in de zon zat. De vrouw moest haar bestelling tweemaal zeggen. Het was een nazomerdag die als voorjaar voelde. 'En het hart is bonzend en niet hier,' dichtte J.C. Bloem in 'Eerste lentedag'. Ik dacht aan

Laura, aan de sproeten op haar neusje en aan haar lendenen.

Elke keer dat ik de ijssalon in liep, kon ik door het raampje van de keukendeur mijn broer zien staan. Hij hield de ijslepel in zijn rechterhand als een gigantische fallus. Hij had nog nooit seks gehad.

De ijssalon was zijn toekomst. Het was ook mijn toekomst geweest, de weg die was uitgestippeld. We zouden met z'n tweeën Venezia overnemen zoals de gebroeders Tofani de ijssalon van hun ouders hadden overgenomen. Later waren er vrouwen gekomen en had de ene broer de andere met het opzetten van een eigen ijssalon geholpen. Zo was het ook bij mijn vader en zijn jongere broer gegaan.

Aan het begin van de avond hing ik mijn schort over een stoel. De grootste drukte was voorbij, het was een goede dag geweest.

'Waar ga jij naartoe?' vroeg mijn vader.

'Ik heb een etentje.'

'Wij eten pas om negen uur.'

We aten altijd laat, eerst Luca en ik, daarna mijn ouders. Boven de ijssalon was het woonhuis, op de eerste verdieping de eetkamer en het slaapvertrek van mijn ouders, Luca en ik sliepen op zolder.

'Ik moet gaan,' zei ik.

'Ik moet werken,' zei mijn vader. 'Ik moet je broer helpen.'

Hij had nooit iets anders kunnen doen, omdat het vroeger niet kon, of omdat hij het lef niet had gehad. Maar dat durfde ik niet te zeggen toen ik achttien was.

'Ga maar,' zei hij. 'Ga maar naar je poëzievriendjes toe.'

Jaren later zou ik op dezelfde wijze uit het huis van een vrouw lopen, op weg naar een minnares. De vrouw zou mijn eerste vriendin zijn, mijn enige vaste partner. Ja, ik voelde schuld toen ik die avond naar buiten liep, onder de rood-wit gestreepte luifel van de ijssalon door, de nazomeravond tegemoet. Ragfijne draden trokken aan mij – alles was met alles verbonden, mijn maag met het getril van de ijsmachine, mijn hart met het mes in de keuken, het lemmet rood van aardbeiensap, mijn hoofd met het huis in Venas, mijn voeten met het dennenbos, de aarde vol wortels.

Heiman zat al in het restaurant. Hij was altijd te vroeg op afspraken. Als je ergens binnenkwam, dan zat hij te lezen in een dichtbundel. Ook op een barkruk kon je hem met een boek zien zitten. Mensen die hem niet kenden, zouden kunnen denken dat hij non-communicatief was, maar het tegendeel was het geval. Als er een stilte viel in een gesprek, was Heiman degene die deze verjoeg. Er waren genoeg verhalen te vertellen; anekdoten over dichters, geruchten over nominaties voor een belangrijke prijs. Of hij strooide onbegrijpelijke strofen als raadsels uit over de aanwezigen.

Hij merkte ogenblikkelijk dat ik somber was. 'Als je mijn zoon zou zijn, dan had ik je nu omhelsd,' zei hij.

En toen ik geen reactie gaf: 'Wat is er aan de hand?'

Ik vertelde dat ik in de ijssalon had geholpen. 'Het is alsof ik verraad pleeg, alsof ik iedereen achterlaat.'

Ik hoopte dat hij me zou troosten met enkele dichtregels, een eeuwenoud Engels kwatrijn dat ik nog niet kende en dat alles zou vatten wat ik voelde. Het mocht lyrisch zijn en druipen van emoties. Maanlicht, dode bomen, een leeg hart.

'Jongen toch,' zei Heiman. 'Zo voelt iedereen zich eens in zijn leven, zo heb ik me ook ooit gevoeld: achttien en alleen op de wereld. Dat is niet erg. Het gaat vanzelf over.'

Ik kon me niet voorstellen dat Heiman zich ooit had gevoeld zoals ik me voelde. Alles aan hem straalde een bepaalde onaantastbaarheid uit. Als kind moest hij zich al vrij en onafhankelijk hebben gevoeld. Het jongetje dat iedereen bijzonder vond, omdat hij vlinders probeerde te kussen. Het feit dat hij nooit was getrouwd, maakte hem niet minder compleet dan anderen. Hij had het huwelijk niet nodig als middelpunt van het leven. Er was het grote appartement met de vele schilderijen aan de muren, sommige geschonken door bevriende kunstenaars; er waren premières en feestjes die niet voor iedereen toegankelijk waren. Vrouwen bewonderden hem, de mooiste stagiaires van World Poetry waren voor hem gevallen.

'Het heeft alleen voor een dichter zin om treurig te zijn,' zei hij. 'Wij, normale stervelingen, moeten gelukkig zijn.'

Hij was gelukkig, en ik wilde me graag door hem laten leiden in het leven, zoals de vuurtoren op het eiland Pharus eeuwenlang zeemannen de haven in had gegidst. Nog steeds denk ik bij moeilijke beslissingen aan Heiman. Hoe zou hij het doen? Zou hij het de moeite waard vinden?

'Heb je al op de menukaart gekeken?' vroeg hij. 'Ze hebben een carpaccio van coquilles. Heb je dat al eens gegeten?'

Ik had nog nooit coquilles gegeten.

'Het is een soort oester,' zei Heiman. 'Of heb je ook nog nooit oesters gegeten?'

'Nee.'

'Dan bestellen we eerst oesters, want weten hoe je oesters moet eten is bijna net zo belangrijk als leren lezen.'

Misschien zagen mensen een vader en een zoon zitten aan de houten tafel met gesteven servetten en misschien was mijn vader niet alleen jaloers op mij, maar ook op de band die ik met Heiman had.

We spraken over mijn studie. Hij kende nog een aantal van mijn docenten.

'Paul Delissen!' zei hij. 'Wist je dat hij de zoon is van een scheepsmagnaat? Een puissant rijke man die opdrachten gaf aan kunstenaars. Hij liet ze monumentale sculpturen en schilderijen maken die hij schonk aan musea. Alle nobelheid is naar Paul gegaan, zijn jongere broer heeft een fabriek in Hongarije waar gesmolten kazen worden gemaakt. Ze hebben talloze smaken: paprika, tomaat, kruiden. Het is niet te eten, maar het verkoopt waanzinnig.'

Ik vroeg me af welke broer gelukkiger was, wat de ongeziene kant van hun leven was.

Heiman nam een slok van de witte wijn die hij had besteld. 'De vrouw van Paul heet Beppie Blum. Een fantastische naam! Ik ben benieuwd of ze nog samen zijn.'

Hij vroeg het zich vaker af, of hij wees naar een koppel in de menigte. 'Zijn vrouw,' fluisterde hij dan, 'weet de kleur van de ogen van vele dichters.'

Ik vertelde over de schrijvers die ik las, de dichters die hij beter kende dan zijn buren, en ten slotte ook over het meisje met het wipneusje.

'Dus je bent verliefd?' vroeg Heiman.

'Geen idee.'

'Wil je haar nog een keer zien?'

'Natuurlijk!'

Hij moest lachen. 'Heb je haar al poëzie voorgelezen?'

'Daar hebben we nog geen tijd voor gehad.'

De kelner serveerde het tussengerecht. Een klein stukje harder, een vis die in brak water zwom. Er werd lamsoor bij geserveerd, en een saus van boter, citroen en dragon. De kelner vertelde het allemaal zonder te hakkelen. Het was, net als de gerechten die nog zouden volgen, overheerlijk. Dit was de wereld van Richard Heiman. Flakkerende stompkaarsen, exquise gerechten, een verrijdbare humidor, en in het midden van de zaak een sokkel met daarop een boeket weelderige bloemen.

Aan het einde van de avond hielp de kelner ons in onze jassen. 'Dag meneer Heiman,' zei hij.

'Dag Marcel.'

We stonden op de stoep. Ik voelde me vrolijk, maar dat kon

ook komen door de wijn die ik had gedronken. Heiman was te voet, ik op de fiets. Ik wilde hem omhelzen, maar zag dat de kelner in de deur stond en naar ons keek.

De omhelzing zou nog jaren op zich laten wachten, en toen was het eigenlijk te laat. Het was begonnen met een hese stem en keelklachten, maar na anderhalf jaar werd pas de diagnose gesteld: amyotrofische laterale sclerose. Toen waren er ook de krampen en onwillekeurige spierbewegingen. Heiman greep soms opeens naar zijn kuit, zijn gezicht een en al pijn. Ze gaven hem injecties met spierverslappers, verder konden ze weinig doen. Zijn levensverwachting was maximaal drie jaar, maar daar moest de tijd van het stellen van de diagnose van worden afgetrokken.

Ik zie hem nog steeds zitten in zijn appartement, voor het grote raam dat uitkijkt op de tuin en de hoge bomen. Hij zit in een rolstoel en beklaagt zich over woorden die hij niet meer goed kan uitspreken. Slikken werd steeds moeilijker.

Hij had zijn taken meteen neergelegd toen de diagnose was gesteld. Ik was een van de eersten aan wie hij het nieuws had verteld. 'De ziekte is ongeneeslijk en het karakter is progressief.' Misschien had hij met dat laatste meer moeite dan met het feit dat hij eraan doodging.

De winter van zijn leven kwam als een sneeuwstorm. Zijn spieren verschrompelden, de signalen vanuit zijn hersenen wisten ze niet meer te bereiken. Zijn benen raakten het eerst verlamd, daarna zijn armen. Hij kon niets meer zelf doen. Ik zag hem voor het eerst zonder stropdas. Er was een Surinaamse vrouw die hem verpleegde, maar misschien wist ze niet hoe je een das strikte, of ze wist niet dat hij er altijd een had gedragen. Hij kon het haar niet meer vertellen.

Zijn stem was weg. Die prachtige, diepe stem waarmee hij ontelbare gedichten had voorgedragen die hij uit zijn hoofd kende. Het was niet alleen een gave die hij had, gedichten vanbuiten leren, het had ook met principes te maken, met een overtuiging. De tijd dat kinderen gedichten uit hun hoofd leerden op school was voorbij. Hij vond het een onvergeeflijke zonde. Al die schrijvers, al hun regels – ze vormden de basis van zijn leven. De gedichten kon hij niet meer opzeggen, maar ze zaten nog steeds in zijn hoofd. Zijn geest was niet aangetast door de ziekte. Terwijl hij naar buiten keek, moesten ze een voor een voorbijkomen; de Lake Poets, Keats, Emily Dickinson. De zalving van hun woorden en die van talloze anderen, Neruda, Miłosz, Rilke, ja, de majestueuze troost van Rilke. *Heer: het is tijd*.

Een leven zonder poëzie was een minder mooi leven.

Ik bezocht Heiman bijna elke dag en vertelde hem over mijn proefschrift. Ik was afgestudeerd en had me verdiept in het werk van anonieme dichters, schrijvers wier naam en beeltenis nooit waren overgeleverd, maar ik was vastgeraakt, wist niet meer wat ik hoopte te vinden. Ik kwam niet meer op de universiteit en had al twee maanden niet aan mijn dissertatie gewerkt.

Heiman keek me aan met zijn waterige ogen, de ogen van de oude man die hij nooit zou worden. Wat zou hij hebben gezegd als hij kon praten? Wat zou hij mij hebben geadviseerd? Vast een briljante suggestie, of een opmerking die alles zou relativeren. Alles zou goed komen, de jaren zouden hun werk doen. Ik moest het doen met een knipoog, met een hoofdknikje, met een traan die opwelde, over de rand brak en ten slotte, traag en toevallig, zijn weg vond naar zijn mond.

Er kwamen ook anderen op bezoek. Veelal vrouwen. Ze brachten bloemen mee die ze in een vaas schikten, kamden zijn haar, deden hem een stropdas om en duwden hem in zijn rolstoel door het park of langs de kade, waar de motoren van grote schepen stationair draaiden. Het waren goedgeklede vrouwen, sommigen in de veertig, anderen duidelijk jonger. Ik wist van velen niet welke relatie ze hadden met Heiman. Ik had het hem vaak willen vragen, in restaurants, in cafés diep in de nacht: 'Hoeveel?' Maar hij sprak er nooit over en ik betwijfelde of hij het wilde onthullen.

Enkele maanden na zijn dood zag ik een vrouw over straat lopen die zijn haren had gekamd toen hij niets meer zelf kon. Ze liep op een groepje kinderen af en opende haar hand. Er lagen kastanjes in, het waren glanzende juwelen. De kinderen kozen altijd de grootste. Ze gaf ze ook aan volwassenen, vrouwen van wie ze misschien dacht dat ze eenzaam waren, mannen die net als zij iets mysterieus hadden. Haar panty had een diepe kleur blauw, ultramarijn. Was dit een minnares geweest? Had Heiman deze vrouw aanbeden? Ze had golvende, grijze haren, maar haar gezicht had een donkere teint die warmte en ook iets jongs uitstraalde. Ik probeerde ze voor me te zien. In zijn huis, in zijn slaapkamer. Hij zit rechtop, een kussen in zijn rug, en leest haar voor, het mooiste gedicht dat hij die dag heeft gelezen.

Ik wilde haar uitnodigen voor een espresso, maar voelde dat het niet goed was. Het zou de schennis van een ongeschreven wet zijn. Dat wat wordt meegenomen naar de overkant, moet niet worden achterhaald. De vrouw met de blauwe benen drukte mij een kastanje in mijn handen toen ze zag dat ik naar haar keek. Hier moest ik het mee doen.

De laatste dagen van Heiman waren de slechtste van zijn leven. Hij was mager en volledig uitgeput. Hoewel hij had opgegeven, moest hij toch in de ring blijven. De uren takelden hem toe. De lange, stille uren, de uren waarin alles voorbijkomt. Zijn leven had een ongekende glans gehad, het was een magische verzameling van ontmoetingen, van dichters en vrouwen, van kunst en oneindige avonden. Dat alles had hem gevormd, een kostbare wijn die op dronk is gekomen. Maar de fles was gevallen en de inhoud was verspild. Het einde leek in niets op al het voorgaande, alsof het een hoofdstuk was uit een ander boek.

Ik hield zijn hand vast, de hand die slap was en waarschijnlijk ook niets meer voelde. Sommige vrouwen hadden zijn hoofd gestreeld, hadden hun vingers door zijn grijze haren laten gaan. De verpleegster liet nooit enige affectie blijken. Ze zorgde dat hij gewassen werd en schone kleren aankreeg. Misschien dacht hij tijdens die laatste dagen aan de Amerikaanse dichter Edward Arlington Robinson, die zijn familie had gevraagd zijn bed naar buiten te dragen om onder de schoonheid van de sterren te kunnen sterven. Ik nam hem in mijn armen, omarmde hem eindelijk, en hield hem stevig vast. Ik wilde dat dit moment nooit zou eindigen en tegelijk wilde ik dat het niet de werkelijkheid was.

Twee dagen later kreeg hij een herseninfarct, en toen was het over, was het voorbij. Zijn schitterende leven en het verschrikkelijke lijden. Zijn zus, die ik nog nooit had gezien, erfde zijn huis en zijn bezittingen. In zijn testament was mijn naam opgenomen, Heiman had al zijn boeken aan mij nagelaten. Ik huurde een bestelbusje en bracht op een druilerige maandag zijn meest waardevolle bezit naar de zolder van de ijssalon.

Mijn vader en mijn broer hielpen mij met het sjouwen van de zware dozen.

'Alleen omdat het regent,' zei mijn vader.

Luca zweeg, hij bracht de dozen per twee naar boven. Hij liet zien hoe sterk hij was. Of hoe licht de poëzie.

Ik zag hem nog eenmaal, jaren later, op de fiets. Hij kwam mij tegemoet en reed in snelle vaart langs mij, op weg naar een afspraak of een vrouw. Ik had de gelijkenis al van een afstand gezien, en die werd steeds groter. Toen naderden we elkaar en viel hij samen met Richard Heiman, achter in de veertig, rode wangen en grijsblonde haren, niets wetend van het noodlot dat hem op een dag zou treffen.

Hoe mijn vader het volkslied zong met een zak uien op zijn hoofd

'Hij maakt een kogel.' Het is mijn moeder die mij opbelt, terwijl ik in de rij sta van de incheckbalie op het vliegveld van Dublin. Achter mij staan de twee jonge Nederlandse dichters die hebben voorgelezen op het Fermoy International Poetry Festival.

'Een kogel? Wat voor kogel?'

'Hij is al twee dagen bezig, hij komt de kelder bijna niet uit.'

'Is de dokter nog langs geweest?'

'Ja,' zegt mijn moeder en barst vervolgens in snikken uit. Ik laat haar even begaan en schuifel een plaatsje naar voren met mijn tas. Op het scherm boven de balie verschijnt een nieuw tijdstip. De vlucht is met een uur vertraagd. Er wordt in koor gezucht, op sommige plekken in de lange rij klinken verwensingen. Als ik de uren vertraging in mijn leven bij elkaar zou optellen, dan zou ik alle gedichten van Charles Bukowski kunnen lezen, en misschien zelfs zijn strategie doorgronden om op paarden te wedden.

Mijn moeder vertelt dat de dokter op zaterdag is langsgekomen en dat ze hem eerst apart heeft genomen. Ze durfde het niet te zeggen, maar deed het toen toch: 'Ik vrees dat mijn man alzheimer heeft.' Ze vertelde de dokter dat ze Beppi tegen de televisie had horen praten en dat hij deze ook had omhelsd. Ze liet achterwege dat hij op het platte scherm een roodharige vrouw had gezien wier spieren hij wilde kussen. Maar dat zou de dokter snel te weten komen.

'Ik ben helemaal niet ziek,' zei mijn vader. 'Ik voel me juist kiplekker.'

Ze zaten met z'n drieën aan de eettafel in de keuken, mijn vader droeg de blauwe lange jas die hij aanhad als hij in de kelder werkte. Er zat ijzervijlsel op zijn schouders. De lasagne stond in de oven, een aangename gloed vulde de ruimte.

'Ik ben verliefd op Betty.'

Mijn moeder keek uit schaamte naar het tafelblad.

'Wie is Betty?'

'De liefde van mijn leven.'

'Maar u bent met Anita getrouwd.'

'Ik zou haar zo inruilen.'

Het was zijn bedorven karakter, het elixer dat was gaan gisten; uit de bubbels kwam stank en vuiligheid.

'Is hij vergeetachtig de laatste tijd?' vroeg de dokter aan mijn moeder. 'Stelt hij misschien meerdere keren per dag dezelfde vraag?'

'Hallo,' zei mijn vader. 'Ik zit hier.' Hij zwaaide naar de dokter.

'Hij heeft de laatste tijd wel problemen met het vinden van sommige woorden,' antwoordde mijn moeder. 'Dan kan hij bijvoorbeeld niet op "deurmat" komen en zegt hij: "Dat ding in de gang, bij de schoenen, dat *ding*. Hoe heet dat rotding?"'

'Typisch.'

'Ik heb geen alzheimer!' riep mijn vader. 'Ik ben verliefd!'

'Een van de symptomen van de ziekte is een verandering in de persoonlijkheid.' Het was niet duidelijk tegen wie de dokter praatte, maar misschien wist hij dat zelf ook niet precies.

'Hij is behoorlijk veranderd,' bevestigde mijn moeder.

'De meeste patiënten ontkennen in het begin dat er iets met ze aan de hand is.'

'Ik ontken!'

'Wat zijn de andere symptomen? Waar moeten familieleden rekening mee houden?'

'Na verloop van tijd zullen er stoornissen in het langetermijngeheugen ontstaan.'

Er schoot mijn moeder iets te binnen. 'Fausto Olivo trekt zijn onderbroek over zijn hoofd.'

'Dat wordt apraxie genoemd,' vertelde de dokter. 'Dan weet de patiënt niet meer hoe hij vertrouwde handelingen moet verrichten.'

'Ik draag mijn onderbroek gewoon om mijn billen,' zei mijn vader. 'En als ik naar buiten ga, zet ik een hoed op.'

'Het tempo waarin alzheimer zich ontwikkelt, verschilt per patiënt.'

'Bij Fausto ging het heel snel.'

'Zal ik anders een zak aardappelen op mijn hoofd zetten?' vroeg mijn vader. 'Zijn jullie dan tevreden? Kan ik jullie blij maken met een paar kilo aardappelen op mijn kop?'

De dokter gaf geen antwoord en keek met stijgende verbazing naar Beppi. Mijn moeder staarde naar het tafelblad.

'Goed! Dan zet ik vijf kilo vastkokende aardappelen op mijn hoofd en zing ik het volkslied.' Hij stond op van tafel en liep naar de gang, naar de berging. Er werd een deur geopend en weer dichtgedaan. Toen kwam mijn vader de keuken binnen met een zak uien op zijn hoofd.

'Dus toch,' zei de dokter.

Mijn moeder knikte.

Maar nadat mijn vader het Italiaanse volkslied integraal had gezongen, zei hij kalm en beheerst: 'Anita, de aardappelen zijn op. Zet jij ze op het boodschappenlijstje?'

Het was een moment stil in de keuken. De stilte maar ook de geur van de lasagne in de oven kan ik oproepen. Het is geen verbeelding, maar herinnering die tot leven komt. Als kind sloop ik vaak samen met mijn broer de keuken in om door het raampje van de oven naar de lasagne te staren. Het was beter dan televisiekijken.

'Die Betty,' zei de dokter na een tijdje. 'Wat is dat voor een vrouw? Woont ze in de buurt?'

'Ze is een Duitse kogelslingeraarster.'

'Interessant.'

'Haar armen zijn ongelofelijk gespierd.'

'Dat geloof ik graag.'

'Ik zou ze willen kussen.'

'Beppi!'

'Ze heeft brons behaald op de Olympische Spelen. Even leek het of Zhang Wenxiu er met de derde plaats vandoor zou gaan, maar dat heeft gelukkig niet zo mogen zijn.'

'Wie?'

'Een kledderige vleesbal uit China.'

'Mijn man heeft het niet zo op Chinezen,' zei mijn moeder.

'Er zijn te veel Chinezen.'

'Beppi!'

De dokter keek een moment naar mijn moeder en toen naar mijn vader. 'Ik denk dat ik maar eens opstap,' zei hij toen.

'Wilt u hem niet onderzoeken?'

Er werd met een kopje geschoven, de grote wijzer van de klok bewoog. Mijn moeder keek een moment naar de oven, waar de lasagne warm werd gehouden.

'U mag best in mijn oren kijken,' zei mijn vader. 'Of zal ik mijn tong uitsteken?' Natuurlijk stak mijn vader zijn tong meteen uit zijn mond. En bleef hij zo een hele tijd zitten. Net zo lang tot de dokter zijn tas op tafel zette en er een etui uit haalde.

'In orde,' zei hij na een heel korte inspectie.

'Heb ik geen alzheimer?'

'Nee.'

'Ook geen andere ziekte?'

'Nee.'

'Mag ik dan nu weer naar beneden?'

'We gaan zo eten,' zei mijn moeder.

'Wat bent u in de kelder aan het doen?'

'Ik maak een geschenk voor Betty.'

Mijn moeder schudde haar hoofd. 'Er zit een schroefje los,' zei ze.

'Ik maak een kogel,' zei mijn vader trots. 'Een kogel in de vorm van een hart.'

De vrouw achter de balie kijkt naar mijn papieren. Ze vraagt of ik bij het gangpad of aan het raam wil zitten. Ik kies altijd voor het gangpad. Elke centimeter extra ruimte in een vliegtuig verzacht de pijn van het passagier zijn. Dan geeft ze me mijn paspoort terug, een glimlach begeleidt het document. Op kleine luchthavens is de kans aanwezig dat de vrouw die je incheckt ook je instapkaart afscheurt bij de gate, maar meestal zie je ze nooit meer terug.

Als ik door de controlepoortjes ben, raak ik de dichters kwijt. Ze zullen misschien iets kopen voor thuis, voor de achterblijvers. Er is genoeg keus. De ruimte tussen de metaaldetectors en de gates is één grote winkel. Je moet je best doen om niet in een fuik te lopen. Alles is erop gericht om je tot een transactie aan te zetten. Gigantische billboards laten zien hoe mooi het leven kan zijn met een Breitling-horloge of een nieuwe telefoon; meisjes in strakke, zwarte rokjes lopen je achterna met een flesje parfum in de aanslag. Op de borden van sommige luchthavens staat geen gatenummer meer vermeld, wel hoeveel *shopping time* er nog rest tot het boarden.

Te midden van al die mensen, al die tasjes en alle producten, zit ik met een dichtbundel in mijn handen. Het ziet er misschien vreemd uit, maar er is geen ongemak. Er is geen plek waar ik me meer thuis voel dan op een luchthaven. Ik hou van de onpersoonlijke stem die de namen van passagiers omroept, van de schermen met talloze bestemmingen, van de stroom van mensen die komen en gaan, een continue deining die zwelt en dan plotseling ebt. Vierhonderd passagiers die verdwijnen in de zilverachtige kop van een Boeing 747. Een sliert toeristen, zakenlieden en andere reizigers die uit een slurf komt, om zich heen kijkt en op weg gaat naar de bagagebanden. Je ziet meteen wie er zelden vliegt en wie meer dan honderdduizend miles op zijn naam heeft, voor wie de aankomst op een luchthaven als thuiskomen is.

Op het Charles de Gaulle-vliegveld bij Parijs leefde ooit een Iraanse man. Mehran Karimi Nasseri. Hij had geen papieren en kon niet terugreizen naar zijn vaderland. De Franse rechtbank oordeelde dat hij de luchthaven op legale wijze was binnengekomen en dat hij niet weggestuurd kon worden, maar hij kreeg geen toestemming om Frankrijk te betreden. Achttien jaar lang bivakkeerde hij op een rood bankje in Terminal 1, nabij de Paris Bye Bye-bar. Hier sliep hij, hier at hij, hier las hij kranten die passagiers voor hem achterlieten, en hier werd hij een soort beroemdheid, maar ook steeds ouder.

Wachtend op een vliegtuig naar Amsterdam fantaseer ik soms over zo'n leven. Verloren tussen koffers, in een ruimte waar de temperatuur en de vochtigheid nooit veranderen. Stel dat het vliegtuig nooit vertrekt, stel dat je niet mee mag... 'I'm sitting here, waiting,' vertelde Nasseri aan mensen die vroegen wat hij deed. Maar hij vertelde nooit waarop, misschien wist hij dat niet meer. Hij was kaal geworden bij zijn kruin, met wilde plukjes haar aan de zijkant, in zijn gebit misten vier tanden.

Er is één probleem met luchthavens: de boekhandels verkopen zelden poëzie. Of het moet een bloemlezing zijn met gedichten over vriendschap of de vier seizoenen uit de Everyman's Library. Je wilt niet weten hoeveel bloemlezingen er bestaan.

Over jazz, over blues, over de zee, over de liefde. Over honden, over vogels, over rouw, over tuinen.

Het is niet de poëzie die ik wil lezen. Het is de poëzie die iedereen al kent. Ik wil gedichten ontdekken, het liefst ontfutselen, van raadselachtige, wereldvreemde figuren. Een sjamaan van een indianenstam, een eenzame boer in Siberië. Je hoopt dat zij meer weten. Hun taal is ruw en vrij van welke stroming ook.

Ik was vorig jaar uitgenodigd om in Peking een prijsuitreiking bij te wonen. Het was de prijs van een nationale poëziewedstrijd waarvoor meer dan zeventigduizend gedichten waren ingezonden. Ze waren geschreven door fabrieksarbeiders, koks en winkelmeisjes. Iedereen was opgeroepen om mee te doen. De jury hoopte dat het een piramide zou opleveren die leidde tot dat ene gedicht. Het gedicht dat alles zegt. Er was een top vijf samengesteld, maar er was geen nummer één, geen winnaar.

De zoektocht gaat door. Van luchthaven naar luchthaven, van festival tot prijsuitreiking, van metropool tot dorpje in de Gobiwoestijn, waar adelaars traag boven je hoofd cirkelen.

Over de oplichter Marco Polo & de uitvinding van het ijshoorntje

Mijn vader heeft zijn hele leven gedroomd van dingen die niet bestaan. 's Zomers fantaseerde hij in de ijssalon over apparaten die de wereld konden veranderen, of in elk geval het leven van velen makkelijker konden maken. In de winter trok hij zich terug in de kelder om aan zijn ideeën te werken tussen de kolomboren en de schuurmachines. Een paar uitvindingen heeft hij verwezenlijkt: een opzetstukje voor een sleutelgat, zodat je in het donker makkelijk de sleuf van het slot kan vinden; een schoenlepel met een lange steel, zodat je niet hoeft te bukken; een uitschuifbare eierdop die je ook als beker kan gebruiken. Maar er was geen interesse voor of de uitvindingen lagen al in de winkel. Hij was woedend toen hij hoorde dat de reuzenschoenlepel al bestond.

'Ze hebben mijn idee afgekeken.'

'Wie?'

'De Chinezen!'

De Chinezen kregen van veel de schuld bij ons thuis, maar ook in de ijssalon in Rotterdam. Volgens mijn moeder kwam het allemaal door een oude Chinese man die op een zomerse dag op het terras van Venezia was gaan zitten. Wij waren nog klein en vrijwel alles wat we hoorden, zouden we vergeten. Ik kan me in ieder geval niets meer herinneren van de ruzie die zou hebben plaatsgevonden op die zonnige dag.

De man wees naar de tekst boven de rood-wit gestreepte

luifel. *IJssalon Venezia, echt Italiaans schepijs*. 'U weet toch wel dat ijs een Chinese uitvinding is?' zei hij tegen mijn vader.

'Nee.'

'Toen Marco Polo in 1296 terugkwam uit China, had hij recepten voor ijs meegenomen.'

'Dat verhaal heb ik nog nooit gehoord.'

'Toch is het zo,' zei hij. 'Het staat in alle geschiedenisboeken. Wie deze bestudeert, kan maar tot één conclusie komen: de Chinezen hebben het ijs uitgevonden.'

Mijn vader begon te lachen. 'IJs een Chinese uitvinding?' bracht hij uit. 'Dat is het grappigste wat ik in jaren heb gehoord.'

'Het is echt waar,' zei de man. 'Marco Polo is meer dan twintig jaar in China geweest en toen hij terugkwam heeft hij het ijs geïntroduceerd in Europa.'

'Rijst,' zei mijn vader. 'Niet ijs!'

'Nee, nee, *ijs*.'

'Rijst met eend,' zei mijn vader. 'Rijst met kip, rijst met kalkoen.'

'IJs met perzikensmaak, ijs met karamel, ijs met vanille.'

'Dat hebben we allemaal.'

'Dankzij Marco Polo, dankzij de Chinezen.'

'Hebben ze de pizza ook uitgevonden?' vroeg mijn vader.

'Hoe bedoelt u?'

'Hebben de Chinezen de pizza margherita ook uitgevonden? Is Marco Polo met een vierkante doos aangekomen in Venetië? Was hij eigenlijk een pizzabezorger?'

'U maakt mij belachelijk.'

'U maakt mijn familie belachelijk, onze traditie. Ik ben vanochtend om zes uur opgestaan om ijs te maken naar het recept van mijn grootvader, die nog sneeuw heeft geoogst in de bergen.'

'Marco Polo was eerder.'

'Wilt u nog iets bestellen?'

'Heeft u frambozenijs?'

'We hebben echt Italiaans frambozenijs.'

De oude man schudde zijn hoofd. 'Het is oorspronkelijk Chinees schepijs,' zei hij.

'Moet ik dat op de gevel zetten?'

'Dat zou wel correct zijn.'

'Weet u wat correct zou zijn? Een verbod voor Chinezen in deze ijssalon!'

'Dat is discriminatie.'

Mijn vader kneep in zijn handen. 'Wilt u een hoorntje of een bekertje?'

'Ik wil graag een hoorntje met frambozenijs.'

Mijn vader liep naar binnen en gaf de bestelling door aan mijn moeder, die met de spatola frambozenijs schepte uit de bak tussen het chocolade- en citroenijs. Ik ken de ordening nog steeds blind, weet welke smaken naast, boven of onder elkaar liggen. Alleen heeft mijn broer alles veranderd en nieuwe smaken toegevoegd.

'Wist u dat het ijshoorntje een Amerikaanse uitvinding is?' zei de Chinese man toen mijn vader met de bestelling bij zijn tafeltje stond.

'En Columbus heeft het hoorntje naar Europa gebracht?'

'Met u valt niet te praten!'

Volgens mijn moeder heeft mijn vader toen het hoorntje op het hoofd van de man geplant. Maar mijn vader blijft bij het verhaal dat de man hem een duw heeft gegeven en is weggerend. En dat hij er toen achteraan is gegaan en hem heeft nageroepen: 'Wacht! Uw Amerikaanse hoorntje met Chinees frambozenijs!' Hij gooide het naar hem toe. Het ijsje vloog door de lucht, maakte anderhalve salto en landde toen op het hoofd van de man.

Mijn moeder is met een doekje de straat op gegaan en heeft haar excuses gemaakt. Mijn vader mocht de ijssalon niet meer uit. Briesend als een stier stond hij achter het ijs, met zijn verkrampte handen verbrijzelde hij die dag vier ijshoorntjes. Ze waren veel brozer in die tijd, mijn ouders maakten de hoorntjes zelf met een wafelijzer en een houten mal. Ik kan me deze geur ook herinneren, misschien de heerlijkste uit mijn jeugd. Het waren rustige, regenachtige dagen waarop het beslag siste op de zwarte ruitjes van de vierkante bakplaat. Ik mocht de ijzers op elkaar drukken, Luca mocht ze openen. Later mochten we ook de mal gebruiken, maar toen we klein waren, rolde mijn vader altijd de hoorntjes. 'Dit is een prachtig exemplaar,' zei hij vaak. Of: 'Deze gaan we bewaren, jongens. Deze is te mooi om op te eten.' Mijn moeder schraapte met een spatel de overgebleven deegkorstjes van het ijzer, waar wij vervolgens om streden, als jongen die hun snavels opensperren.

Het ijshoorntje is wel degelijk in Amerika uitgevonden, maar de uitvinder was geen Amerikaan. Op de wereldtentoonstelling in St. Louis, Missouri, in het jaar 1904, verkocht de Syrische patissier Ernest A. Hamwi zoete, dunne Perzische wafels vanuit een kraampje. Naast hem stond een ijsmaker wiens borden in de middag opraakten en die hierdoor geen ijs meer kon verkopen. De inventieve Syriër kwam op het idee om zijn wafels op te rollen zodat je er ijs in kon scheppen. De bezoekers vonden het fantastisch en al snel stond Hamwi ook voor andere ijsmakers op de wereldtentoonstelling hoorntjes te bakken.

Vijftien jaar later zou de Amerikaanse ijsmaker L.J. Schumaker op de bijeenkomst van de Association of Ice Cream Manufacturers of Pennsylvania zeggen: 'The ice cream cone is the biggest little thing in the ice cream business.' De komst had de industrie veranderd, enorm vergroot. IJs werd tot dan toe exclusief verkocht in drogisterijen en snoepwinkels, geserveerd in een glaasje of op een bord. Het hoorntje bracht het ijs naar de straat, naar kraampjes bij kruisingen en scholen, op kermissen en pleinen, in dierentuinen.

Het verhaal gaat dat op Coney Island twee broers een ijskraam hadden bij de zee. Toen de zaken slechter gingen, huurden ze bevallige meisjes in om over de promenade te wandelen met een ijshoorntje in hun hand. Ze verkochten meer ijs dan op de warmste dag van de zomer.

Twee jaar geleden, tijdens het Oslo Poetry Festival, kreeg de goudblonde Noorse programmeur opeens een kleur toen ik haar vertelde dat ik uit een ijsmakersfamilie kwam en dat het maken van hoorntjes een van de warmste herinneringen uit mijn jeugd was.

'Ik moet je iets zeggen wat ik nog nooit aan iemand heb verteld,' fluisterde ze. We zaten aan een tafeltje in de artiestenfoyer en dronken rode wijn. Om ons heen zaten dichters die met elkaar of anderen praatten. Het programma was al uren geleden afgelopen, de zalen waren leeg, maar in de aparte ruimte met eigen bar was volop leven. Hier kwamen vertalers, dichters, vrijwilligers en organisatoren samen. Het waren mooie avonden, de eindeloze avonden op festivals als het publiek naar huis was.

'Toen ik een meisje was,' zei de Noorse programmeur, 'dacht ik altijd aan seks als ik een ijsje at.' Ze keek me aan met haar grijsblauwe ogen, misschien wilde ze mij choqueren.

'Ik dacht er al aan toen ik veertien was en ik nooit zulke dingen had gedaan. Ik liet de punt van mijn tong over de top van het ijsje gaan, draaide rondjes om het bolletje, beet erin met mijn lippen en likte ze langzaam af. Ik dacht dat het zo moest, dat het zo zou zijn.'

Ik vertelde de programmeur dat keurige meisjes hun ijsjes in de jaren dertig niet op straat opaten. Ze moesten het meenemen naar huis, boven een bord omkeren en het bolletje dan met een lepel opeten.

Het is overigens maar de vraag of Ernest A. Hamwi de uitvinder van het beroemde hoorntje is. Net als de bikini, die in 1946 was uitgevonden door de Franse automonteur Louis Réard maar al door Etruskische vrouwen was gedragen, was het ijshoorntje ook eerder opgedoken in de geschiedenis. In het *Mrs. A. B. Marshall's Cookery Book* uit 1888 staat een recept van 'Margaret Cornets', hoorntjes gevuld met ijs. Maar daar wilde ik mijn vader niet mee lastigvallen. Hij was ervan overtuigd dat het een Italiaan uit de Dolomieten was die de Syrische patissier in St. Louis had geholpen, en hij was niet de enige. Volgens de plaatselijke journalist en amateurhistoricus Serafino Dall'Asta zou een ijsmaker uit Vodo di Cadore betrokken zijn geweest bij de uitvinding van het hoorntje.

'Het ijshoorntje is dus eerder een Italiaanse dan een Amerikaanse uitvinding,' zo luidde de stelling van mijn vader.

En ijs kwam natuurlijk niet uit Azië. Nadat hij de oude Chinees van het terras had verjaagd, had mijn vader de buurjongen gevraagd of hij bij de bibliotheek een stapel boeken over Marco Polo voor hem wilde lenen. Hij kwam die avond te weten dat het origineel van *De wonderen van de Oriënt* kwijt was geraakt en dat het oudste manuscript dateerde uit 1400, ongeveer vijfenzeventig jaar na de dood van de Venetiaanse handelaar en ontdekkingsreiziger. Er stond geen woord in over de Chinese Muur, geen letter over eten met stokjes of het drinken van thee, laat staan over ijs. Sommige historici plaatsten vraagtekens bij de authenticiteit van het reisverslag; er was het vermoeden dat Marco Polo de verhalen van anderen had naverteld. Het was jaren voordat de Londense sinologe Frances Wood haar controversiële studie publiceerde: *Did Marco Polo go to China?* Maar mijn vader wist toen al honderd procent zeker dat de wereldberoemde ontdekkingsreiziger nooit een voet had gezet in het land waar zijn boek over ging.

'Marco Polo is een oplichter!' riep mijn vader midden in de nacht.

'Ga slapen,' reageerde mijn moeder.

Mijn vader heeft dagen achtereen gewacht op de oude man die

naar de tekst boven de luifel had gewezen, maar hij kwam niet meer naar de ijssalon. Toen is mijn vader op een andere Chinees afgestapt die in de zon zat.

'Jullie hebben het ijs helemaal niet uitgevonden,' zei hij. 'Het is historisch onjuist.'

'Ik weet niet waar u het over heeft,' antwoordde de man.

'De Chinezen hebben het ijs niet uitgevonden, net zomin als ze de reuzenschoenlepel hebben bedacht!'

In de jaren zestig hadden ijssalons last gehad van Zuid-Italianen die als gastarbeider in Nederland waren komen werken. Ze kwamen op vrije dagen met een groepje de ijssalon binnen en gingen elk aan een andere tafel zitten en waren heel luidruchtig. Of ze gingen naast een Nederlands meisje zitten dat een ijsje had besteld. Op de ramen van sommige ijssalons hingen bordjes waarop in het Italiaans stond: 'Verboden voor Italianen.'

Mijn vader wilde een bordje ophangen: 'Verboden voor Chinezen.' Maar daar heeft mijn moeder een stokje voor gestoken.

'Iedereen is welkom,' zei ze. 'Jong en oud, rijk en arm, mannen en vrouwen. IJs is voor iedereen.'

Het was een echo van wat Carlo Gatti meer dan een eeuw geleden in Londen met zijn penny-licks voor ogen had gehad.

Mijn vader legde zich neer bij de nederlaag, maar de kiem van een levenslange wrok tegen Chinezen was geplant.

Toen ik jaren later een bloemlezing klassieke Chinese poëzie onder ogen kreeg, ontdekte ik een gedicht van Yang Wanli, die honderd jaar voor de dood van Marco Polo was geboren. Tot mijn grote verbazing schreef de dichter over een melkachtige substantie die 'er bevroren uitziet maar tegelijk lijkt te drijven' en 'die smelt als sneeuw in het licht van de zon'.

Ik heb het gedicht voorgelezen aan mijn vader, ik denk omdat ik hem wilde plagen. Maar het enige wat hij zei was: 'Ik hou niet van Chinezen en ik hou niet van poëzie.'

De sneeuw van weleer

Ik was zes jaar toen ik door mijn ouders naar de kostschool in Vellai di Feltre werd gestuurd. Het was het lot van kinderen van ijsmakers. Je kunt als baby, peuter en kleuter elk seizoen met je ouders meereizen naar de ijssalon, maar daarna moet je naar school. In Italië. Het voordeel was dat je in de winter naar huis kon en in de lange zomervakantie, die in Italië drie maanden duurt, naar Nederland. Het nadeel was dat je de rest van de tijd in een internaat zat dat door nonnen werd geleid. Ze waren streng en ouderwets, maar ze leerden mij schrijven, lezen en rekenen. Ik was een kind dat graag in de schoolbanken zat, gebogen over een schriftje, pen in mijn rechterhand. En mijn tong uit mijn mond, volgens Luca, die me vaak nadeed. Hij kwam twee jaar na mij naar Vellai di Feltre, maar hij kon niet wennen aan het regime van de nonnen. Ze waren heel strikt en sloegen ons soms met de vlakke hand.

'Mis jij mama en papa niet?' vroeg Luca mij bijna dagelijks.

'Een beetje,' was mijn antwoord. Ik probeerde sterk te zijn.

'Ik heel veel.'

'Ze moeten werken,' zei ik. 'De ijsmachines moeten draaien.'

'Draaien, draaien, draaien,' zei Luca. Het was zoals mijn vader het ons had uitgelegd. Wij moesten leren, de ijsmachines moesten draaien.

Luca had veel moeite met lezen en schrijven. Anders dan ik

genoot hij er niet van. Hij vond boeken verschrikkelijk en rende liever door de lange gangen van het internaat als de nonnen even niet opletten. Soms werd hij gezien en kreeg hij een flink pak slaag van de oudste zuster, die een pukkel op haar kin had waar drie dikke haren uit groeiden. Maar dat was niet het ergste. Volgens Luca stonk ze verschrikkelijk.

'Ruik je het niet?' vroeg hij mij.

Ik schudde mijn hoofd.

'Als ze haar hand heft, gaat haar gewaad omhoog en ruik je de vreemdste geuren.'

Misschien kwam het doordat ik altijd een boek las. Dat is de geur die ik me herinner van het internaat. De heerlijke geur van oude, vochtige boeken. Ik legde mijn neus op het papier en ploegde langs de regels. Misschien kwam het door de boeken dat ik op sommige dagen mijn ouders minder miste dan mijn broer.

's Nachts kwam Luca vaak bij mij in bed liggen. We hielden elkaars hand stevig vast, alsof het een schakel van een ketting was die niet verbroken kon worden. Ik fluisterde een verhaal in zijn oor dat ik overdag had gelezen en wachtte tot zijn ademhaling rustig en regelmatig werd.

Toen we de overstap maakten naar de *scuola media*, ving oma ons op. Ze had donkergrijze haren en kromme handen – artritis –, maar ze was fier en sterk. Haar vader had een ijssalon in Ulm gehad. Tijdens de oorlog was deze gebombardeerd door de Britten, de familie had in de kelder geschuild. 'Niet bang zijn,' had de vader tegen zijn dochters gezegd. 'Het is net als onweer, het trekt voorbij.' Zijn vrouw had haar hoofd geschud, maar de meisjes hadden niet gehuild. Alles waren ze kwijtgeraakt, de ijsmachine, de koelkasten, de glazen bordjes in de vorm van gondels, maar ze hadden het overleefd. Ze waren uit de puinhopen en het stof tevoorschijn gekomen.

Met haar knokkelige, kromme vingers sneed Amalia Tremonti uien en tomaten en maakte ze elke dag pasta voor ons. Ze was zorgzaam, maar kon ook hardvochtig zijn. Ze liet ons zelden bellen naar de ijssalon in Rotterdam. Ik voelde me verantwoordelijk voor Luca. Als hij moeite had met zijn huiswerk, hielp ik hem. En soms vulde ik zijn sommetjes in, zodat we eerder buiten konden spelen. Op straat gaf hij mij altijd een hand. Zo liepen we ook naar school. Oma vond het niks. Twee jongens die elkaars hand vasthielden. Op haar nachtkastje stond een foto van haar man, die verongelukt was op de weg tussen Dobbiaco en Cortina d'Ampezzo. Hij had in de winter vlak voor een bocht een toerist ingehaald. Vrienden hadden een houten kruis getimmerd en in de berm geplant, maar Amalia had de onheilsplek nooit bezocht. Het was wat de vader zijn dochters had meegegeven, dat je uit het puin moest stappen en doorgaan.

In de zomervakanties gingen we naar Rotterdam, de zus van mijn moeder reisde mee met de trein. We hadden onze ouders vier maanden niet gezien. Het hele voorjaar, de dagen dat het gras lichtgroen werd, de paardenbloemen die opkwamen en de weilanden een gele blos gaven, de zon die steeds warmer aanvoelde, en dat alles in een onbevattelijke vaart alsof er vooruitgespoeld werd, maar voor ons gingen de etmalen voorbij als vastgevroren decemberdagen. We keken al een maand uit naar de hereniging.

Ik herinner me de tranen van mijn moeder en haar armen die ons omsloten en niet meer loslieten.

'Mag ik ook?' vroeg mijn vader elk jaar. 'Ik wil ook even.'

En daarna kneep hij ons fijn. Met zijn prikkende wangen tegen onze jongenswangen, maar dat vonden we niet erg. Het zou pas anders worden toen mijn stoppels ook begonnen te steken.

We hielpen mee in de ijssalon en genoten van de dagen die langer waren dan in de bergen. Mijn ouders stonden meestal in de zaak, Luca en ik werkten in de keuken en maakten ijs. We probeerden recepten te verbeteren.

'Heb je het mango-ijs geproefd?' vroeg Luca. 'Er zit te weinig suiker in, het is veel te hard.'

'Laten we eerst naar het vanille-ijs kijken,' antwoordde ik. 'De textuur kan veel gladder en de vanille is niet gelijkmatig verdeeld.'

Het was voor de ontdekking van de poëzie. Zoals in het gedicht van Shelley groeide in onze geest maar één gedachte: ijs.

'Wat denk je dat er gebeurt als je hier witte chocolade aan toevoegt?'

'Watermeloenijs met witte chocolade?'

'Ja,' antwoordde mijn broer. 'Stracciatella, alleen dan anders. Totaal anders.'

'Laat Beppi het niet horen.'

We hadden het al vaker voorgesteld, om nieuwe smaken toe te voegen. Bananenijs met karamel, sinaasappel-speculaas, zowel zoet als zout pinda-ijs.

'Dat willen onze klanten niet,' antwoordde mijn vader steeds. 'Die willen elke dag hetzelfde ijs eten.'

'We kunnen het toch proberen?'

'Later,' antwoordde hij. 'Later, als jullie de ijssalon hebben overgenomen.'

We zwoeren om de vreemdste smaken te maken als wij het voor het zeggen zouden hebben in Venezia.

's Avonds, op zolder, allebei in een eigen bed, namen we alvast een voorschot op deze fantastische toekomst, sciencefiction van smaken.

'Honingijs,' zei mijn broer.

'Ricotta met pijnboompitten.'

'Kokos-kaneel.'

'Wortelnoten.'

'Asperge-ijs in april!'

'Komkommersorbet.'

'IJs van bloed.'

'Zoals in bloedworst?'

'Ja, alleen dan in ijs.'

Later, toen hij de ijssalon had overgenomen en ik als een garnaal in een blik de wereld over vloog, maakte mijn broer, zoals gezworen, alle smaken die we die nacht hadden opgenoemd. En nog veel meer. Het conservatisme van mijn vader bleek er niet tegen gewapend. Nieuwsgierig als een kind nam hij een enorme hap als hem een lepel werd voorgehouden. 'Dit is fantastisch,' zei hij dan met zijn ogen dicht, zoals de mensen hadden geproefd van het ijs van zijn grootvader. 'Maar wat is het?'

'Blauwe kaas met appel en peer,' antwoordde mijn broer.

'Ongelofelijk.'

Toen ik een keer met enkele jonge dichters op het terras van Venezia een ijsje had gegeten en ik bij mijn vader afrekende, zei hij: 'Moet jij betalen voor die schooiers?'

'Het zijn dichters.'

Hij bekeek hen met een misprijzende blik. 'Als ze een keer een echte kunstenaar willen zien, dan moeten ze naar Luca kijken.'

Mijn broer was vroeger al de beste ijsmaker van ons tweeën. Hij kon in een kwartier 360 eieren scheiden, ik had bijna veertig minuten nodig voor hetzelfde werk. Maar Luca maakte er nooit een opmerking over. Er was geen spanning of rivaliteit. We maakten samen ijs, hadden dezelfde dromen en werden tegelijkertijd overvallen door heimwee naar onze ouders. Nog voordat de laatste dag in Rotterdam was aangebroken.

Begin september moesten we terug naar Venas, de ijssalon bleef open tot eind oktober. Twee maanden lang zouden we bij oma wonen, haar geur opsnuiven, haar handen door onze haren voelen, haar kracht als voorbeeld nemen, maar als de winter uiteindelijk kwam, waren we als een familie met sterke wortels. We zaten met z'n vieren in de keuken bij het brandende fornuis, ieder op zijn eigen stoel, en draaiden met een vork in een diep bord.

De terugkeer van de ijsmakers deed het dorp ontwaken, zoals de lente de natuur leven inblaast. Maar anders dan de komst van het voorjaar, geschiedde alles in een paar dagen. De sluimer waarin Venas acht maanden had verkeerd werd plotsklaps verbroken. Auto's reden met grommende motoren en toeterende claxons over de wegen, raamluiken werden geopend, hoofden staken naar buiten. Het was als de intocht van de bevrijder.

De pizzeria zat weer vol, bij de bakker stond een rij en werd geroddeld over behaalde omzetten en wie er met een nieuwe Mercedes terug was gekomen; de slager kwam in de ochtend handen te kort. Op straat liepen niet alleen meer oude mensen of jonge kinderen. In de avond begaven mannen zich naar de kroeg om te kaarten en uren later zwalkten ze onder de ijle sterrenhemel naar huis. Stomdronken en zielsgelukkig – verlost van de lange werkdagen in Utrecht, Arnhem of Maastricht. Over dezelfde smalle stoepen ging op zondag een stoet van families in hun mooiste kleren; alle rijen van de kerk waren gevuld. Daarna waaierde iedereen uit naar zijn huis, waar gebraden vlees op tafel werd gezet. Kleine glazen rode wijn, het uitzicht op de bergen, gesprekken over andere families, en ten slotte de pruttelende percolator die zijn vertrouwde geur verspreidde.

Er wervelde een wind door de hele vallei, van San Vito tot Lorenzago di Cadore. Het was als Kerstmis; dezelfde vreugde en uitgelatenheid, maar dan twee maanden eerder. Iedereen was vrij. Hiervoor hadden ze gewerkt, hiervoor was de zomer opgeofferd. Het lichaam kwam tot rust, kleine kwalen verdwenen en her en der werd een baby verwekt. De meeste kinderen van ijsmakers komen in de zomer ter wereld, ook Luca en ik zijn geboren op hondsdagen.

Er was natuurlijk de onafgebroken competitie van het lekkerste ijs. Welke ijsbereider maakte de heerlijkste smaken? Wie kon er perfect ijs van yoghurt draaien? Maar dat was meer een strijd die in Nederland werd gevoerd, hoewel sommige ijsmakers ook in de bergen naar elkaar riepen dat hun ijs beter, mooier of voller van smaak was. Soms liep het uit de hand. Er was de befaamde straatruzie tussen de eigenaars van twee ijssalons in Zwolle.

'Jouw aardbeienijs smaakt naar frambozen,' riep de ene ijsbereider naar zijn concurrent aan de overkant van de straat.

'Jouw bananenijs smaakt naar peer,' werd er teruggeroepen.

'Jouw vanille-ijs is niet te onderscheiden van snot!'

'Jouw chocolade-ijs is koeienstront.'

En toen kwam de overtreffende trap die niemand had verwacht en die ook niet door iedereen werd begrepen.

'Mijn abrikozenijs smaakt naar jouw vrouw!'

De ijsmakers troffen elkaar op het midden van de weg en balden hun vuisten. Ze vochten als pubers op een schoolplein, totdat ze uit elkaar werden getrokken door Guido Zardus, die even sterk was als zijn grootvader die munten had kromgebogen.

De volgende dag maakten verschillende ijsmakers in Bar Posta grappen over het voorval.

'Mijn bessenijs is net zo blauw als het rechteroog van Gregori.'

'Mijn kersenijs is zo donker als het bloed van Belfi!'

Er was nog een andere strijd. Minder bloedig, maar bijna even fel. In de meeste dorpen in Cadore – Venas, Vodo, Pieve, Valle, Calalzo, Cibiana – was er wel een ijsmaker die beweerde dat zijn grootvader of overgrootvader degene was die het ijs had uitgevonden. Sommige ijsmakers deden mee aan de strijd omdat ze het zagen als tijdverdrijf, maar anderen waren doodserieus. Luca en ik probeerden met z'n tweeën het mysterie te ontrafelen en gingen op bezoek bij gerimpelde mannen wier kinderen nu een ijssalon hadden in Oostenrijk, Hongarije, Duitsland of Nederland.

Soms stonden we binnen een minuut weer buiten omdat we met een dove ijsmaker van doen hadden. Ook waren er bejaarde mannen die we nauwelijks konden verstaan. Het woord 'gelato' ging nog, maar de rest was een raadsel.

Signor Zampieri probeerde ons om te kopen.

'We hebben gehoord dat uw grootvader het ijs heeft uitgevonden,' zeiden we de eerste keer dat we bij hem voor de deur stonden. 'Kunt dat bewijzen?'

'Kom binnen, jongens,' zei signor Zampieri. 'Ik heb heerlijke chocoladekoekjes.'

Hij zette ons in de woonkamer een schaal met koekjes voor. We mochten er zoveel van nemen als we wilden.

'Mijn grootvader is in Dresden begonnen op de markt,' vertelde signor Zampieri. 'Hij maakte ijs met de hand, maar niemand kocht het. De mensen kenden het niet, ze hadden er nog nooit van gehoord. Omdat het ijs begon te smelten, gaf hij het op een gegeven moment weg aan voorbijgangers. "IJs voor niets!" riep hij. Mijn grootmoeder dacht: hij is gek geworden. Hij geeft alles weg. Maar toen de mensen het eenmaal hadden geproefd, konden ze hun ijs goed verkopen.'

'Wanneer was dat?' vroeg Luca.

'Laat me even denken,' zei signor Zampieri. 'Neem nog een koekje, jongens.'

Na een aantal minuten vertelde hij een ander verhaal. 'O, het was zo'n moeilijke tijd. Mijn vader is in de winter naar Italië teruggefietst om geld te besparen. Helemaal uit Nederland. Toen hij aankwam in Venas was mijn moeder woedend. Hij had drie broeken versleten! Dat was net zo duur als een treinkaartje.'

'Meneer Zampieri,' zei ik, 'mijn broer vroeg of u misschien weet wanneer uw grootvader ijs heeft verkocht in Dresden.'

'Lang geleden,' antwoordde hij. 'Voor jullie geboorte, voor mijn geboorte.' Hij wees naar het uitzicht, naar de Dolomieten.

'Niemand weet ook wanneer de bergen precies zijn ontstaan.'

Ik keek naar mijn broer. Hij pakte nog een koekje van de schaal.

'Weten jullie dat we op goud wonen? We kunnen er alleen niet bij. Het zit te diep onder de grond.'

'Wilt u bij het onderwerp blijven?'

'O ja, ijs. We werkten vroeger met Italiaanse venters,' vertelde signor Zampieri. 'Ik bekostigde hun heen- en terugreis, ze kregen eten en sliepen bij ons. We betaalden ze zeshonderd lire per maand plus elke dag tien Turmac-sigaretten.' Hij dacht even na, misschien maakte hij een rekensom. Toen zei signor Zampieri: 'Als jullie slim zijn, graven jullie een gat. Misschien lukt het jullie om het goud naar boven te halen.'

Luca leek even geïnteresseerd, maar vroeg toen: 'Waarom denkt u dat uw grootvader het ijs heeft uitgevonden?'

'Hij probeerde het te verkopen op de markt van Dresden,' begon hij weer. 'Maar niemand kocht zijn ijs, omdat ze het niet kenden. Niemand kende het! Hij had het namelijk zojuist uitgevonden.'

Mijn broer schudde zijn hoofd.

'Meneer Marinello uit Pieve zegt dat zijn grootvader het ijs heeft uitgevonden,' zei ik.

'Marinello is in de negentig. Zijn geheugen is een gatenkaas.'

We waren de dag ervoor bij de stokoude ijsmaker uit Pieve geweest. Hij was in slaap gevallen toen hij in de fauteuil tegenover ons had plaatsgenomen. We hadden hem niet wakker durven maken.

'Als je hem vraagt of zijn familie de hamburger heeft uitgevonden, dan zegt hij ook ja.' Signor Zampieri stond op en pakte een fotoalbum uit de kast. 'Dit ben ik,' zei hij. 'Toen was ik jong en knap.' Op de foto stond een man met een hoed in zijn hand. 'Zien jullie het station? Dat is in Zuel, vlak voor Cortina. Het station bestaat niet meer, maar de plek was tegenover waar tegenwoordig de skischans staat.'

'Heeft u ook een foto van uw grootvader?' vroeg ik, maar de vraag werd genegeerd.

'Als je Marinello vraagt of hij tijdens de Olympische Winterspelen van 1956 van de schans is gegaan, dan zegt hij ook ja.'

Toen schoot hem iets te binnen: 'De uitvinding van het ijs werd eerder gedaan dan de uitvinding van de fotografie.'

'Dus u kunt niet bewijzen dat uw grootvader het ijs heeft uitgevonden,' merkte Luca op.

'Dat kan niemand bewijzen,' riep signor Zampieri een tikkeltje geïrriteerd. 'Zoals ook niemand kan bewijzen dat zijn grootmoeder de spaghetti carbonara heeft uitgevonden.'

Hij liet zijn duim zien, dezelfde eeltige duim die mijn vader had, de duim die mijn broer zou krijgen en ik niet. Op mijn duim vormt zich geen eelt, hoeveel gedichten ik ook lees, hoeveel pagina's met poëzie ik ook omsla. Hij blijft glad en glimt in het leeslicht.

'Dit is het bewijs,' zei meneer Zampieri. 'Deze ruwe, roestige duim en de verhalen, de drie broeken van mijn vader en het gratis ijs op de markt van Dresden. Mijn grootmoeder die dacht dat mijn opa gek was geworden.'

Alle koekjes waren op, maar de verhalen van signor Zampieri nog lang niet.

'Komen jullie binnenkort weer langs?' vroeg hij.

We namen afscheid en beloofden snel terug te komen. Even later liepen we hand in hand door de vallei van de ijsmakers. Het was iets wat we nog steeds deden. Ook als onze ouders in Venas waren. Soms keken mensen ons na, omdat ze het een vreemd gezicht vonden.

Het was een stralende winterdag, de lucht klaar en koud, de lijnen van de bergen haarscherp. Het had nog niet gesneeuwd. Het zou nog negen dagen duren voordat de eerste vlokken vielen, flinterdun, alsof ze uit slechts één ijskristal bestonden. Ze waaiden door het dal als ganzenveertjes en hadden de grootste moeite om de grond te bereiken. Ze smolten niet wanneer ze de aarde raakten, ze sublimeerden, en leken zo opgeslokt te worden door de wegen en de weilanden. Dat was in de ochtend, tegen het middaguur was de sneeuw zo dicht als een zwerm sprinkhanen. De bergen waren onzichtbaar.

Het had altijd iets magisch, maar tegelijk was het ook heel aards voor de mensen in de bergen. Ze hadden het geweten, voorvoeld, sommigen hadden de sneeuw geroken. Het hing in de lucht. Drie dagen voor de eerste vlokken gingen alle gesprekken erover. Het komt snel, zeiden de mensen. Het komt morgen of overmorgen. Iedereen was het erover eens.

Het kwam.

We haalden de slee van zolder en gingen de witte hellingen van de weilanden af. Dwars door de verse sneeuw. Ik voor, Luca achter. De benen voor ons uitgestrekt, mijn rug op zijn buik. We waanden ons in een bobslee en probeerden niet te remmen. De gebroeders Enrico en Italo De Lorenzo uit Pieve waren in de jaren zestig wereldkampioen in de bob geworden. Ze hadden nu een ijssalon in Utrecht. Ons wachtte hetzelfde lot in onze dromen.

We vroegen aan Beppi of hij een slee met kortere ijzers voor ons wilde maken zodat we nog sneller over de sneeuw zouden schieten. Hij verdween in de kelder en kwam er een aantal dagen later uit met een slee waar je in kon zitten. Het was een soort cocon die je moest aanduwen en waar we vervolgens vlak achter elkaar in sprongen.

'Nu,' schreeuwde Luca, en ik dook in de cocon om een fractie van een seconde later zijn lichaam te voelen. In het begin ging het vaak mis en lagen we op elkaar en sloegen we over de kop. Sneeuw tot in onze onderbroek, de rode wangen van Luca slechts een centimeter verwijderd van mijn lachende mond. Na een tijdje kregen we de techniek steeds beter onder de knie en gingen we als echte bobsleeërs de hellingen af. We schoten over hobbels, vlogen door onmogelijke bochten en suisden de toekomst steeds sneller tegemoet, maar de droom zou niet uitkomen.

Aan tafel werden we uitgehoord over onze zoektocht naar de uitvinder van het ijs. 'Jullie moeten ook gaan praten met Serafino Dall'Asta,' zei mijn vader. 'Hij weet wie het ijshoorntje heeft uitgevonden. Misschien weet hij ook wie het ijs heeft uitgevonden.'

We geloofden niet meer dat we achter de ontstaansgeschiedenis van het ijs zouden komen. Tijdens het tweede bezoek aan signor Marinello was hij de hele tijd wakker, maar zijn verhaal had ons niet dichter bij de waarheid gebracht.

'Is het niet prachtig?' had hij gezegd terwijl hij naar buiten keek.

'Wat?'

'De sneeuw.'

Luca en ik zwegen. Het sneeuwde al dagen achtereen. Het mocht wel een keertje ophouden.

'Het is dezelfde sneeuw waardoor mijn grootvader heeft gelopen,' zei signor Marinello. 'Hij had in de winter de kunst van het suikerbakken beoefend in de Povlakte en in Venetië geleerd hoe je een mengsel koud maakt. Het benodigde zout werd aangevoerd uit Sicilië.'

Hij klonk niet als iemand die vergeetachtig was en opeens zou zeggen dat zijn oudtante de hamburger had uitgevonden.

'Wanneer was dat ongeveer?' vroeg Luca. 'Wanneer was uw grootvader in Venetië?'

'Het kan ook de vader van mijn grootvader zijn geweest,' antwoordde signor Marinello. 'Of misschien zelfs de vader van mijn betovergrootvader.'

De linkerwenkbrauw van Luca schoot omhoog, maar ik wilde het verhaal een kans geven.

'Ik ben bijna honderd jaar geleden geboren,' zei signor Marinello. 'Mijn betovergrootvader zou dan nog eens honderd jaar eerder zijn geboren.'

De afstand van de tijd was te groot om te bevatten. Er was vrijwel niets overgeleverd, geen foto's, geen attributen. Alleen een verhaal dat door elke generatie werd verdraaid en verfraaid.

'Het komt door de sneeuw,' zei signor Marinello. 'Alles raakt bedolven, de sporen zijn uitgewist.'

Toch zagen velen hun grootvader in de bergen staan met opgestroopte mouwen en een pikhouweel. Misschien konden ze het zien omdat hun vader in diens voetstappen was getreden, en zij weer in die van hem, en konden sommigen van hen nog verder terugkijken, door de sneeuw die precies leek op de sneeuw in hun leven. Eens moest de allereerste ijsmaker daar hebben gestaan, in nevelen gehuld, in het verblindende bevroren landschap.

Sneeuw. Het sneeuwt ongelofelijk vaak in de poëzie, meer nog dan dat er herfstbladeren vallen. De vrolijke sneeuw van Ralph Waldo Emerson, de sneeuw die soms mannelijk is en dan weer vrouwelijk bij Ted Hughes, de vlokken van Henry Wadsworth Longfellow die 'stil, en zacht, en langzaam' neerdalen, de gehaaste vlokken van Alexander Poesjkin, en natuurlijk *les neiges d'antan* van François Villon. Maar pas na lezing van de Engelse dichteres Maura Dooley ging ik anders naar sneeuw kijken. Dat was meer dan dertig jaar na het gesprek met signor Marinello. Ik besef dat het een grote stap is, maar toen ik in het gedicht 'De omgekeerde wereld' over 'een wirwar van sneeuw' las, werd ik op slag teruggeworpen in het verleden.

Alles vloeide weg, dunde uit
tot een leegte, een patroon dat ieder patroon
verloor, een bleekheid die Wilson Bentley
zijn leven lang probeerde te definiëren.
Sneeuwvlok, geen twee ijsbloemen gelijk.

Het was de naam van Wilson Bentley die ik was vergeten, maar die niet verloren was geraakt. Toen mijn ogen over de letters gingen, was het alsof er een zwavelkopje van een lucifer over werd gestreken. Het verhaal ontbrandde meteen.

'Ik wil jullie wat laten zien,' zei signor Marinello. Hij stond op uit zijn fauteuil en liep naar de boekenkast. Even dacht ik dat hij er net als meneer Zampieri een fotoalbum uit zou pakken. Dat was niet het geval. Het boek bevatte wel foto's, maar niet van hemzelf als knappe jongeman op een station dat niet meer bestond.

'In dit boek staan 2500 foto's van sneeuwvlokjes,' zei hij. 'Ze zijn gefotografeerd door Wilson Alwyn Bentley.' Hij vertelde dat Bentley uit Jericho kwam, een klein plaatsje in Vermont. Als tiener raakte hij gefascineerd door sneeuwvlokjes en probeerde hij ze met behulp van een microscoop na te tekenen, maar de ijskristallen waren te complex om te kopiëren voordat ze vervluchtigden. Een klapcamera met balg bood uitkomst. Bentley maakte de camera vast aan de microscoop en ving de sneeuwvlokken op met een fluwelen doek. Het was uiterst ingewikkeld, zelfs onder het vriespunt verdampen sneeuwvlokjes zonder eerst te smelten. Maar op 15 januari 1885 fotografeerde Wilson Alwyn Bentley zijn allereerste exemplaar. Er zouden er vele volgen. Tijdens zijn leven fotografeerde hij ruim vijfduizend sneeuwvlokjes.

'Hij heeft zijn adem bij elke foto ingehouden,' zei signor Marinello.

Ondanks de beperkingen van de techniek waren zijn foto's zo goed dat bijna honderd jaar lang vrijwel niemand sneeuwvlokjes zou fotograferen. Later zou Bentley zich ook toeleggen op het meten van de grootte van regendruppels.

'Hij is gestorven aan een longontsteking die hij had opgelopen nadat hij zes mijl te voet was gegaan door een sneeuwstorm.'

We keken naar het fotoboek, de talloze plaatjes van sneeuwvlokken, de duizelingwekkende ijskristallen. Voor Bentley was elk exemplaar een meesterwerk op zich, maar wij bladerden door het boek zoals we door de witte straten liepen. Jong en onverschillig.

'Hij keek door de sneeuw heen,' vertelde signor Marinello. 'En zag toen kleine wonderen van schoonheid. Zo noemde hij zijn sneeuwvlokjes.'

We hadden stilletjes de hoop opgegeven. Misschien had het te maken met het nieuwe meisje dat in ons dorp was komen wonen. Er was geen direct verband, maar het was ook niet geheel toevallig dat het einde van onze zoektocht naar de oerijsmaker van Cadore samenviel met onze eerste verliefdheid.

We hadden haar in de sneeuw gezien. Ze hield haar hoofd achterovergekanteld en haar mond wijd open. Ze moet ons hebben zien staren, want op een gegeven moment zei ze: 'Wat grappig dat jullie elkaars hand vasthouden.' Toen was ze doorgelopen en verdwenen in de wirwar van vlokken.

Luca had onmiddellijk zijn hand uit die van mij gerukt.

We zouden het meisje pas enkele dagen later weer tegenkomen, en toen zouden we ook zien wat een lange tong ze had. Ze kon met gemak het puntje van haar neus ermee aanraken.

'Kunnen jullie dat niet?' vroeg ze verbaasd. Ik zag dat ze grijsgroene ogen had.

Luca probeerde het eerst, toen ik. Maar het lukte ons geen van beiden.

'Nog een keer,' zei het meisje en ze trok zonder het te vragen aan de neus van Luca. 'Nu gaat het bijna,' zei ze. 'Het scheelt nog maar een millimeter.'

Ik was daarna aan de beurt. Ik voelde haar koude vingers om de vleugels van mijn neus. Ik stak mijn tong zo ver mogelijk uit en zij trok zo hard als ze kon. Het deed pijn. Luca moet het ook hebben gevoeld, maar hij had niks gezegd.

Ze schudde haar hoofd. 'Bij jou lukt het ook niet.'

'Ik ben Sophia,' zei ze toen.

We stelden ons voor en vertelden waar we woonden. Ze kwam uit het zuiden, uit Modena. Haar ouders waren geen ijsmakers. Haar vader was de nieuwe directeur geworden van een van de brillenfabrieken in de streek.

'Ik kan twee sneeuwvlokjes tegelijk opvangen.'

We keken naar haar lange, smalle roze tong die in de koude lucht leek te zweven en naar de meesterwerken die erop landden. We hielden onze adem in.

Die avond vroeg Luca in bed: 'Waar denk je aan?'

Ik dacht aan de tong van Sophia, maar antwoordde: 'Aan een nieuwe schans voor de slee.'

'Ik ook.'

Ze was dertien, een jaar jonger dan ik, een jaar ouder dan Luca. We hadden de stille afspraak dat jongens van zijn leeftijd zijn vrienden waren en jongens van mijn leeftijd mijn vrienden. Maar Sophia zat tussen ons in en nu was de vraag bij wie ze hoorde.

We belden de volgende ochtend bij haar aan. Haar moeder deed open. Ze had net als haar dochter blonde haren en een brede mond, maar ook lange, gladde gebruinde benen die onder een gele peignoir uit staken. We waren er te jong voor. Ook voor de billen die ze hulde in een strakke rok als ze over straat liep. De mannen in het dorp hadden allen precies de goede leeftijd, maar ze leken de eerste keer niet te geloven wat ze zagen. Een zinsbegoocheling, een zomerse vrouw midden in de winter. Iedereen vroeg zich af wat ze hier deed, deze schoonheid uit de grote stad. Hetzelfde gold voor haar dochter. Ze zette onze wereld op z'n kop.

Luca, die anders zo spraakzaam was, wist niets meer uit te brengen. Ik moest het praatwerk doen.

'We hebben een slee,' zei ik. 'Heb je zin om met ons mee te gaan?'

'Ik wil nog even binnenblijven,' antwoordde Sophia.

'Goed.'

We bleven binnen, maar hadden geen idee waarmee we konden spelen.

'Jullie mogen je jas wel uitdoen,' zei Sophia na een tijdje.

Haar moeder bracht ons een kopje thee en ging zich toen omkleden, want ze kwam even later de woonkamer binnen in een paarse jurk met bloemetjes erop. Het was juli op de jurk en de zon stond hoog aan de hemel. Sophia glimlachte toen ze haar zag.

We hadden in de tussentijd niets gezegd, alleen om beurten een slokje van de hete thee genomen.

Uiteindelijk zei Sophia: 'Wie wil er mijn haar borstelen?'

En toen was het Luca die opeens vliegensvlug reageerde.

Hij kreeg een borstel aangereikt en ontfermde zich over de blonde haren van Sophia. Ze glansden als de aureolen van de beelden in de kerk. Mijn moeder had sterk, zwart haar met een blauwe glans. We hadden vroeger vaak genoeg haar haren geborsteld en wisten dus welke bewegingen je moest maken en hoe de klitten eruit te krijgen zonder dat het zeer deed. Toch zag ik soms het gezicht van Sophia vertrekken in een pijnscheut, maar het kon ook gespeeld zijn. Ze wilde misschien niet laten zien dat ze ervan genoot. Ik had altijd de ene kant van het haar van mijn moeder gedaan en Luca de andere kant, maar hij overhandigde mij niet de borstel.

'Heb je nog geoefend?' vroeg Sophia aan mij.

Ik wist niet wat ze bedoelde. Toen stak ze haar tong uit en bewoog de punt naar haar neus.

Ik schudde mijn hoofd. 'Helpt het om te oefenen?'

'Bij mijn vader hielp het,' antwoordde ze. 'Hij kan het nu.'

We hadden haar vader nog niet gezien. Hij was de directeur van een van de grotere brillenfabrieken, dat hadden we gehoord aan de eettafel in de keuken. 'Ze hebben hem aangetrokken om de Chinezen de pas af te snijden,' had mijn vader gezegd. 'Om ze te vermorzelen.'

'Au,' zei Sophia met een glimlach.

Ze was mooier dan tevoren toen Luca de borstel op tafel neerlegde.

'En nu?'

Ik keek naar de schuier, waar een klosje gouden haren in zat. Ik moest me bedwingen om het er niet uit te halen en in mijn zak te stoppen.

Omdat Luca het niet zei, zei ik het maar: 'Nu gaan we naar buiten.'

We pasten niet met z'n drieën in de cocon van de slee en gingen daarom omstebeurt met Sophia naar beneden. Ik wist niet of Luca wel praatte als hij alleen met haar was, of hij haar vasthield en wat de precieze afstand was tussen zijn mond en haar wangen als ze na een val in de sneeuw lagen. Ik wist alleen wat er gebeurde als ik met haar van het witte weiland af ging en over hobbels schoot. Ik had haar haren in mijn mond toen we uit de bocht waren geschoten. Ze haalde ze er met haar wijsvinger en duim uit. Haar ogen gingen van mijn lippen naar mijn ogen en weer terug. Ik wist niet dat een moment zo lang kon duren.

Die avond lagen we weer wakker in bed.

'Waar denk je aan?' vroeg Luca.

Het was alsof elke gedachte aan iets anders meteen vervluchtigde en de vorm van een meisjesgezicht aannam. 'Aan signor Zampieri,' loog ik. 'Aan zijn koekjes.'

'Ik denk aan Sophia.'

Het bleef even stil.

'Ik denk aan haar haren, ik wil ze weer borstelen.'

Mijn broer had besloten om eerlijk te zijn, zoals we elkaar altijd alles hadden verteld. Hij stortte zijn hart uit, terwijl dat van mij gesloten bleef.

'Je bent verliefd,' zei ik.

'Jij niet?' Hij zei het alsof hij het zich niet kon voorstellen.

'Nee,' zei ik, maar ik kon het me niet voorstellen. Daarom deed ik er nog een schepje bovenop, zodat er geen weg terug was: 'Jij mag haar hebben.'

Luca zweeg en zei pas na een tijdje: 'Je moet me helpen. Ik weet niet wat ik moet doen.'

'Ik zal je helpen,' zei ik. Ik beloofde het, ik was zijn oudere broer, ik zou hem altijd helpen.

Het betekende dat ik elke keer mee moest naar haar huis. Ik had gezegd dat het beter was als ik thuis zou blijven en Luca alleen zou gaan, maar dat durfde hij niet.

'Dan moet je wel met haar praten,' zei ik.

'Wat moet ik zeggen?'

'Weet ik veel,' antwoordde ik. 'Zeg maar dat je over haar hebt gedroomd.'

Maar hij sprak de taal van de liefde niet. Het was niet zo erg als bij onze overgrootvader, die op de vlucht was geslagen voor de liefde. Als Luca Sophia zag, zei hij gewoon: 'Hallo.' En als hij wegging: 'Dag.' Of: 'Tot snel.' Maar daartussenin bleef hij ijzingwekkend stil en moest ik ervoor zorgen dat we niet als twee contactgestoorde idioten overkwamen.

Sophia maakte het ons niet makkelijk. Toen ze op een ochtend weer sneeuwvlokjes aan het opvangen was, vroeg ze: 'Smaken jullie ook hetzelfde?'

Ze hield haar hoofd gewoon achterovergekanteld en wachtte op een antwoord terwijl er zo nu en dan een vlokje op haar tong dwarrelde.

'Nou?' zei ze op een gegeven moment. Ze keek ons nu aan. Eerst Luca, toen mij. Ze deed een pas onze richting uit, en nog een. Ik wist dat ik nu iets moest zeggen.

'Ik smaak naar broccoli,' zei ik, 'en Luca naar aardbeienbavarois.'

'Broccoli is mijn lievelingsgroente,' zei Sophia meteen, 'maar aardbeientoetjes vind ik ook heel lekker.'

Het tweede gedeelte had Luca niet gehoord, of hij had het als troostprijs ervaren, want toen we die avond in bed lagen was hij ziedend.

'Je had moeten zeggen dat je naar paardenpis smaakt.'

'Wie smaakt er nou naar paardenpis?'

'Wie smaakt er naar broccoli?'

Ik wist natuurlijk net zo weinig van de liefde als Luca, maar was niet verlegen of bang. Daar begon het mee. Misschien zag ze het wel, zijn verlammende verliefdheid, maar zag ze ook iets anders, zag ze mij, die al zijn liefde probeerde in te slikken, te verbergen in zijn binnenste.

We speelden allebei een absurde versie van het liefdesspel *hard to get*. Het was wachten totdat een ander er met ons been vandoor zou gaan. Maar zover zou het niet komen, er kwam nooit een ander.

In bed nam ik de rol van Cyrano de Bergerac op me. Ik fluisterde Luca zinnen in die hij gebruiken kon.

'Zeg tegen haar dat je wilt weten waarnaar zij smaakt.'

'Zeg haar dat je het puntje van haar neus met je tong wilt aanraken.'

'Zeg dat je een sneeuwvlokje wilt zijn op haar tong.'

Maar hij zei het niet.

'Zeg dat je haar haren voor altijd wilt borstelen.'

'Zeg dat je je adem niet langer kan inhouden, dat je stikt en sterft zonder haar liefde.'

Hij zei helemaal niets.

Ik weet ook niet wat er was gebeurd als hij het wel allemaal had gezegd. Ze zeggen dat liefde een chemische reactie in de hersenen is, maar ik zie het meer als een volstrekt onlogisch mechanisme. Doe je te veel je best, dan stoot je de ander af. Doe je niets, dan wil de ander je wel, maar het kan ook zijn dat je helemaal niet wordt opgemerkt. Weten wij veel hoe een hart werkt? Hoe je het sneller kunt laten kloppen, hoe je het kunt veroveren en voor altijd van jou kan laten zijn?

Op de dag dat het stopte met sneeuwen zei Sophia opeens: 'Mijn moeder zegt dat jullie verliefd op mij zijn.'

We zaten bij haar thuis en nipten van onze thee. Het waren heel kleine slokjes, maar toch verslikte Luca zich.

'Ze zegt dat ik moet kiezen.' Ze keek ons een voor een aan. Ik was niet heel erg op mijn gemak, maar keek wel terug. Luca hoestte en proestte, hij had tranen in zijn ogen.

Ik besloot hem op zijn rug te slaan, en na een aantal klappen ging het beter en zaten we weer stilletjes achter ons glas, alsof er niets was gebeurd.

Ik wachtte even, alle drie nipten we tweemaal van de thee, en zei toen: 'Ik ben niet verliefd op jou.'

En wat zei mijn broer? De gans, de stoethaspel, de onbespraakte zei: 'Ik ook niet.'

Toen kon Sophia niet langer achterblijven: 'Ik ben ook niet verliefd op jullie.'

Ik had mijn glas in één teug moeten leegdrinken, mijn jas moeten aantrekken en hen daar moeten achterlaten. Alleen met z'n tweeën, in de ruime woonkamer. Maar ik was bang dat Sophia achter mij aan zou komen, en als dat niet zou gebeuren dan zou Luca wel zijn glas hebben leeggedronken en mij achterna zijn gerend.

Dus bleven we gedrieën zitten en dronken we van de kruidenthee die de moeder van Sophia voor ons had gezet. En was ik degene die ten slotte zei: 'Zullen we naar buiten gaan?'

De lucht was licht bewolkt, een sluier waar de zon doorheen probeerde te komen. Er vielen geen vlokken uit neer.

Sophia bukte zich en schepte met twee handen sneeuw van de

grond en gooide die in de lucht. Het was als nevel die op ons neerkwam. We volgden haar voorbeeld en raapten sneeuw en gooiden die in de hoogte.

Natuurlijk opende Sophia haar mond en probeerde ze met haar tong de stuivende sneeuw op te vangen. Maar de sneeuw kwam ook terecht in haar haren en in haar kraag. Binnen de kortste keren waren we verwikkeld in een sneeuwgevecht. We maakten ballen, maar namen er te weinig tijd voor. Al in hun vlucht veranderden ze in een steeds groter wordende wolk. Eerst gooide Luca alleen naar mij en ik naar hem, en Sophia naar ons, maar op een gegeven moment begonnen we terug te gooien. Met z'n tweeën. Ze werd bedolven onder de sneeuw. Het kwam in haar kraag en in haar hals, en ze voelde het tussen haar schouders en bij haar armen en haar borsten die nog moesten rijzen en bij haar buik. Bijna overal. Ik gooide en schepte en stortte sneeuw over Sophia uit.

Ze smeekte om genade. 'Stop!' riep ze. 'Hou op!'

Maar ik ging door. Ik wilde roepen: je moet kiezen. Je moet een van ons kiezen. Kies dan!

Toen viel ze en kreeg ze nog een voltreffer op haar hoofd. Het was een bal die ik had gegooid. Ze liet zich niet kennen en schepte met haar kleine handen zoveel mogelijk sneeuw bij elkaar en wierp die met alle kracht naar mij.

Het was vrolijke sneeuw en gehaaste sneeuw, het was mannelijke en vrouwelijke sneeuw en het was ook de sneeuw van weleer, dezelfde waardoor de grootvader van signor Marinello had gelopen, waarin mijn grootvader had gestaan, en mijn overgrootvader. Het was een wolk die zich uitstrekte van het verre verleden tot de toekomst. Naar nu. En het is nu dat ik zie dat geen twee vlokjes hetzelfde zijn, zoals Maura Dooley in haar gedicht schrijft, en het is nu dat ik ook door de sneeuw heen kijk en eindelijk het wonder zie.

Luca gooide een sneeuwbal naar mij, een bal waarvoor hij de

tijd had genomen, een keiharde, onverwacht, als een klap in het gezicht. Ik voelde de kou op mijn voorhoofd uiteenspatten en daarna in mijn hals kruipen. De sneeuw zakte naar mijn borst en toen voelde ik ook het verraad. Luca nam het op voor Sophia, hij beschermde haar. Hij gooide nog eens, een bal die veranderde in nevel die mij een kort moment het zicht ontnam. Het was het wonder waar ik me toen niet bewust van was. Het onnavolgbare mechanisme dat in werking was getreden. Luca had niet te veel gedaan, niet te weinig. Hij had precies het juiste gedaan.

Ik wankelde en viel en werd met sneeuw overladen. Vier handen tegelijk. Sneeuw in mijn ogen, sneeuw in mijn mond, sneeuw in mijn neus. Ik begreep er niets van en ik zou er lange tijd niets van begrijpen. Maar nu begrijp ik het, weet ik dat het de sneeuwbal is geweest die voor mij uit het niets kwam. Hij had het niet anders kunnen doen. Dit was de enige manier geweest voor mijn broer. Zonder woorden, zonder zachtheid. Een klap zo hard dat ik neerging.

Jaren later, toen ik de ijssalon al de rug had toegekeerd, kreeg mijn broer Sophia en werd zij zijn vrouw. Maar het was toen al een uitgemaakte zaak. Toen, in de sneeuw, terwijl ik op de grond lag en de laatste vlokken stil, zacht en langzaam op mij neerdaalden.

In Amsterdam

Na mijn studie heb ik geprobeerd om te promoveren, maar ik hing liever in cafés met schrijvers, journalisten en redacteuren. Te midden van dikke sigarettenrook en gesprekken gevoed door drank kreeg ik het aanbod om voor een uitgeverij te werken. Het was eigenlijk meer een uitnodiging dan een aanbod, maar zulke verschillen vervaagden aan het einde van de avond. De verkondiger was een kleine man met een bolvormig glas in zijn hand. Je kon zijn ogen nauwelijks zien, hij hield ze vrijwel helemaal gesloten, alsof hij moeite had met het licht. In werkelijkheid maakte deze toegeknepen blik deel uit van de royale glimlach van Robert Berendsen, een man die behalve van de literatuur enorm van het leven hield, zeker als hij enkele glazen De Koninck ophad, zijn favoriete bier.

'Kom morgen maar eens langs,' had hij gezegd. 'Ik ben op zoek naar een poëzieredacteur.'

Het gesprek was, zoals op alle andere avonden, over boeken en schrijvers gegaan. Iemand had de eerste dichtbundel van K. Michel ter sprake gebracht, *Ja! Naakt als de stenen*, die enkele dagen ervoor was verschenen.

Er waren dichters die het lawaaierige poëzie vonden. Geschreeuw. 'Er staan te veel uitroeptekens in,' riep een man boven iedereen uit. 'Ik ben de tel kwijtgeraakt.'

Anderen vonden het een spectaculaire bundel met een compleet nieuwe toon. 'Ik heb nog nooit zoiets gelezen,' zei een man die voor een krant schreef. 'Het is frivool en fris en tegelijk diepzinnig.'

'Ik vind het geen poëzie,' zei iemand anders.

Het was een opmerking die elke week wel een keer werd gemaakt. Er werd zelden op gereageerd. Sommige mensen hadden van poëzie dezelfde verwachting als van leidingwater. Het moest vooral helder zijn. Toch waren de gesprekken in de kroeg bijna altijd interessant, al was het maar omdat iedereen anders dacht over een bepaalde dichter of bundel. En omdat er gedronken werd. De discussies konden behoorlijk heftig zijn. Een enkele keer laaide het vuur zo hoog op dat een gesprek ontaardde in ruzie. De barman greep dan in. 'Eruit,' zei hij. 'Naar buiten! Ga daar maar met elkaar vechten.'

Op de universiteit had ik me met andere studenten gebogen over schrijvers die onder de grond lagen en waarover talloze lagen literatuurkritiek waren gestort. We moesten onze eigen mening vormen, maar we voelden ons niet vrij. Nu stonden we er middenin, in de rook en het rumoer, terwijl een paar huizen verderop poëzie werd geschreven, en we konden zeggen wat anderen nog niet eerder hadden gezegd.

Een jonge vrouw mengde zich in het gesprek. 'Ik hou van de verwondering van K. Michel,' zei ze. 'Het is een totaal andere manier van kijken naar normale dingen.'

Ik voelde me genoodzaakt om enige relativering aan te brengen. Ik vond het een ijzersterke bundel, maar de taal en de vorm waren niet nieuw.

'Die blik van buitenaf,' zei ik, 'die heeft de Martian poetry toch ook? En die is tien jaar eerder ontstaan.' Het was een stroming die eind jaren zeventig in Engeland was opgekomen. Craig Raine en Christopher Reid waren de wegbereiders. Ze keken in hun poëzie naar de wereld zoals iemand van Mars naar de dingen om ons heen zou kijken. *In homes, a haunted apparatus sleeps,/ that snores when you pick it up*.

'Ik vond het vooral een verademing om gedichten te lezen die een keer niet zijn geschreven door een melancholicus.'

Robert Berendsen knikte. 'Weg met de weemoed!'

Er werd nog een rondje bier gehaald.

'Op de dichters van Mars,' zei iemand.

K. Michel zou het jaar erop worden genomineerd voor de C. Buddingh'-prijs, maar hij zou de prijs voor het beste poëziedebuut niet winnen. Die eer viel een ander te beurt. Het deed niets af aan de droomstart van de dichter. Hij had de literaire wereld opgeschud, of in ieder geval een deel ervan, de parel, de poëzie. Zijn dichtbundel was voor velen een deur tot een andere wereld. Jonge dichters probeerden met nog meer verwondering naar de dingen om hen heen te kijken. Er werd geëxperimenteerd, geschreeuwd, gehallucineerd. In die zinderende tijd van vernieuwing begon ik als redacteur bij een uitgeefhuis dat kon bogen op een geschiedenis van meer dan honderd jaar.

'Kom morgen maar eens langs.' Het had veel weg gehad van een belofte die haar geldigheid verliest als je het café uit stapt, maar toen ik de volgende dag de kleine trap voor de gevel van een statig grachtenpand beklom en naar binnen stapte, werd ik hartelijk ontvangen door de uitgever. De ogen van Robert Berendsen leken nog kleiner. Ik kon de week erop beginnen.

Ik vertelde het nieuws aan mijn ouders in de ijssalon. We zaten in de eetkamer op de eerste verdieping. Mijn broer was beneden en maakte koffie voor de eerste klanten. 'Ik heb een baan,' zei ik, 'ik begin na het weekend als poëzieredacteur bij een uitgeverij.'

'En je proefschrift?' vroeg mijn moeder.

Het was een vraag die ik had verwacht, maar een echt antwoord had ik er niet op. Ik wist niet hoe het verder moest met mijn dissertatie over anonieme dichters. 'Ik wil werken,' zei ik.

'Ik wil deze kans niet zomaar voorbij laten gaan.'

'Hij zegt dat hij wil werken,' riep mijn vader uit. 'Dat hij niet kan wachten om te beginnen. Nou, weet je wat? Het is augustus, pak een spatola en ga aan het werk. Dan ga ik een uurtje uitrusten.'

Hij stond op van tafel en liep naar de deur die toegang bood tot het dak van de keuken van de ijssalon. Er stond een ligstoel, waarop mijn vader zijn vermoeide lichaam uitstrekte. We hoorden de buizen onder de strakgespannen stof van de stoel kraken. Later, pas toen mijn vader met pensioen was, zou hij klagen over de duizenden pijnen in zijn lijf. In zijn rug, in zijn benen, in zijn handen. Overal had hij pijn, ook in zijn kruis en zijn gebit. Hij had de pijnen zijn hele leven bevochten, hij had er niet aan toegegeven, en was gewoon doorgegaan met bukken, ontpitten, stampen, pureren, persen en ontelbaar vaak het terras op en neer lopen. Er was geen tijd om te lijden.

'Hij vindt het moeilijk,' zei mijn moeder na een tijdje. 'Hij vindt het nog altijd moeilijk.'

Ik ging de trap af naar de ijssalon. Mijn broer stond aan de voorkant, hij hielp een jongetje met kort stekelig haar. Er stond een kleine rij, kinderen met hun ouders. Het was een warme ochtend.

Ik deed een schort om en ging naast Luca staan. 'Hallo,' zei ik, en toen er geen reactie kwam: 'Ik kom helpen.'

Luca knikte, zoals hij ook alleen had geknikt toen ik de ijssalon een halfuur eerder was binnengestapt.

'Ik heb een baan,' zei ik terwijl ik een bekertje vulde met vanille- en aardbeienijs.

Hij zei niet 'gefeliciteerd', hij zei helemaal niets. Hij keek naar mij alsof ik van Mars kwam.

In de jaren daarna deed Luca zijn uiterste best om zo min mogelijk tegen mij te zeggen. Zoals hij tegen Sophia vrijwel niks had gezegd, zo beperkte hij nu zijn contact met mij tot een paar woorden. Alleen als ik heel erg aandrong, zei hij: 'Ik heb je wel gehoord.' Het diende als antwoord op een vraag, maar dat was het niet. Ik kon hem soms wel met de spatola te lijf gaan.

Mijn vader sprak wel met mij, maar in alles wat hij zei gonsde de hoop dat ik me op een dag weer zou bekeren tot het ijs. Ik was afgedwaald, het was zijn taak om mij te laten inzien dat ik de verkeerde beslissing had genomen. Ik had gekozen voor een bestaan zonder de ijssalon, zonder familie. Daar zou ik vroeg of laat spijt van krijgen.

'Hoor je deze muziek?' zei hij. 'Dit is Rino Gaetano.'

Het was na middernacht; de terrasstoelen waren opgestapeld, de deuren dicht. Mijn vader had de stereo aangezet, iets wat hij alleen deed als het een goede dag was geweest. Een goede dag voor een ijsmaker is een dag waarop het stikheet is en hij moet werken als een paard.

Ik kende het nummer, 'Ma il cielo è sempre più blu'. Maar de hemel is altijd blauwer. Het was een lied van goud. Als je het hoorde, kon je niet anders dan meezingen. Als kleine kinderen hadden we vaak meegebruld, zonder de precieze betekenis van de tekst te kennen.

Mijn vader begon het eerst: 'Wie in een krot woont, wie voor zijn loon zweet/ wie houdt van de liefde en dromen van roem.' Luca viel hem bij: 'Wie pensioenen rooft, wie een slecht geheugen heeft/ wie eens per dag eet, wie aan sportschieten doet.'

Even voelde ik me een buitenstaander. Het was een protestlied. Rino Gaetano had het lied geschreven voor iedereen die leed, dag in, dag uit. Niet voor mij, niet voor iemand die een baan in zijn schoot kreeg geworpen, die wél een zomer had, die met engelachtige meisjes vree en uitsliep tot de middag. Maar toen de stem van Gaetano steeds luider werd en het refrein aanzwol, kon ik niet anders dan meezingen: '*Ma il cielo è sempre più blu uh uh, uh uh,/ ma il cielo è sempre più blu uh uh, uh uh, uh uh...*'

Mijn moeder kreeg tranen in haar ogen. Ze hoorde ons zingen en schreeuwen. Met dezelfde kracht als Rino Gaetano, die in Crotone was geboren, een stadje aan de Ionische Zee, toen naar het grote Rome was verhuisd, daar enorme successen had geboekt en een nationale held was geworden, en op zijn dertigste was gestorven in een auto-ongeluk. Het leven was onrechtvaardig, maar de hemel is altijd blauw, steeds blauwer.

Misschien was dit het deel waar mijn vader het meest van hield. Hij zong het in ieder geval uit volle borst mee, achter elke zin een uitroepteken:

wie heimwee naar huis heeft, wie alleen woont
wie weinig verdient, wie met vuur speelt
wie in Calabrië woont, wie van de liefde leeft
wie in de oorlog gevochten heeft, wie met vlag en wimpel slaagt
wie de tachtig haalt, wie op zijn werk sterft

Mijn vader verdiende niet weinig, leefde niet in Calabrië en had niet meegevochten in de oorlog, maar hij stierf wel op zijn werk. Niet letterlijk maar heel langzaam. Dat was voor hem de kern van het lied, en van zijn leven.

Toen het nummer was afgelopen, we alle drie tegelijk hijgden en onze borst synchroon op en neer ging, zei mijn vader: 'Dit is pas poëzie.'

Er was altijd een zwaardsteek.

En een trap na: 'Rino Gaetano is de grootste dichter van de wereld.'

Er hoorde een zin achter: 'Niet Shelley, niet Szymborska, niet Kaváfis, niet Atwood', maar hij kende de namen niet van al die dichters 'met hun moeilijke woorden en hun onbegrijpelijke taal'.

Er was maar één dichter en dat was Rino Gaetano, die dwars door de borst van mijn vader brak en zijn onzichtbare ziel wist te vinden. De jongeling uit Crotone vond zichzelf ook meer schrijver dan zanger. Toen hij zijn eerste album klaar had en hij de studio in moest, zou hij tegen de producers hebben gezegd dat ze op zoek moesten gaan naar iemand die zijn liedjes kon inzingen. Hij vond zijn eigen stem niet goed genoeg. Te ruw, te grof. Ze moesten hem de studio in duwen.

Ik vind dat je het beide kan zijn: dichter en zanger. Bard, zoals de wrok van Achilles werd bezongen, zoals het lied van Mr. Tambourine Man tot ons komt. Ik heb Bob Dylan verschillende keren uitgenodigd voor het World Poetry Festival, maar mocht nooit een brief terug ontvangen. Misschien wacht hij op de Nobelprijs voor de Literatuur. Vroeger was de wereld verdeeld in gevangenen en bewakers, tegenwoordig in mensen die hem de Nobelprijs gunnen en in mensen die het idee alleen al verachtelijk vinden.

Ik bleef die nacht logeren in Rotterdam, op zolder, bij mijn broer. Hij deed alsof hij sliep, maar ik kon aan zijn ademhaling horen dat hij wakker was. Ik wachtte op de vraag die hij in onze jeugd vaak had gesteld, ik hoopte dat hij zou vragen waar ik aan dacht.

Ik dacht aan hem, of eigenlijk aan ons. Over de stilte tussen ons.

'Denk je aan Sophia?' vroeg ik na een tijdje.

Er kwam geen antwoord.

'Ik vroeg of je aan Sophia denkt.'

De afgelopen winter was ik niet in Venas geweest, omdat ik me had voorgenomen te werken aan mijn proefschrift. Het was de eerste keer dat ik niet mee was gereisd naar Italië. De winter ervoor had ik met mijn broer een spar omgehakt in het bos, we hadden samen kerst gevierd en we hadden met Sophia tot laat bier en wijn gedronken in Bar Posta. Ze zat tussen ons in op de hoekbank en we speelden Uno. Het voordeel van kaarten is dat je niet hoeft te praten. Luca deed alsof hij speelde voor een astronomisch bedrag, tien miljoen lire. Hij concentreerde zich op zijn kaarten en zweeg als een professionele pokerspeler.

Ik zag dat zijn rechterbeen tegen het linkerbeen van Sophia leunde. Even later raakte haar rechterbeen mijn linkerbeen.

Hij liet haar winnen, maar het was alleen doorzichtig voor wie zijn broer was. Als we thuis Uno speelden in de warme keuken, dan waren mijn vader en Luca de fanatiekste spelers. Ze konden beiden niet tegen hun verlies en sloegen soms woedend op het tafelblad, of riepen: 'Jullie spelen vals! Jullie spelen onder één hoedje!' 'Jullie', dat waren altijd mijn moeder en ik. Er waren twee kampen binnen onze familie.

Ik kon er op een gegeven moment niet meer tegen. Tegen het zwijgen, tegen de huichelarij.

'Je laat haar winnen,' zei ik en legde mijn kaarten op tafel. 'Zo is het niet leuk meer.'

Mijn broer zei niks, natuurlijk zei hij niks.

Sophia draaide de kaarten om die ik op tafel had gelegd. 'Daar had je nooit mee kunnen winnen,' zei ze zonder met haar ogen te knipperen. 'Je kunt gewoon niet tegen je verlies.'

Soms leek het of er ook twee kampen waren in Bar Posta. Alsof ik de gezamenlijke vijand was. Maar er waren ook potjes waarbij Sophia ervan genoot als Luca in het nauw werd gedreven, of mij aanmoedigde een pestkaart neer te leggen voor mijn broer. De sneeuwbal was gegooid, ik was neergegaan, maar ik was nog niet afgevoerd.

'Zullen we verder spelen?'

'Ja,' antwoordde Luca, de gluiperd.

De kaarten werden opnieuw geschud en gedeeld. Ditmaal won ik het potje. Het voelde als wraak.

We speelden tot de laatste ronde werd aangekondigd. Daarna mochten we nog een halfuur blijven zitten.

'Vertel nog iets over Amsterdam,' zei Sophia. Het was een vaste vraag aan het einde van de avond. Ik had al verteld over de cafés vol schrijvers en rook en de feestjes na premières en boekpresentaties, maar ze wilde elke avond meer weten.

'Je vertelt niet alles,' zei ze. 'Je houdt informatie achter.'

'Wat voor informatie?'

'Over meisjes, over vrouwen.'

Luca zei niks. Sophia kon niet weten dat hij niet met mij sprak. Zo was hij altijd geweest als we met z'n drieën waren.

'Zal ik over Rosa vertellen?'

Sophia knikte. 'Laat me raden,' zei ze. 'Ze is lang en heeft blonde haren.'

'Nee.'

'Ze is klein en heeft trollentanden.'

'Nee.'

'Ze is vijftien.'

'Nee.'

'Ze is vijftig.'

'Bijna.'

Het viel me mee dat Luca zich niet verslikte in het slokje bier dat hij had genomen.

'Ze is tweeënveertig.'

'Mijn moeder is vierenveertig.'

'Je hebt een jonge moeder,' zei ik.

We hadden haar zien lopen over straat. Er was niets verloren gegaan van de glans, van haar lichtgevende huid. De dorpsvrouwen roddelden over haar bij de bakker. Ze zou haar man bedriegen met de dakdekker. In de zomer was ze met hooi in haar haren uit een weiland gekomen, enkele minuten later gevolgd door de stevige, ietwat onbehouwen Salvatore Grigio.

Dat verhaal ging en deed het dorp zinderen, verlangen naar meer.

Luca en ik hadden de juiste leeftijd voor haar strakke rok. We keken om en staarden haar na. Ik wilde zeggen: Sophia is van jou, haar moeder van mij. Maar Luca was alweer verder gelopen.

'Ik wil alles weten,' zei Sophia. Ze knipperde weer niet met haar ogen.

Alles. Dat betekende ook de dichtbundel waar ik met Rosa over had gesproken en de vraag die altijd terugkomt in discussies, het *to be or not to be* van de poëzie. In de woorden van Martinus Nijhoff: 'Moet een dichter schrijven wat wij voelen of moeten wij voelen wat de dichter schrijft?' Maar daar had Sophia geen interesse in. Ik kon de poëzie overslaan.

'Hoe ziet ze eruit? Wat had ze aan?'

'Ze droeg een jurkje en had borsten die elke vrouw wel voor een dag zou willen hebben.'

Met de borsten van Sophia was niks mis. Ze waren niet te groot, niet te klein. Peren, weet ik nu. Mooie peertjes.

De borsten van Rosa waren van een andere orde, een dubbele portie. Maar het waren niet van die immense borsten die zonder bh veranderen in een drilpudding. Ze bleven stevig en rond, sappig als een vrucht die je met twee handen moet oogsten.

'Hoe wist je dat?'

'Dat wist ik toen nog niet, maar je kon het wel zien.'

Ze had stijve tepels, alsof in elke borst een amandel was geplant. Het kon de wind zijn die steeds naar binnen waaide als de deur werd geopend. De gelegenheid was een boekpresentatie en vond plaats op de uitgeverij, in de deftige hal met grote marmeren tegels op de vloer; een houten trap leidde naar de kantoren op de bovengelegen verdiepingen. Er waren in het begin niet meer dan twintig mensen, maar later op de avond was hun aantal verdrievoudigd.

Soms praat je met iemand en denk je dat er niets gebeurt. Er zijn geen aanwijzingen, geen tekens, maar dan verandert één opmerking alles.

We spraken over polkadots. Er was een meisje met lange vlechten dat een jurkje droeg met vrolijke stippen. Ze liep vlak voor ons langs.

'Ik hou van stippen,' zei ik. 'Ook bij mannen, op hun overhemd of sokken.'

'Hou je dan ook van moedervlekken?' vroeg Rosa.

Het ging vanzelf, mijn blik schoot naar haar hals, naar haar armen, naar haar borsten. Er is de snelheid van het licht en er is de snelheid van de pupillen. Ik zag overal moedervlekken.

Van de poëzie naar de polkadots, van de moedervlekken naar de lakens van het bed dat op een vrijwel lege zolder op ons wachtte.

Ik mocht me niet uitkleden.

'Wacht,' zei ze. 'Dat wil ik doen.' Ze maakte de knoopjes van mijn overhemd open. Haar vingers waren nog koud, maar dat vinden alleen echtelieden erg. Ik liet mijn handen over haar doorschijnende zwarte panty gaan en kneep in haar billen.

'Rustig,' fluisterde ze.

Het was het leeftijdsverschil. Twintig jaar. Het was niet te zien aan haar lichaam, haar huid die zacht en strak tegelijk was. Ik wilde haar overal aanraken.

'Je hebt prachtige vingers,' zei ze. Het was de eerste keer dat iemand dat tegen mij zei.

'Je hebt heerlijke borsten.' Ik kon onmogelijk de eerste zijn die dat tegen haar zei.

Ik schoof de bandjes van haar jurk van haar schouders, maar de bh mocht nog niet uit.

'Vanwaar al die haast?'

'Ik wil je.'

Ze lachte en keek naar mijn erectie die door de stof van mijn broek prikte.

'Je weet toch wel het verschil tussen een vrouw en een meisje?'

Ik wist even niet wat ik moest doen, wat de vervolgstap was. Er stond een vrouw voor me wier borsten ik wilde onthullen, maar het was te vroeg voor de ceremonie.

'Kus me,' fluisterde ze.

Ik kuste haar huid, ik kuste elke moedervlek die ik zag. Het was een spoor dat voerde naar haar oksel en vandaar verderging naar haar decolleté. Ze kreunde zachtjes.

'Ik wil ze zien,' zei ik.

Ze pakte mijn hand en leidde me naar het bed. Ze deed het zonder enige haast. Ik liet me op de matras vallen en toen pas hoorde ik de muziek in de kamer. Ze moest die hebben opgezet nadat we waren binnengekomen. Het was een diepe mannenstem, begeleid door een trage bas, oude soul. Ik keek een moment om me heen. Ik zou niet weten waar ik was. Op welke gracht.

Rosa schopte haar hoge hakken uit en klom op mij. Haar vingers gingen naar de knopen van mijn broek. Ze deed het met één hand, knoop voor knoop. Mijn pik schoot naar voren. Ik probeerde overeind te komen, maar werd teruggeduwd. Ze maakte een O van haar mond en sloot haar lippen om de stof van mijn boxer.

'Jezus.'

Ik trok haar aan haar polsen omhoog, haar gezicht dicht bij dat van mij. Ze had rode wangen, zag ik, en kraaienpootjes.

'Wat is er?' vroeg ze.

'Niets.'

'Jawel, ik zie het.'

'Ik vind je geweldig.'

Haar bh ging uit, ze deed het zelf. Wat een schoonheid.

Ik raakte ze eerst met mijn vingertoppen aan, het was als heiligschennis.

Ze zei iets vulgairs, ze zei het heel zachtjes. Ik kon het net horen, of had ik het verkeerd verstaan? Ik pakte haar borsten vast en bewoog mijn mond naar haar tepel.

Ze verzette zich niet meer, liet mijn handen overal toe. Ik stroopte haar panty van haar benen. Haar slipje was drijfnat en rook naar haar. Ze kuste me koortsachtig. Haar vingers omsloten mijn pik.

'Wil je in mijn mond?'

Ze deed het behoedzaam, eerst alleen de eikel, maar toen ik bijna helemaal in haar zat, mocht ik mijn handen op haar hoofd leggen en de bewegingen bepalen.

Ik liet haar sneller gaan.

Het was te veel. Ik sloot mijn ogen.

Ze merkte iets, want ze stopte er opeens mee. 'Je mag niet komen,' zei ze. 'Nog niet.'

En daarna: 'Neuk me.'

Ik gleed in één keer bij haar naar binnen, een kano die door het water snijdt. Ze was op haar buik gedraaid maar kwam op een gegeven moment omhoog. Ze steunde op haar handpalmen en keek naar achteren. Ik zag de ragfijne lijntjes bij haar ogen die dieper werden naarmate ze zich inspande. Ze bewoog haar billen, haar hele goddelijke achterwerk.

'Ga door,' zei ze.

Dit laatste heb ik niet verteld, maar ik kan me ook niet herinneren waar in het verhaal ik precies was gestopt. Ik vroeg me af of Sophia de afloop kon bedenken. Luca had zijn glas leeggedronken. Hij keek naar de barman, die net als hij naar huis wilde.

'Ik wou dat ik weg kon,' verzuchtte Sophia toen we onder de schitterende decemberhemel liepen.

Ze werkte in de brillenfabriek van haar vader en deed daar de administratie. De dagen waren eentonig, elke dag dezelfde mensen en hetzelfde werk. Ze pasten niet bij haar vreugde, het meisje dat nog steeds sneeuwvlokjes opving, dat met haar tong de punt van haar neus kon aanraken. Ze was ouder geworden, maar was nog steeds heel jong, mooier dan haar moeder ooit was geweest.

Gracieus en onschuldig. Met ogen die nergens bang voor waren.

'Waarom vertel je niet wat je dwarszit?' vroeg ik aan mijn broer, die nog steeds deed alsof hij sliep. Hij gaf geen antwoord. Ik kon het natuurlijk wel raden. Hij zou steeds meer op zijn vader gaan lijken. Het was begonnen met een duim, daarna zouden de fysieke klachten komen, steken in zijn rug, pijn in zijn knieën. Hij zou steeds krommer gaan lopen en steeds bitterder naar de wereld om hem heen kijken, de wereld die hem had verraden, hem zijn kans op onsterfelijkheid had ontzegd. En ten slotte zou hij de vrouw gaan haten van wie hij ooit zoveel had gehouden.

Ik vroeg me af of Sophia naar mij had gevraagd, of ze mij misschien had gemist.

'Heb je haar gekust?'

Nog steeds geen antwoord.

'Nou?'

Mijn broer draaide zich om in bed.

'Slaap lekker.' Ik telde tot twintig. 'Ik zei: slaap lekker.'

'Ik heb je wel gehoord.'

In Amsterdam begeleidde ik dichters met hun manuscript. Ik ontving ze op de uitgeverij en sprak met hen over hun werk in mijn kamer. De meest getalenteerde schrijvers hoefde ik alleen te wijzen op een minder gedicht, een verdachte oester in een grote hoop. We spraken over woorden, de betekenis ervan, de nadruk die ze kregen op een bepaalde plek, hun klank. Het waren gesprekken die niemand anders had, alsof we door een microscoop keken naar taal. Er waren ook gedichten waar ik urenlang naar had gekeken, zonder dat ik kon vertellen waar ze over gingen. Als ik er dan met de dichter over sprak, kwam er meestal een hortende toelichting die iets van de sluier oplichtte. Maar soms werd het raadsel alleen vergroot.

'Ik begrijp het zelf ook niet,' zei een dichteres op een keer.

'Hoe bedoel je?'

'Dat ik het gedicht ook niet begrijp. Of misschien moet ik zeggen: ik begrijp het ten dele.'

Ik keek haar aan. Ze was bloedserieus.

'Het is als een droom,' zei ze na een tijdje.

Ik herinnerde me een gesprek met Heiman over T.S. Eliot. Die had gezegd: 'Soms heb ik een gedicht geschreven en dan begrijp ik het zelf niet.' Het was volgens Heiman een fantastische uitspraak, die de kern van poëzie naderde. Anders dan bij proza moest je geduld hebben. Er werd geen rekening gehouden met het bevattingsvermogen van de lezer, soms leek het wel of een gedicht helemaal niet om een lezer maalde. 'Een roman spreekt tegen je,' had Heiman gezegd. 'De schrijver vertelt een verhaal. Een dichter praat alleen tegen zichzelf.' Natuurlijk, er was poëzie die regelrecht naar binnen kwam, als een pijl in je hart, maar het kon ook even duren voordat je het begreep.

Er waren geen regels, er was geen recept. Poëzie kon overdonderen, ontroeren, troosten, zwaar zijn, helemaal niks wegen. En nog veel meer. Onbegrijpelijke poëzie kon briljante poëzie zijn.

In de zomer stond het schuifraam open en stroomde frisse lucht samen met de geluiden van de gracht de werkkamer binnen. Je kon vrouwen horen lachen. Als je naar het raam liep, zag je ze zitten op de achtersteven van een klein bootje. Ze hadden lange, blonde haren en blote schouders. Het water weerkaatste hun schoonheid. De wereld was een spiegel, iedereen vertelde hun hoe mooi ze waren. Ze stevenden vol zelfvertrouwen voorbij. Dit was hun tijd. Het waren andere vrouwen dan die in de rokerige cafés, onbenaderbare vrouwen, vrouwen die al bezet waren of voorbestemd waren om te trouwen met een rijke advocaat of een erfgenaam van een familie met een dubbele achternaam. Jaren later zou je ze pas leren kennen, ver in de veertig, nog altijd blond, maar niet meer van henzelf. Ze hadden lange horizontale rimpels op hun voorhoofd. Hun mannen waren ouder, hun kinderen het huis uit. Sommigen hadden een hond genomen, een foxterriër of een teckel, en reden er elke dag mee naar het Amsterdamse Bos, anderen wilden meer. Ze vonden dat zij nu aan de beurt waren. Ze hadden de kinderen grootgebracht, hun man had carrière kunnen maken. Je zag ze opduiken bij lezingen. Ze liepen op dure schoenen, hun benen nog altijd goed, alsof ze waren gebalsemd in plaats van gehuld in glanzend nylon. Sommigen droegen een korset. Misschien hadden ze vroeger graag gelezen of waren ze ooit verliefd geweest op een boek, een roman die ze in hun meisjesslaapkamer hadden verslonden. De literatuur was in ieder geval iets waar ze zich nu graag mee bezighielden. Ze hadden veelal niet gestudeerd, of hun studie nooit afgemaakt, maar mensen die boeken lazen straalden dezelfde eruditie uit als een doctorandus, althans, dat was hun mening, hun geloof.

Een van die vrouwen was Joan Foks. Ze was niet getrouwd en droeg ook geen korset, maar behoorde wel tot de kring van welgestelde lezende vrouwen. Haar man, een bekende orthopedist, was onverwacht overleden. Ze was goddelijk geweest toen ik had leren lopen en stond voor mij toen een adertje in haar gezicht was gesprongen. Niet op dat moment, het was enige maanden eerder gebeurd. Ouderdom was een dief in de nacht.

Robert Berendsen had haar uitgenodigd voor een diner bij hem thuis. Er waren nog vijf andere gasten. Zijn vrouw had gekookt, vier gangen, ze was in de ochtend al begonnen. In het dagelijkse leven was ze partner bij een vooraanstaand maritiem advocatenkantoor, maar ze kende alle belangrijke auteurs in het fonds persoonlijk. Ze was begaan met de uitgeverij en las soms een manuscript als haar man dat van haar vroeg. In tegenstelling tot veel vrouwen uit haar omgeving was ze onafhankelijk, en mensen benijdden haar om haar intelligentie en de wijze waarop ze zich kleedde.

Ik was de enige van het gezelschap die nog niet eerder over de vloer was gekomen. Robert stelde mij voor als professor van de poëzie. 'Hij weet bijna net zoveel als ik,' zei hij.

Joan Foks had hij ontmoet bij een opvoering van *Midzomernachtsdroom*. Zijn vrouw was ziek geweest en zij was alleen, omdat ze nooit anderen opbelde maar wel graag naar het theater ging. Ze waren in de pauze aan de praat geraakt. Zij had achter hem in de rij van de bar gestaan, maar had eerder haar drankje gekregen.

'C'est la vie,' had ze geantwoord toen hij er een opmerking over had gemaakt.

'Het had je gesierd als je ook voor mij een drankje had gehaald.'

'Ik haal nooit drankjes voor mannen.'

Het was een grapje, maar er zat ook waarheid in verscholen. 'Wat een prachtige bewerking,' zei Joan om het gesprek een andere richting te geven.

Robert Berendsen had vol trots verteld dat de vertaling en de bewerking waren gedaan door een dichter uit zijn fonds. Zo was het ervan gekomen dat ze de volgende dag de trappen naar zijn kantoor had beklommen. Haar hakken waren in het hele pand te horen.

Ze gingen samen lunchen en Robert luisterde naar de verhalen over haar leven. Haar man was onwel geworden in een restaurant. Hij dacht dat het de bisque was, maar het was zijn hart. Hij zakte ineen en stierf te midden van witte tafelkleden en mensen in avondkleding. Ze zou nooit de vrouw vergeten die gewoon doorat. 'Ze bleef haar vork naar haar mond brengen,' zei ze. 'Toegegeven, het eten was er fantastisch.'

Hij glimlachte. Ze droeg een zijden shirt, je kon er net niet doorheen kijken. Haar neus was kaarsrecht, als die van de Venus in Villa Borghese, het marmeren beeld dat Canova had gemaakt van Pauline Bonaparte, de zus van Napoleon.

Ze was meerdere malen in Rome geweest en kende het beeld.

'Ben ik de eerste die de overeenkomst ziet?'

Ze antwoordde niet, tenminste, ze ging er niet direct op in. 'De vraag is of ze naakt heeft geposeerd.'

'Wat denk je?'

'Ze vertelde iedereen dat het warm genoeg was in de studio van de beeldhouwer.'

'Dat klinkt niet onschuldig.'

'Ze was een promiscue vrouw. Canova wilde haar vereeuwigen als de godin Diana, maar Pauline stond erop dat ze als Venus Victrix zou worden afgebeeld, met de gouden appel in haar hand.'

In de houten sokkel van het beeld zat een draaimechanisme, zodat bezoekers het van alle kanten konden bekijken. In de avond bij kaarslicht. Canova had het oppervlak van het marmer met was behandeld, waardoor het een gloed kreeg.

'Het verhaal gaat dat Pauline spijt kreeg,' zei ze, 'en dat ze haar man vroeg om het beeld weg te halen. Hij willigde het verzoek in en liet het beeld opslaan in een houten kist.'

'Zonde,' was het enige wat Robert zei, maar zijn gedachten waren al bij haar huid beschenen door kaarslicht.

Zelf had ze haar man nooit bedrogen. Ze wist van ten minste vier gevallen van overspel in haar omgeving, althans van vier vrouwen die een minnaar hadden. Ze vond het niet juist. Wie trouwde, deed een gelofte. Als je die gelofte niet kon houden of er eigenlijk niet in geloofde, dan had je nooit moeten trouwen. Maar misschien had ze makkelijk praten. Ze was op late leeftijd getrouwd, daarvoor waren er vele mannen geweest. Wat overigens niet wilde zeggen dat ze ongecompliceerd was. Er waren bepaalde normen, criteria.

De pakken van haar man hingen nog steeds in de kast van de slaapkamer, al zijn overhemden, keurig gestreken en op kleur gehangen. Het meest romantische wat hij had gedaan was haar een piano cadeau doen waar Erik Satie ooit op had gespeeld.

'Speel jij een instrument?'

Robert schudde zijn hoofd. Hij had hockey gespeeld in zijn jeugd en daarna was de liefde voor de literatuur gekomen.

Ze vertelde dat ze op jonge leeftijd was begonnen met pianospelen. De lerares kwam aan huis en had haar moeder verteld dat ze nog nooit zo'n getalenteerd kind had gezien. Ze had het gehoord en onthouden. Het was een gouden herinnering uit haar jeugd.

'Ik zou naar het conservatorium gaan, maar toen kwam er iets tussen. Ik ging naar het buitenland.'

Ze zweeg, ze vond het te vroeg om alles te vertellen. Haar hele leven. Een kortstondig moment kwam een andere herinnering naar boven. Ze zag haar jongere zelf op de kade van een Franse badplaats, voorovergebogen. Een onvoorstelbaar meisje dat haar haren uitwrong; een zilveren sliert druppels kletterde op de warme stenen, siste nog net niet.

'In ieder geval,' zei ze, 'die piano was het mooiste wat ik in mijn leven heb gekregen.'

Het was het weer waarbij je je jas vergat in een restaurant, maar er gebeurde niets. Behalve dan dat ze de volgende dag weer gingen lunchen. Het gebeurde zo vaak dat het ging opvallen en Robert Berendsen haar wel thuis moest uitnodigen. Ze dineerden met z'n drieën en het was even onwennig, en zijn echtgenote zei later die avond in bed: 'Ze is wel heel erg mooi.'

Maar nu zat ze als goede vriendin aan de grote tafel in de woonkamer. Ze zag er schitterend uit, als een vrouw die tien jaar jonger is dan haar leeftijd. Het gesprek ging over het werk van dichters. Niet het heilige, de roeping, maar de baantjes om te kunnen leven.

'Joost van den Vondel was een kousenkoopman,' zei een van de genodigden, een redacteur bij een andere uitgeverij. 'Hij had een winkel op de Warmoesstraat.'

'Gottfried Benn werkte in een mortuarium,' zei een man die een aantal biografieën had geschreven.

'Wat voor poëzie schrijf je dan?'

'Prachtige, verdorven poëzie.'

'Rimbaud handelde in wapens,' zei de jonge vrouw die met de redacteur mee was gekomen.

'Maar dat was toen hij al gestopt was met dichten.'

'Ik wist niet dat hij ooit gestopt was.'

'Toen hij twintig was,' vertelde Robert. 'Hij heeft de rest van zijn leven gereisd. Europa, Indonesië, Afrika.'

'Kun je stoppen met dichten?' vroeg de biograaf.

'Borges heeft het geprobeerd,' zei ik. 'Maar na een pauze van dertig jaar is hij weer gaan dichten. Hij heeft nog tien bundels gepubliceerd.'

'Toen was hij al blind.'

'Beethoven was doof toen hij de negende symfonie schreef.'

'Niet helemaal, toch?'

'Jawel,' zei Joan. 'Ze moesten hem na afloop van de première naar de zaal draaien, zodat hij kon zien dat het publiek voor hem applaudisseerde.'

Niemand wist of Borges nog kon zien aan het einde.

'Hij is in zijn herinneringen gaan leven,' zei Robert. 'Zijn gedichten bestaan uit opsommingen. Je krijgt er geen genoeg van.'

Er schoot zijn vrouw iets te binnen. 'François Villon was een dief,' zei ze.

'Had hij niet ook iemand vermoord?'

'Ja,' antwoordde ik, 'maar hij verkreeg gratie. Het was een liefdesconcurrent. Hij zat in de gevangenis voor diefstal.'

'Als je rijk wilt worden, moet je geen dichter worden,' zei Robert.

'Byron verkocht tienduizend exemplaren van *The Corsair* op de dag dat het verscheen,' zei de biograaf.

'Dat is twee eeuwen geleden.'

'Je kunt de Nobelprijs winnen,' zei de redacteur. 'Dan word je in één klap miljonair.'

'Hoeveel dichters hebben die gewonnen?'

'De eerste winnaar van de Nobelprijs was een dichter: Sully Prudhomme.'

'Er zijn er velen: Pablo Neruda, Czesław Miłosz, Joseph Brodsky.'

'Yeats,' zei de jonge vrouw.

'T.S. Eliot.'

'Salvatore Quasimodo,' zei ik.

'Wie?' vroeg iemand.

'Een heel grote dichter.'

'Zegt een Italiaan,' lachte Robert.

'Hij vond zijn werk beter dan dat van Shakespeare.'

'Is hij vertaald?' vroeg de biograaf.

Robert dacht even na. 'Geen idee.'

'Zijn vrouw heeft gezegd dat de Nobelprijs het begin van het einde was,' vertelde ik.

'Waarom?' vroeg Joan.

'22 miljoen lire in één keer,' zei ik. 'Eindelijk was er geld, maar Quasimodo gooide het bijna letterlijk uit het raam. Natuurlijk met andere vrouwen. Het jaar van de Nobelprijs was ook het jaar van hun scheiding: 1959.'

'Ik heb ooit een relatie gehad met een miljardair,' zei Joan. 'Nou ja, relatie. Ik was een van de velen. Het is lang geleden, ik was heel jong. Ik zou niet eens weten welke geldeenheid het was. Drachme? Dinar?'

Ze had een aanstekelijke lach. Het waren ook goede verhalen. Welke vrouw kon zeggen dat ze de lakens had gedeeld met een miljardair, maar was vergeten in welke munt?

'Hij had een Zwitsers horloge dat duurder was dan tien Lamborghini's. Dat zei hij de hele tijd. Tot vervelens toe, maar als meisje was ik ervan onder de indruk.'

We keken allemaal naar haar, toen zei ze: 'C'est la vie.'

Het was het einde van de avond. De dessertborden stonden op tafel, het bestek lag erop, gesloten. Er kwam koffie, Robert ging langs met een fles armagnac. Het gesprek verbond niet langer de hele tafel, mensen praatten met elkaar. De jonge vrouw met de echtgenote van Robert, Joan Foks met mij.

Ze vertelde dat ze veel in Italië was geweest, maar nooit in het noorden. 'Of misschien wel, in Cortina d'Ampezzo.'

'Je kunt er prachtig skiën,' zei ik.

'O, ik heb de bergen niet gezien. We sliepen in het hotel dat ook voorkomt in die James Bond-film.'

'*For Your Eyes Only*.'

'Ja,' zei ze. 'Maar die is pas veel later opgenomen. Ik was begin twintig.'

'Ik heb Roger Moore nog gezien,' vertelde ik. De waarheid was dat ik een man in een blauw skipak had gezien van wie werd gezegd dat het de Engelse acteur was. Volgens Luca was het een stuntman. We hadden de bus naar Cortina genomen in de hoop de sterren van de film te ontmoeten, maar we moesten genoegen nemen met de handtekening van een skikampioen.

'Het Miramonti,' zei Joan. 'Zo heette het hotel.'

Er waren drie levens: vóór haar huwelijk, tijdens haar huwelijk, en na de dood van haar echtgenoot. In dat laatste leven liet ze nu mondjesmaat mensen toe. Ze kon schuchter overkomen, maar was het niet. Als ze schuchter leek, dan mocht ze je niet en had ze geen zin om met je te praten. Vroeger hadden ze gevochten om haar aandacht, maar de meeste mannen hadden geen schijn van kans gemaakt.

Ze had altijd gevraagd of ze getrouwd waren. Meestal was het antwoord 'ja'.

Het was onmogelijk om je geen voorstelling te maken van de jonge vrouw die ze was geweest, ongehuwd, beschikbaar. Een venus. Het genot om naar haar te kijken, met haar te praten, haar aan te raken.

'Ik huur een appartement op de Herengracht,' zei ze. Het had een uitnodiging kunnen zijn, een opmerking die het gesprek een andere lading gaf, maar ze vervolgde met: 'Ik had het gekocht als de piano door het raam had gepast.' De piano stond in het vrijstaande huis in Haarlem, dat ze niet wilde verkopen en waar de overhemden van haar man in de kast hingen en waar altijd een lichtje voor hem brandde. Als ze het grindpad op reed, zag ze het van een afstandje stralen.

Ik vroeg of ze kinderen had.

Ze schudde haar hoofd. 'Wel gewild,' zei ze.

Het gesprek liep spaak. Misschien vond ze de vraag impertinent, of had ze moeite erover te praten. Ik had eigenlijk verwacht dat ze kinderen had, zonen die in het buitenland studeerden of misschien reisden door Zuid-Europa en niet dachten aan het verdere verloop van hun leven.

'Wil jij kinderen?' vroeg ze toen opeens.

'Ik ben vierentwintig,' antwoordde ik.

'Dat is een mooie leeftijd.'

'Voor kinderen?'

'Voor alles.'

'Ik denk niet dat ik geschikt ben voor het familieleven.'

'Dat heb ik ook altijd gedacht,' zei ze en keek me recht in de ogen. 'Tot het te laat was.'

Ik keek weg, naar het gesprongen adertje. Het was als een barstje in een verder gaaf gezicht.

'Maar mannen hebben dat probleem niet.'

Ik dacht aan Simon Vestdijk, die vierentwintig dichtbundels had geschreven en op hoge leeftijd nog een zoon en een dochter had gekregen. Zijn vrouw was veertig jaar jonger.

Joan maakte aanstalten om naar huis te gaan, ze schoof haar stoel een stukje naar achteren. Ik moest de andere kant uit, maar bood toch aan haar naar de Herengracht te begeleiden.

'Dat hoeft niet,' zei ze. 'Echt niet.'

Er was even een ongemakkelijke stilte, alsof ik eigenlijk een ander aanbod had gedaan. Dat was niet zo. Ze was een vrouw van wie je moeilijk afscheid nam.

'Bye bye,' zei ze.

Van de meeste poëziebundels die we uitgaven, verkochten we zo'n vijfhonderd exemplaren, soms iets minder en een heel enkele keer een uitschieter naar boven. Op bedrijfseconomisch niveau waren dichtbundels volstrekt oninteressant, maar ze vertegenwoordigden een andere waarde voor de uitgeverij. De reputatie van het huis werd erdoor bepaald. Er ging grandeur uit van poëzie. Het was mijn taak dat zoveel mogelijk dichters uit ons fonds genomineerd werden voor de verschillende prijzen. Je moest contact onderhouden met critici die in de jury's zaten. Het hielp om een begeleidend briefje bij een bundel te doen, of te gaan lunchen en zonder blikken of blozen een dichter voor te dragen.

'Probeer je me om te kopen?' vroeg een vrouwelijk jurylid eens.

'Ik zou niet durven.'

'Volgens mij wel.'

'Ik lunch wel vaker met collega's in restaurants, dat hoort bij mijn vak.'

'Ben ik een collega?'

'We varen op hetzelfde schip,' zei ik. 'Natuurlijk zijn er verschillende rangen en diverse belangen, maar uiteindelijk hebben we hetzelfde doel.'

'En dat is?'

'We dienen de literatuur.'

'En daarom betaal jij de rekening?'

'De uitgeverij betaalt,' antwoordde ik. 'Robert Berendsen.'

Ik zette een handtekening op het bonnetje van de creditcard en legde de pen op het witte tafellaken.

'Ga je ook met de andere juryleden eten?'

Ze plaagde mij, ik zag het aan haar bovenlip.

'De juryvoorzitter staat nog op het programma,' zei ik. 'Maar dan ga ik naar een duurder restaurant. Heb je een suggestie?'

'Excelsior. Dat heeft een Michelin-ster.'

'Lijkt me een goede keuze.'

'Ik heb nog een jurkje nodig,' zei ze toen.

'Voor de uitreiking?'

'Ja,' antwoordde ze. 'En hoge hakken.'

Ze kon haar lach niet meer onderdrukken.

Lobbyen was als flirten, alleen dan minder zelfzuchtig. Het draaide niet om jou, maar om de dichter en zijn bundel. Succes was echter niet gegarandeerd. Uiteindelijk ging de prijs naar een andere dichter, een gevestigde naam. Een weinig gedurfde keuze, zoals wel vaker het geval was bij de grote prijzen.

Het jurylid met wie ik had geluncht, kwam na afloop van de uitreiking naar me toe. Ze droeg een rode zijden jurk die haar rug bloot liet.

'En?' vroeg ze.

'De jurk is mooier dan de winnaar.'

Om nieuw talent aan te trekken richtte ik met enkele dichters uit het fonds een poëzietijdschrift op. Het moest maandelijks verschijnen en ook vertaalde poëzie bevatten. Hiervoor legde ik contact met het World Poetry Festival. Sinds de dood van Richard Heiman was ik niet meer op kantoor geweest, wel had ik elk jaar het festival bezocht.

De nieuwe directeur was ouder maar niet minder gepassioneerd. Hij heette Victor Larssen en droeg mooie schoenen, brogues in twee kleuren, bruin en donkergroen. In de mand naast zijn bureau lag een mopshond. Hij keek me aan met kraalogen die van een klein meisje konden zijn.

Victor Larssen zat achter hetzelfde houten bureau waaraan Heiman zijn brieven had geschreven. De portretten van dichters hingen ook nog aan de muur: Clara Janés, Seamus Heaney, Herman de Coninck, Margaret Atwood, Hans Magnus Enzensberger, Sarah Kirsch, Tomas Tranströmer. Gezichten die een buitenstaander niets zeiden. Ze hadden allemaal opgetreden op het festival. En niet alleen zij, honderden dichters van over de hele wereld. In de kast stonden gebonden boeken zonder stofomslag, elk jaartal in een andere kleur. Het waren uitgaven voor intern gebruik, gedrukt in een kleine oplage, niet meer dan tien exemplaren. Soms vond je er een antiquarisch. Ze bevatten alle gedichten die waren voorgelezen op het World Poetry Festival, in de originele taal en de vertaling. Het papier was dikker dan van een psalmboek, het formaat groter, maar er ging dezelfde kracht van uit als je begon te lezen.

Er waren ook geluidsopnamen, talloze banden. Vanaf het allereerste festival, in 1969, waren de voordrachten opgenomen. Heiman had me vaak een koptelefoon opgezet. 'Luister,' had hij gezegd. 'Dit is 1973.' Ik hoorde een band starten, ruis, gekraak, en dan de stem van de dichter. Talen die ik niet verstond: Chinees, Spaans, Noors, maar het was een genot om naar te luisteren. Naar het ritme, de klanken, de stiltes.

De portretten, de boeken, de geluidsbanden – het was een grenzeloze, schitterende wereld. De geschiedenis in gedichten. Alles stond erin: oorlogen, aanslagen, overstromingen, maar ook het geluid van de zomer, de geboorte van baby's, de sloop van een Chevrolet Impala.

Het voelde goed om weer terug te zijn. De wereld van de uitgeverij was gehaaster. Boeken moesten elkaar opvolgen, nieuwe schrijvers ontdekt. Wie niet goed oplette, liep het risico dat een veelbelovende debutant voor zijn ogen werd weggekaapt. Voor poëzie gold dat minder, maar je werd omringd door redacteuren die hun lunch wegwerkten terwijl ze vlug nog een telefoontje pleegden. Ook Robert Berendsen deed eraan mee. Hij had een buitenlandse titel gekocht zonder die gelezen te hebben. Het was een bestseller geworden, zoals je met roulette geluk kunt hebben.

'Heb je Patrick Lane gelezen?' vroeg Larssen nadat we over het laatste festival hadden gesproken. 'Ik denk dat hij wel wat is voor jullie tijdschrift.'

Ik kende de naam, en misschien had ik al eens een gedicht van hem gelezen, maar er schoten me geen regels te binnen.

'Het is een Canadese dichter.'

Zijn hond richtte zich op en blafte.

'Hardy,' zei Larssen. 'Koest!'

Het beest ging weer liggen en staarde voor zich uit, met zijn schattige ogen in dat droevige gezicht vol plooien.

'Ik heb een grandioos gedicht van Patrick Lane gelezen,' vertelde Larssen. 'Over een houtvester die zijn hand eraf zaagt.' Hij aaide een moment gedachteloos zijn hond over zijn kop. 'Je kent het toch niet al?'

Ik schudde mijn hoofd.

'Het was een ongeluk en een collega bracht hem naar het ziekenhuis, vijf uur rijden over bergwegen, de afgerukte hand in een ijsemmer tussen hen in. De zuster wilde zijn naam en geboortedatum weten. Ze vroeg naar een papiertje waar zijn adres op stond. Toen tilde de collega de mouw van de houtvester op. De zuster wendde haar hoofd af van de aderen en pezen. De dokters onderzochten de wond, maar het was te laat voor de hand. Die was dood en ze konden hem toch niet aannaaien. De collega reed terug naar het noorden. Na een hele tijd stopte hij bij een brug over een rivier en pakte de hand uit de emmer. Hij kon hem niet bewaren en hij kon hem ook niet aan de vrouw van de houtvester geven. Even dacht hij aan begraven, maar het was koud en het was nacht en hij moest werken in de ochtendploeg. Hij gooide de hand hoog van de brug en heel even ving die de maan in zijn vingers.'

Victor Larssen schoof een stapeltje vellen mijn kant uit. 'Doe er je voordeel mee,' zei hij. En toen: 'Dat beeld van een tollende hand in de nachtlucht die even de maan lijkt te grijpen. Ik vind het fenomenaal.'

Hij lachte. Larssen had niet het jongensachtige van Heiman, maar wel het ijzeren geloof in de poëzie. Zonder was het leven minder mooi.

We praatten over de dichters die ik begeleidde, en over Robert Berendsen, die Larssen kende van de universiteitskrant waar ze beiden voor hadden geschreven. Toen gaf hij mij een hand en begeleidde me naar de deur van zijn kantoor. Hij nodigde mij niet uit voor een drankje of om iets te gaan eten in een restaurant in de buurt, zoals Heiman vaak had gedaan. Misschien zou dat nog komen. We hadden een nieuwe afspraak in de agenda gezet en ik zou hem de drukproeven van het tijdschrift sturen.

Op de stoep, voor het kantoor van World Poetry, keek ik naar de ijssalon. Het was november. De luifel was opgevouwen, binnen was het donkerder dan buiten. Op het glas van de deur hing een papiertje: 'Tot ziens in maart!' Het was het handschrift van mijn moeder, er was een zon bij getekend. Vroeger hadden Luca en ik dat mogen doen. Hij een zonnetje en ik een zonnetje. Dan was er geen geruzie.

Ik bleef een hele tijd staan en deed geen moeite om mijn gedachten te onderdrukken. Laat ze maar komen, zei een rebelse stem in mij. Kom dan! Ik kan jullie hebben! Ze kwamen, ze omsingelden mij. De gedachten en vragen, de herinneringen, de beelden. Had het al gesneeuwd in Venas? Waar rook het naar in de keuken? Ik zag mijn ouders met Luca aan de eettafel zitten, ik zag mijn stoel. Wat deed Sophia? Liep ze door het dorp, keek ze naar de warme lichten achter de ramen? Het zou nog heel lang duren tot het maart was. Maar dat was niet het geval voor een ijsmaker. Maart was nooit ver weg, kwam elke dag dichterbij.

'sAvonds vertaalde ik in bed het gedicht van Patrick Lane. Het ijs dat in de emmer was gesmolten en het water dat weg wordt gegooid. De afgerukte hand op de bodem als een *donkerblauwe slapende spin*. En dan de vraag: *Wat doe je met de stukken van jezelf die je kwijtraakt?*

Als de billen van Sophia Loren

De volgende lente stond Sophia in de ijssalon. Ze droeg haar lange, blonde haren in een dikke vlecht die over haar rug liep en hield een spatola in haar hand. Ze hielp samen met mijn moeder de klanten. Beppi maakte koffie en liep het terras. Luca stond in de keuken, kookte melk en draaide schandalig dik roomijs. Ze waren weer met z'n vieren.

Het was in de laatste winter gebeurd, of in die ervoor. Luca zou het mij nooit vertellen. Hij praatte nog steeds niet met mij. Dat hij Sophia voor zich had gewonnen en dat zij mijn plek in de ijssalon had ingenomen, maakte geen verschil voor hem. Toch kon hij een glimlach niet onderdrukken toen ik eind februari de ijssalon binnenliep en onze blikken elkaar kruisten. Ik had Sophia al gezien. Ik had haar metéén gezien. Nog voordat mijn hand contact had gemaakt met de deurknop, door het glas dat mijn moeder aan het zemen was, langs haar blauwe schort, achter mijn vader die het espressoapparaat met een doek liet glimmen. Daar stond ze. Het was onvoorstelbaar en tegelijkertijd vanzelfsprekend. Ze hield een dweil vast en begroette me met een kus op mijn wang.

'Dag, zwager,' zei ze met een glimlach.

Ik ontdekte Luca achter het raampje van de keukendeur en ook hij lachte, maar het was een smalende lach, de bokser die kijkt naar zijn tegenstander die op het canvas ligt.

Ze waren aan het schoonmaken, de laatste voorbereidingen

voordat de ijssalon open zou gaan. Misschien morgen al.

'Het blijft droog,' zei mijn moeder verheugd. 'Vanmiddag opklaringen en aan het einde van de week stijgt de temperatuur. Er staat een matige zuidwestenwind.'

Ik wist het. De lente hing in de lucht.

Mijn vader maakte een espresso voor mij. 'Je mag proeven,' zei hij. 'Ik heb het apparaat vanochtend aangesloten. De bonen zijn net gemalen.'

Ik nam een slokje en proefde. De temperatuur was aan de lage kant, waardoor de koffie een beetje zuur was, maar dat kwam doordat het apparaat nog niet helemaal opgewarmd was.

'Lekker,' zei ik, 'maar wel heel weinig. Ik kan de bodem van het kopje zien.'

Ik kreeg geen emmer water, wel een omarming. Ik voelde zijn stoppels prikken en hij die van mij. Op de eerste dag van het seizoen was er geen rancune. Die zou pas komen na enkele weken, als de ijsmachines op volle toeren draaiden, het espressoapparaat pufte en de gewrichten van mijn vader kraakten. Dan zou hij mij vervloeken, en zou hij mij opeens voor zich zien, op een stoel, een dichtbundel in mijn handen, terwijl hij voor de honderdste keer op en neer loopt tussen het terras en de ijssalon – een visioen in de felle zon.

Hij klemde een dubbele filterdrager in het espressoapparaat en drukte op de knop. Twee karamelkleurige straaltjes gutsten in de voorverwarmde kopjes. Het zou precies zesentwintig seconden duren, geen tel korter en geen ademhaling langer.

Voor de meeste ijsmakers was koffie een bijzaak. Ze verkochten het in de ochtend of trokken er publiek mee op regenachtige dagen, en het was natuurlijk fijn dat ze zelf echte espresso konden drinken. Maar met ijs verdienden ze hun brood. Voor velen was het hun passie, of zelfs meer dan dat: er waren ijsmakers die niet konden ophouden te praten over hun vak. Het ging de hele winter door in Italië. Eindeloze gesprekken in Bar Posta over verticale en horizontale ijsmachines, over de ideale temperatuur, over verhoudingen, discussies die vaak doorgingen aan de keukentafel. Sommige echtgenotes werden er gek van.

Mijn vader verdween in de winter gewoon in de kelder, in zijn schatkist van schroevendraaiers en schuurmachines. Hij praatte zelden over ijs, maar als er over koffie werd gesproken mengde hij zich graag in het gesprek. Andere ijsmakers hadden het vaak over geuren. Ze bezongen het bijzondere aroma van hun koffie: chocolade, kaneel, nootmuskaat, cederhout. Er was zelfs een ijsmaker die beweerde dat zijn espresso rook naar de kleurpotloden uit zijn jeugd.

Mijn vader zwoer bij een doorlooptijd van zesentwintig seconden. Geuren vond hij niet belangrijk, kletspraat.

'Een goede espresso ruikt naar espresso,' luidde zijn mening, 'zoals yoghurtijs smaakt naar yoghurt.'

Hij probeerde andere ijsmakers te overtuigen van de ideale doorlooptijd die hij na jaren van experimenteren had gevonden.

'Waarom niet achtentwintig seconden?' had een ijsmaker uit Vodo ooit plagerig gevraagd. 'Of vierentwintig?'

'Achtentwintig seconden is veel te lang,' antwoordde mijn vader bloedserieus. 'Dan wordt de espresso bitter; de roostertonen overheersen. Bij vierentwintig seconden is de espresso zuur en waterig. De koffie heeft geen tijd gehad om te extraheren.'

'En bij drieëntwintig seconden, Beppi?'

'Bij drieëntwintig seconden kan het kopje exploderen.'

'Zesentwintig seconden per kopje?' zei een andere ijsmaker toen, alsof hij een moeilijke rekensom had gemaakt. 'Zoveel tijd heb ik niet.'

'Al die haast is nergens voor nodig,' antwoordde Beppi. 'IJs smelt niet bij min vijftien.'

'Maar de klanten lopen weg als ze te lang moeten wachten.'

'Dan lopen ze toch weg.'

De andere ijsmakers keken met rimpels in hun voorhoofd naar mijn vader.

Misschien was het een vlucht, een manier om zich steeds even terug te kunnen trekken. Achter de Faema E61, achter haar glimmende kap, achter de stoomkranen en manometers. Zesentwintig seconden per kopje. Atoomtijd.

Als oude, verbitterde man, gestrand in Venas di Cadore, zou mijn vader bekennen: 'Eerst haatte ik alleen het ijs, maar toen ging ik ook de mensen haten die het kochten.'

Wanneer de afkeer precies is ontstaan en wanneer deze een zeer zeldzame vorm van misantropie had aangenomen is moeilijk te zeggen. Mijn vader had geen ijsmaker willen worden, er was nooit sprake van een overtuiging geweest. Feit was dat toen wij ouder werden en we ons gingen ontfermen over het ijs, Beppi zich steeds minder vertoonde in de keuken. Toen ik ging studeren en Luca de ijssalon overnam, moest mijn vader vaak helpen, maar mijn broer was degene die verantwoordelijk was voor het ijs.

Het apparaat viel stil, de espresso's waren klaar.

'Voor jou en je broer,' zei mijn vader.

Ik nam de twee kopjes aan en liep ermee naar de keuken.

'Zo,' was het eerste wat ik tegen mijn broer zei. 'Dus je bent verloofd.'

Hij zei niks terug, hij keek niet eens naar mij. Hij keek naar de betegelde vloer en luisterde naar de Cattabriga. Het op en neer bewegende schraapmes dat *slll, slll, slll* deed. Een goede ijsmaker hoeft niet in de cilinder te kijken, hij kan aan het geluid van de machine horen wanneer zijn ijs klaar is. 'Het is als een huwelijk,' had een oude ijsmaker uit Tai di Cadore ooit in Bar Posta gezegd. Hij was aangeschoten, maar ook weer niet dronken. 'Ik ken het ijs en het ijs kent mij,' zei hij. 'Het praat tegen mij.' De andere ijsmakers, ook met rood doorlopen ogen, knikten allemaal.

Wij zwegen en dronken tegelijk onze espresso op.

Misschien was er ook niets om over te praten. Wat was gebeurd, had niet anders kunnen gaan. Ik was de oudste, ik was degene die de ijssalon zou krijgen, maar ik had er afstand van gedaan. Luca had de ijssalon wel genomen, en hij had Sophia daarbij gekregen. Het was vanzelfsprekend. Hij had haar nodig, ik niet. Er hoefden geen woorden aan vuilgemaakt te worden.

Andere onderwerpen om over te praten waren er niet, en waarschijnlijk besefte mijn broer dat. Onze levens waren te verschillend geworden. Ik las, ik schreef, ik redigeerde. Ik ontmoette mensen, at broodjes brie met dichters en ging naar boekpresentaties. Hij werkte zestien uur per dag, draaide ijs, verkocht het, maakte de machines schoon en viel 's avonds als een blok in slaap. Zijn wereld was de ijssalon, die van mij begon bij het einde van het terras.

Slll, slll, slll.

Luca zette de machine uit en pakte de spatolone. Zijn duim sloot zich om de metalen steel, hij boog zich over de opening van de cilinder en kwam toen overeind. De linkerhoek van zijn mond stond hoger dan de rechterhoek. Het was geen lachen, het was wat hij verwacht had. Het was goed.

Hij had vanille-ijs gemaakt, het droop als cement van de grote lepel in de metalen bak.

Luca zag mij kijken, zoals de broertjes en zusjes van mijn overgrootvader naar zijn roomijs hadden gekeken, zoals iedereen naar ijs kijkt. Wat is er lekkerder? Wie kent er iemand die geen ijs lust? Wie wordt er niet blij van de aanblik van een ijssalon? Het hoorntje dat ons terugbrengt naar onze jeugd, het kartonnen bekertje waarin we allemaal eens hebben geroerd met een plat plastic lepeltje, net zo lang tot er een nieuwe kleur en smaak ontstonden. Wie ontgroeit er ijs? Op het terras van Venezia staat een reuzenijshoorn met drie bolletjes: aardbei, vanille en chocolade. Het ding is van polyester en gevuld met piepschuim, maar ik heb talloze peuters op de ijshoorn zien aflopen om een likje te nemen. Ze zouden het zich niet meer herinneren op latere leeftijd, maar het verlangen zou nooit verdwijnen.

Luca liep met de metalen bak naar mij toe. Het ijs deinde niet mee met zijn passen. Het was stevig en zacht.

'Zoals de billen van Sophia Loren in *Ieri, oggi, domani*,' zou mijn vader zeggen nadat hij het had geproefd.

Mijn broer hield een lepel voor mijn mond. Ik keek in zijn kalamata-ogen, hij keek terug. Toen opende ik mijn mond en voerde hij mij zijn ijs. De textuur was ongelofelijk fijn en glad, fluweelzacht. Het waren de miljoenen minieme ijskristallen in de dikke room. Ze vormden de ruggengraat van het ijs, hoewel ze maar een fractie uitmaakten van het totale volume. De luchtbelletjes die tijdens het draaien waren opgesloten, hadden de consistentie lichter gemaakt, maar niet broos – je kon bijna op het roomijs kauwen. Toen smolt het, mijn ogen gingen vanzelf dicht. Het was als zweven, zoals je even van alles loskomt als je een meisje kust. Luca had het recept verbeterd, geperfectioneerd. De structuur was romiger, de smaak voller en de vanille was gelijkmatig verdeeld over het ijs. Ik slikte en opende mijn ogen. Zijn blik had mij geen moment losgelaten. De smalende lach was verdwenen, de mondhoeken stonden even hoog, tussen zijn lippen lag een horizontale streep. Hij wist wat ik wist. Ik had hem geholpen, door niets te doen, door weg te zijn, door niet meer terug te komen. Zo had hij het mooiste meisje van ons dorp gekregen. Hij kon het niet zeggen, zijn ijs moest het doen.

We aten die middag met z'n vijven aan de eettafel op de eerste verdieping. Mijn moeder had pasta gemaakt, spaghetti met tomaten, knoflook, kappertjes en ansjovis. Er stond een fles rode wijn op tafel. Het was als een zaterdag in de bergen.

Sophia was van zolder gekomen, ze had zich omgekleed. We keken allemaal naar haar en zagen een weiland vol narcissen. Ze was de jurken gaan dragen van haar moeder, zoals Luca in de werkkleren van mijn vader was gestapt. Ik keek naar haar blote bruine benen en vroeg me af of mijn broer die vanochtend had aangeraakt. Ze draaide haar vork in de spaghetti en nam zonder op haar jurk te spetteren een hap.

Mijn moeder kon het niet laten en sprak over het weer. Op de radio had ze gehoord dat het morgen zeventien graden zou worden. 'Zo warm is het nog nooit geweest op de eerste dag,' zei ze met twinkelende ogen.

Beppi vertelde dat het ook een keer tien graden had gevroren toen ze waren aangekomen in Rotterdam. 'De ijspegels hingen aan de lantarenpalen. Je kon schaatsen op de Westersingel.'

'Waren Giovanni en Luca toen al geboren?' vroeg Sophia.

'Giovanni wel,' antwoordde mijn moeder. 'Luca nog niet. Die zat nog in de buik.'

'We zijn allebei in de zomer geboren,' zei ik. 'IJsmakers doen het alleen in de winter.' Het laatste was bedoeld als grap, maar er werd niet om gelachen. Het viel stil. Alleen het gedraai van de vork van mijn broer was te horen.

Hij sprak niet, zei geen enkel woord tijdens het eten. Ik vroeg me af of hij wel met Sophia praatte, of hij dat nu wel durfde. Ik had hem nog niks tegen haar horen zeggen.

Toen de borden leeg waren en we allemaal een glas wijn hadden gedronken, vertelde mijn vader over een klopboor die hij in de etalage had gezien van de Spijkermand, een winkel die verderop in de straat zat.

'Het is een schoonheid,' zei hij.

'Als je het maar laat,' waarschuwde mijn moeder.

'Ik heb hem al gekocht.'

Sophia en ik lachten.

Mijn broer keek om zich heen, hij was in zijn hoofd al bij het ijs. Ik herkende de nerveusheid van mijn vader. Hij kon vroeger ook nooit genieten van een maaltijd. Althans, niet in Rotterdam. Er was altijd wel iets te doen, eieren scheiden, ananassen pureren, sinaasappels persen. Er waren twee ijsmachines, maar tweeëntwintig smaken. De ijsmaker was de spil in het geheel, één verkeerde inschatting en de boel zou tot stilstand komen. Het ergste wat je kon overkomen was een smaak die op was. Een lege metalen bak in de vitrine en een kind dat in tranen uitbarstte en begon te krijsen. Je had nooit vrij, je moest altijd werken. Draaien, draaien, draaien.

'Mag ik nog een glaasje wijn?' vroeg Sophia.

'Natuurlijk,' antwoordde Beppi en schonk de fles leeg in haar glas. Hij was erg blij met zijn toekomstige schoondochter.

'Mijn vrouw drinkt nooit meer dan één glaasje,' zei hij.

'Een van ons moet helder blijven.'

'Ik ben nog nooit dronken geweest,' zei Beppi.

'Als je dronken bent, denk je dat je nuchter bent.'

Er schoot mijn vader iets te binnen. 'Stefano Coletti heeft een keer geprobeerd om ijs te maken van zijn urine.'

'Beppi!' riep mijn moeder. 'We zitten te eten.'

'Iedereen is klaar.'

'Zulke verhalen vertel je niet aan een jongedame.'

Ze zou alle verhalen te horen krijgen, met de namen van alle ijsmakers erbij. Wij hadden ze ook allemaal gehoord. Stefano Coletti kwam uit Pieve di Cadore en had op een nacht zijn blaas geleegd in de cilinder van zijn ijsmachine. Zo zat als een toeter had hij de machine aangezet. Het was korrelige en harde sorbet geworden, die hij in de vriezer had gezet. De volgende ochtend moest hij gewoon aan het werk en bracht hij met een spijker in zijn hoofd de metalen bakken naar de vitrine. Hij keek niet goed en plaatste de nieuwe smaak op de plek van het citroenijs, maar toen zijn vrouw anderhalf uur later de spatola in de bak zette, kwam ze er niet doorheen. Omdat er geen suiker aan was toegevoegd, was het ijs bij min achttien zo hard als steen geworden.

'Stefano!' had ze geroepen. 'Kom hier!'

Hij had naar het ijs gekeken, maar kon zich niets herinneren van de nacht.

'Wat is dit?' vroeg zijn vrouw.

'Citroenijs.'

'Het is keihard.'

'Vreemd,' was het enige wat hij zei.

In de keuken proefde hij ervan en toen pas kwamen de flarden van de nacht naar boven.

'Hij vond het helemaal niet slecht smaken,' vertelde mijn vader. 'Hij heeft zelfs een tweede hapje genomen!'

Er waren ontelbare verhalen over ijsmakers en hun machines. Het meest tragische was het verhaal van Ettore Pravisani uit Valle di Cadore. Een echte heer die altijd een stropdas droeg. Hij had een zaak in Den Haag en draaide op een ochtend in juli aardbeienijs, de populairste smaak, zoals in vele ijssalons. De machine deed: *slll, slll, slll*, maar signor Pravisani kon niet aan het geluid horen wanneer zijn ijs klaar was. Dus boog hij zich over de machine en keek in de cilinder. Zijn stropdas werd gegrepen door de drijfas van de Cattabriga en hij werd gewurgd boven het rode ijs.

Dit verhaal werd Sophia nog even bespaard.

'Ik heb als meisje mijn plas een keer geproefd,' zei ze, 'maar ik vond het helemaal niet lekker.'

'Misschien is het koud lekkerder dan warm,' zei mijn vader.

Hij moest er zelf om lachen, wij deden mee. Alleen mijn broer stond op en zei: 'Ik ga weer aan het werk.'

Het was zaterdag, de middag was een vlek die zich uitbreidde, maar we waren niet in de bergen.

Het zou een goed seizoen worden. Een warme lente, een zinderende zomer. Ik dacht vaak aan de ijssalon op dagen dat het kwik boven de dertig graden kwam. Het raam van mijn werkkamer stond open, op het bureau lag een stapel papieren, een potlood ernaast. Met opgestroopte mouwen las ik het nieuwe werk van dichters uit ons fonds. Het was magisch om gedichten te lezen die nog niemand anders had mogen inzien, als lopen door maagdelijke sneeuw. Het had met de stilte te maken, helemaal alleen zijn, en dan de woorden waarnaar was gezocht als naar goud. Maar soms verdwaalde ik tussen twee regels en waren mijn gedachten midden op de dag bij de ijssalon. Ik vroeg me af welke jurk Sophia droeg en hoeveel mannen in haar decolleté probeerden te kijken terwijl ze ijs voor hen schepte.

Aan het einde van de zomer nodigde Victor Larssen me uit in Rotterdam. Hij wilde iets met me bespreken wat niet door de telefoon kon. We spraken af op het terras van Venezia. Het was aan het einde van de middag, de zon scheen op alle stoelen. Mijn broer hielp mijn vader op het terras, maar het was Beppi die onze bestelling opnam.

'Voor mij een bekertje met vanille en frambozen.'

Larssen wilde een hoorntje met hazelnoot, mokka en kaneel.

'Slagroom erop?' vroeg mijn vader, maar hij wachtte het antwoord niet af. Hij had Larssen al vaak geholpen, hij wist dat hij slagroom op zijn ijs wilde. Ik wist ook nog steeds van sommige mensen wat voor ijsje ze aten. Er was een man die al meer dan tien jaar naar Venezia kwam en elke keer hetzelfde wilde: een bekertje waar vijf smaken in pasten helemaal vol pistache-ijs. Zijn hond, die half onder zijn stoel lag, kreeg bij elk bezoek een hoorntje dat hij in enkele happen opat.

Ik kon aan de manier van lopen zien dat mijn vader zijn gewrichten voelde. Hoe vaak had hij vandaag op en neer gelopen tussen het terras en de ijssalon? Hoe vaak al dit seizoen? Het waren topmaanden. Hij moest op en neer blijven lopen, als Sisyphus in de onderwereld. Ik wist zeker dat hij zo een sneer naar mij zou maken, hij had me op de heetste dagen van de zomer vervloekt, en nu zag hij mij zitten op een nog altijd pufwarme namiddag, in een T-shirt goddomme, en durfde ik het in mijn hoofd te halen om bij hem een ijsje te bestellen, bij een man van achter in de vijftig, een man die om halfzes was opgestaan en zijn jongste zoon had moeten helpen bij het schillen van appels, een man die op zijn vijftiende was begonnen met werken, die al meer dan veertig jaar geen zomer had, die ijs was gaan haten. Hem liet ik lopen, terwijl ik in de zon zat.

Sophia schepte ijs. Mijn moeder stond links van haar en hielp ook een klant. Er stond een rij die om de reuzenijshoorn en de lantarenpaal kronkelde. Ik probeerde Sophia's blik te vangen, maar ze stond steeds over het ijs gebogen als ik keek. Larssen vertelde dat hij had genoten van de laatste nummers van ons tijdschrift, en dat hij erg onder de indruk was van de vertalingen.

We werden onderbroken door mijn vader, die een dienblad in zijn handen hield. Hij zette het bekertje met vanille en frambozen voor mij neer en overhandigde Larssen het hoorntje. Toen bleef hij staan, het duurde misschien niet eens zo lang, en een buitenstaander, een klant, zou het niet merken, zou alleen een man van middelbare leeftijd zien treuzelen. Larssen zag het ook niet, maar ik wist dat het nu ging komen. De rancune, de opgehoopte wrok.

'Wat een weer,' zei mijn vader. 'Maar goed dat we een terras hebben om lekker in de zon te gaan zitten.'

Ik knikte, ik hoopte dat dit het was. Maar hij bleef bij ons tafeltje staan.

'Je moet je ijs snel opeten, het is zo gesmolten.' Hij had het nu alleen nog tegen mij.

Larssen had al een hap genomen, kaneel met slagroom. Ik durfde mijn ijsje niet aan te raken.

'Of moet ik je voeren, Giovanni?'

Misschien was hij toen ook al de mensen gaan haten die ijs kochten, misschien haatte hij mij op dit moment.

Ik besloot het erop te wagen en plantte mijn platte plastic lepel in de vanille.

'Lekker?' vroeg mijn vader.

Ik had naar het ijs van mijn broer uitgekeken, zoals je naar een smaak of een geur uit je jeugd kunt verlangen. In Amsterdam had ik bij Tofani een bekertje besteld, en later was ik ook bij Gamba en Verona Gelati in de rij gaan staan, maar hun vanille-ijs haalde het niet bij dat van mijn broer.

Ik voelde hoe mijn ogen vanzelf dichtgingen, maar ik deed ze meteen weer open. Het was net zo stevig en zacht als op de vroege lentedag dat mijn broer mij een lepel had voorgehouden in de keuken van de ijssalon. Ongelofelijk romig. Het was alsof de tijd stilstond tijdens de overgang van vast naar vloeibaar.

'Het is als de billen van Sophia Loren in *Ieri, oggi, domani*,' zei mijn vader. Hij had het nu ook tegen Larssen. 'Luca is een genie.'

'Mijn broer,' verhelderde ik.

'Mijn andere zoon,' zei mijn vader. 'Hij heeft vanille-ijs gemaakt dat even stevig en onweerstaanbaar is als de billen van Sophia Loren.'

Larssen keek hem aan. Hij leek een moment gechoqueerd, maar zei toen: 'Nu weet ik van wie uw zoon zijn liefde voor poëzie heeft.'

We moesten allebei lachen, mijn vader en ik. Alleen werd hij rood en verslikte hij zich bijna. Zoiets had hij nog nooit gehoord. Het was als met de oude man die had gezegd dat ijs een Chinese uitvinding was. Die man had een hoorntje ijs naar zijn hoofd gekregen terwijl hij voor zijn leven had moeten rennen.

Victor Larssen kon blijven zitten en zijn hoorntje rustig opeten. Mijn vader had zich omgedraaid en liep terug naar de ijssalon, langzaam, vermoeid en versleten, het onzichtbare rotsblok voor zich uit duwend.

'Waar is Hardy?' Ik had naar de handgemaakte schoenen van Larssen gekeken en toen onder zijn stoel, maar de mopshond met het droevige gezicht lag er niet te slapen.

'Hij is op kantoor,' antwoordde Larssen. 'Hij neemt de honneurs waar.'

'En als je op reis gaat?'

'Dan zorgt mijn vrouw voor Hardy.'

Het was niet zijn vrouw, ze waren niet gehuwd, maar dat zou hij me pas later vertellen. Victor Larssen droeg geen trouwring, hij had er ooit wel een gehad die hij elke avond naast zijn tandenborstel had neergelegd, tweeëntwintig jaar lang. Er waren ook kinderen, zelfs een kleinkind. Na zijn scheiding – ze waren uit elkaar gegaan toen hun jongste dochter op kamers ging, de papieren waren al getekend voordat de dozen waren uitgepakt – had hij een Française ontmoet die voor de ambassade werkte. Ze heette Valérie en ze woonden samen en hadden veel respect voor elkaar, maar ze hadden ook erg verschillende levens. Niet op het gebied van voorkeuren – componisten, wijn, literatuur –, wel door hun werk. Zij maakte lange dagen, hij was vaak weg, maar er was nooit wrijving over. Alleen in de zomer waren ze onafscheidelijk, dan zeilden ze een maand lang over de Middellandse Zee en sliepen ze dicht tegen elkaar aan in het vooronder.

Zijn jongste dochter had mijn leeftijd. Ze was ambtenaar in Utrecht en werkte voor de wethouder Financiën. 'Ze heeft niets met poëzie,' vertelde Larssen.

'Mijn vader ook niet,' zei ik. 'En mijn broer zo mogelijk nog minder. Het is een wonder dat we dezelfde genen hebben.'

'Er is een tijd geweest dat ik me heb afgevraagd of ze wel mijn dochter is.' Hij lachte. 'Helaas heeft ze mijn neus.'

Hij had geen grote neus, wel een typische: er zat een sterke kromming in, een haak.

'Ik fantaseerde vroeger wel eens dat ik geadopteerd was en droomde dan dat mijn echte ouders op een dag voor de deur zouden staan. Een Braziliaanse man met een witte hoed, een vader als Carlos Drummond de Andrade.'

'En je moeder?'

'Antjie Krog.'

'Waarom?'

'Stel je voor dat ze op het voeteneinde zit en je voorleest,' antwoordde ik. 'In die prachtige taal, met die betoverende, zachte stem: *ek wil jou so graag gelukkig maak/ ek wil vir jou verse skryf/ sober en soepel soos jouself/ ek wil vir jou sing/ snags terwyl jy slaap*.'

Larssen zei: 'Had ze dat niet voor haar man geschreven?'

'Dat maakt niet uit,' zei ik.

Toen keek ik eindelijk in de ogen van Sophia, de spatel in haar hand was op weg van het ijs naar het bekertje dat ze in haar andere hand vasthield. Ergens halverwege, gedurende een fractie van een seconde, ontmoetten onze ogen elkaar.

'Ik wilde je spreken,' zei Larssen, 'omdat ik je iets wil vragen, of eigenlijk is het een voorstel.' Hij ging iets verzitten en rechtte zijn rug. Hij praatte door, maar ik miste een deel, het essentiële deel.

Ze had gelachen, en ik ook, want Larssen vroeg: 'Betekent die glimlach dat je de baan aanneemt?'

Toen ik niet direct antwoordde, zei hij: 'Het is fantastisch werk, als redacteur reis je over de hele wereld. Zagreb, Havana, Quebec.'

Ik kende de magische lijst van steden. Struga, Istanbul, Michoacán. Ik had aan de lippen van Richard Heiman gehangen als hij weer eens zongebruind terugkwam van een festival aan de andere kant van de wereld.

'Ik werk voor een uitgeverij,' stamelde ik. 'Ik heb al een baan.'

'Robert Berendsen zou je keuze begrijpen. Hij zou het je gunnen.'

Ik keek weer naar Sophia. Ze beantwoordde nog steeds mijn blik, haar mond een klein beetje open, de lippen iets van elkaar.

'Zou je de baan willen?'

'Natuurlijk,' antwoordde ik. 'Natuurlijk wil ik redacteur worden van het mooiste poëziefestival van de wereld.'

Ik dacht aan Heiman, aan de vuurtoren van Alexandrië waarmee hij World Poetry vergeleek. Hij had mij naar deze haven gegidst, nu was het tijd om aan land te gaan.

'Dan hebben we iets te vieren,' zei Larssen. 'Hebben ze hier champagne?'

Ik schudde mijn hoofd. Het meest feestelijke op de ijskaart was de Coupe Gondola met vruchten, ijs en slagroom. Maar als ik die zou bestellen, zou mijn broer me vermoorden. Wat dacht ik wel niet? Bij achtentwintig graden op het terras plaatsnemen en dan ook nog een grote ijscoupe bestellen! Had hij niet al werk genoeg?

Ik probeerde oogcontact met Luca te maken, maar hij vermeed mijn blik. Hij zag er moe uit, een ijsmaker in de zomer. Nog anderhalve maand, het staartje van september en oktober, dan zouden ze terugreizen naar Venas. Dan kon hij eindelijk in een stoel gaan zitten, televisiekijken, na de lunch slapen en in de avond, na een bezoek aan Bar Posta, een baby verwekken. *Un piccolo gelatiere*, die op een dag ook een eeltige duim zou krijgen, zoals zijn vader, zijn grootvader, zijn overgrootvader en zijn betovergrootvader. Het was de loop der dingen. En dan zou deze nieuwe loot aan de stamboom van de Talamini's op een dag de ijssalon overnemen en ook weer een kind maken dat ijs zou gaan draaien.

Ik zou deze winter ook naar Italië gaan. In december zouden Luca en Sophia trouwen in de nieuwe San Marco-kerk. Hij had mij nog niet gevraagd om getuige te zijn, maar volgens mijn moeder was ik dat wel.

'Laten we naar de Veerhaven gaan en daar iets drinken,' zei

Larssen. Hij rekende zittend af bij mijn vader. Er werd een briefje overhandigd, er kwamen munten terug. Woorden werden niet gewisseld. Stilte die net zo erg was als een sneer.

Terwijl Larssen zijn hond van kantoor haalde, wachtte ik op de stoep en keek naar de ijssalon. Op onze stoelen zaten alweer andere mensen. Mijn broer nam hun bestelling op, hij glimlachte vriendelijk. Kinderen renden schaterend rondjes om het terras. Er was een wind opgestoken, de rand van de luifel klapperde. Onweer op komst. Mijn vader verstopte zich achter het espressoapparaat.

De deur van het kantoor ging open, Larssen kwam als eerste naar buiten, de mopshond sjokte achter hem aan.

'Hardy is ook toe aan een drankje,' zei hij.

Ik zag mijn moeder naar mij zwaaien, met de hand die vrij was, waar geen spatola in lag. Sophia zwaaide ook, boven de hoofden van de kinderen, de vaders, de moeders, de toeristen, de ouden van dagen, de verliefden, de eenzamen, de welgestelden, de berooiden, die allemaal een ijsje wilden op deze broeierige dag.

Ik zou hen de volgende ochtend weer zien. Het had geregend in de nacht, een zomerse onweersbui. Er lagen grote plassen op de stoepen, maar het asfalt droogde al op. Ik was met een vrouw die ik de avond ervoor had leren kennen, Kitty. Ze werkte bij een communicatiebureau in het centrum en had mij om zeven uur 's ochtends wakker gemaakt, omdat ze doordeweeks op dat tijdstip opstond.

'Daar hebben we onze vaste klant,' zei mijn vader toen hij naar ons tafeltje toe kwam lopen.

Het was natuurlijk vragen om problemen, maar Kitty had erop gestaan om bij Venezia een cappuccino te gaan drinken. Ik was haar tegengekomen in het café waar ik met Larssen een glas champagne had gedronken. We waren allebei op een gegeven moment aan de praat geraakt met iemand anders. Hij met een bevriende architect, ik met een onbekende vrouw wier blote rug verbrand was. Als je erop drukte, ontstond kort een witte afdruk.

Ik had haar uitgehoord en zij daarna mij, zoals alleen mensen die elkaar net kennen ongegeneerd nieuwsgierig zijn. Heiman had mij ooit verteld dat Isaak Babel alles van mooie vrouwen wilde weten. Hij vroeg hun zelfs of hij in hun handtasje mocht kijken. 'Heeft Babel gedichten geschreven?' vroeg ik verbaasd. 'Nee,' antwoordde Heiman. 'Maar hij heeft wel veel vrouwen bemind.'

Ik was te weten gekomen dat Kitty bijna een jaar de minnares was geweest van een plastisch chirurg, zij dat ik tot een familie van ijsmakers behoorde.

'Is dat je broer?' vroeg ze toen ze een slokje van haar cappuccino had genomen. Ik keek op van mijn espresso en zag Luca in de ijssalon staan. Hij had in beide handen een bak ijs. Mijn moeder nam ze van hem over. Sophia was waarschijnlijk boven. Het was vroeg en nog niet heel warm. Het eerste ijsje van de dag moest nog worden verkocht.

'Hij lijkt ontzettend op je,' zei Kitty. 'Hij heeft hetzelfde postuur en dezelfde houding.'

'Ik ben drie centimeter langer.'

'Hij heeft ook dezelfde neus.'

'Verder zijn we totaal verschillend.'

'Jij bent wel iets donkerder,' zei Kitty. 'Je hebt meer in de zon gezeten.'

'Mijn broer werkt de hele zomer.'

'Hij is ook gespierder.'

Luca kwam naar buiten, hij keek niet naar mij, maar naar de benen van Kitty. Ze droeg een kort rokje en daaronder een lichtblauwe, kanten onderbroek, maar ik hoopte niet dat die te zien was.

'Jullie hebben dezelfde oren,' zei Kitty.

'Je bent me aan het plagen.'

'Heel lieve, kleine oren.'

Ze nam nog een slokje van haar cappuccino.

'En ik denk dat hij ook dezelfde billen heeft, maar om daar zeker van te zijn moet hij zich even van de andere kant laten zien.'

'Zal ik het hem vragen?'

Ze draaide zich naar mij en gaf me een kus op mijn mond. Ik proefde de melk van de cappuccino op mijn lippen. 'Volgens mij heeft hij niet zulke mooie lange wimpers als jij,' fluisterde ze.

Sophia was naar beneden gekomen. Ze stond achter het ijs en keek net als mijn broer naar de benen van Kitty. Uit haar blik kon ik bijna zeker afleiden dat ze de kleur van het kant kon zien. Toen ontmoetten onze ogen elkaar, maar er kon geen glimlach af, geen knikje, geen zwaaigebaar.

'Wie is dat?' vroeg Kitty.

'Dat is de verloofde van mijn broer. In de winter gaan ze trouwen.'

'Wat een mooi meisje.'

Sophia draaide zich om en bleef staan, met haar rug naar het terras.

'Is ze Italiaans?'

'Ja, ze komt uit Modena. Op haar dertiende is ze naar ons dorp gekomen.'

'Vertel eens meer.'

'Wat moet ik vertellen?'

'Ben je niet verliefd op haar geworden?'

'Ze is de toekomstige vrouw van mijn broer.'

'Vroeger toch niet?'

Luca was naar binnen gegaan. Hij liep naar de keuken. Ik voelde opeens een scheut verlangen, heimwee naar de ijsmachines. Ik kon er niks aan doen, het was er gewoon. De wens om nu met hem in de keuken te staan. Vruchten schoonmaken, noten vermalen, de cilinder van de Cattabriga vullen. Samen luisteren naar het schraapmes.

'Jawel, vroeger ook,' antwoordde ik.

Kitty keek naar Sophia, naar de blonde vlecht die tussen haar schouders liep. 'Weet je hoe de vrouw van de plastisch chirurg erachter is gekomen?' zei ze toen.

'Ze heeft jullie betrapt?'

'Nee, dat zou pijnlijk zijn geweest.' Ze betastte kort haar rug, die nog steeds rood was. 'Zijn vrouw kon het aan hem zien. Dat was wat ze tegen hem zei, op een ochtend, bij het ontbijt. Er was niets voorgevallen. Ze kon het gewoon aan hem zien.'

'Wenst u nog iets te bestellen?' Het was mijn vader, hij stond achter ons. Hij voelde de nieuwe dag nog niet in zijn benen. Er was rancune, maar niet zo scherp. 'Misschien een tweede kopje koffie?'

'Ik lust eigenlijk wel een ijsje,' zei Kitty. 'Zullen we een bekertje delen?'

'Eén bekertje met z'n tweeën?' zei mijn vader. 'Hoeveel smaken?'

'Dat mag jij zeggen.' Kitty keek me met een glimlach aan. Ze had een kleine mond, dunne, elastische lippen.

'Zegt u het maar,' zei Beppi. Hij keek me ook met een glimlach aan. Hij had plezier in zijn rol. Het kon hem niet lang genoeg duren. Ik hoefde niet mee te spelen. Ik wás een klant, ik zat op hun terras.

'Drie smaken,' antwoordde ik.

'En welke mogen dat zijn?'

Er was geen weg meer terug. 'Vanille, mango en bosbessen,' zei ik en bestelde het eerste ijsje van de dag.

Het huwelijk van mijn broer & de zangvogel van mijn vader

De bruiloft in Venas vond plaats op een blauwe dag. 's Ochtends was de zon boven de bergen opgekomen en had de hemel in brand gestoken. Op de weilanden lag een dik pak sneeuw en ook de naalden van de lariksen waren bedekt, maar de wegen waren vrij. Mijn vader had me van het station in Dobbiaco opgehaald. Ik kwam uit New Delhi, waar ik met Victor Larssen een poëziefestival had bezocht. We hadden de meeste tijd in een busje gezeten. Op verschillende plekken in de stad werd poëzie voorgelezen, maar publiek was er nauwelijks. Larssen had mij uitgelegd dat het doel van het festival was dat dichters elkaar ontmoetten en samen hun werk vertaalden. 'Publiek is bijzaak,' had hij gezegd. In mijn hotelkamer, met uitzicht op Connaught Place, had een rat de hele nacht een weg naar buiten proberen te vinden via de airconditioning. Ik had geen oog dichtgedaan.

Mijn vader zag er goed uit, uitgerust en vrolijk, een ijsmaker in de winter.

'Hoe was je reis?' vroeg hij toen we Dobbiaco uit reden. Hij was met de witte Landrover gekomen. De motor gromde als je gas gaf, een geluid waar mijn vader dol op was. Hij had de jeep met fourwheeldrive speciaal voor in de bergen gekocht. Voor de grote afstanden, de jaarlijkse rit naar Rotterdam en weer terug, had hij een groene Mercedes, die bijna geruisloos reed.

'Lang,' antwoordde ik. Ik was van Delhi naar Rome gevlogen,

had daar de nachttrein naar Verona genomen en was via Bolzano en Fortezza doorgereisd. Het was alsof een deel van mij nog moest aankomen.

'Hier,' zei mijn vader. 'Je moeder heeft een *piadina* voor je gemaakt.'

Ik opende de aluminiumfolie en nam een hap, ik proefde de prosciutto en stracchino. Warm smaakte het beter, maar voor nu was het goed. Ik wist niet hoe snel ik het kon opeten.

'Luca is heel nerveus,' zei mijn vader. 'Ik kan me niet herinneren dat ik mijn huwelijksdag zo eng vond. Je moeder heeft hem moeten helpen met zijn manchetknopen.' Hij lachte, terwijl hij het gaspedaal dieper intrapte. 'Misschien is hij bang dat ze nee zegt!'

De motor gromde als een beer, en we schoten door het witte winterlandschap. Ik hield me vast aan de handgreep als we hellend een haarspeldbocht namen. Soms vielen mijn ogen dicht, maar schrok ik wakker als mijn hoofd het portier raakte.

Toen we door de hoofdstraat van Cortina d'Ampezzo reden, begon mijn vader weer te praten. 'Ik ben benieuwd of de kerk vol zal zitten,' zei hij. 'Toen Valentino en Anna gingen trouwen moesten er zelfs mensen staan.' Het was het huwelijk van de zoon van zijn broer. 'Bijna het hele dorp was gekomen.' Stiekem was mijn vader zelf ook nerveus.

'Ik lust wel wat te drinken,' zei hij toen we bijna in Venas waren, 'maar ik heb beloofd dat we rechtstreeks naar huis zouden rijden. Je moeder is natuurlijk bang dat we te laat komen.' Toch minderde hij vaart toen er een bar opdook langs de weg.

'Nee, pa,' zei ik. 'We moeten op tijd komen.'

'We hebben nog genoeg tijd.'

'Nee.'

'Alleen een biertje,' zei hij. '*Una bella bionda*.'

'Beppi!'

'Net zoals zijn moeder,' mompelde mijn vader en trapte op het gaspedaal. 'Daar gaat mijn *bionda*, daar gaat ze.'

In de winter dronk hij 's ochtends graag een biertje, het was iets wat bijna alle ijsmakers deden. Maar de meesten konden geen maat houden. Als ze met pensioen gingen, werd hun neus steeds roder. Het waren de lege dagen, de uitgestorven straten.

We reden langs het grote huis van de ouders van Sophia. In alle kamers brandde licht. Haar vader zat in de woonkamer. Ik kon zijn vrouw en dochter niet zien, misschien waren ze in de badkamer aan de achterzijde van het huis. Ik dacht aan het lange, blonde haar van Sophia, het haar dat ik nooit had geborsteld.

Er kwam rook uit de schoorsteen van ons huis, het grijs loste op in het koude blauw van de ochtend. Mijn vader parkeerde de Landrover naast de Mercedes. Er stond een cementmolen voor de garage. 'Die is nieuw,' zei hij trots.

'Je had toch al een cementmolen?'

'Niet zo een. Deze heeft meer inhoud en hij is oranje.'

Nooit van zijn leven zou hij cement of betonspecie maken, niet in dit leven.

Mijn moeder omarmde me en zei dat ze zo blij was dat het zulk mooi weer was. Ze straalde.

'Kom,' zei ze, 'ga je snel opfrissen en omkleden. Dan praten we als we in de kerk zitten.'

Luca kwam net de badkamer uit, hij droeg een gloednieuw pak en had zijn haar achterovergekamd. Het glom als zwart ebbenhout. Om langs elkaar heen te kunnen in de smalle gang, moesten we allebei een kwartslag draaien, en zo stonden we een kort moment met de rug tegen de muur, een kleine afstand tussen onze buik en neus. Ik zag de wallen onder zijn ogen, en hij waarschijnlijk die van mij.

'De grote dag,' zei ik.

'Ja.'

'Je ziet er mooi uit.'

'Tot zo.'

Toen liep hij verder en liet mij achter in de gang, zijn oudere broer, de getuige van zijn huwelijk. Drie woorden had hij met mij gewisseld, drie in een heel jaar, en ze hadden geen enkele betekenis. Het waren meer klanken dan woorden, aa-oh-oo.

De badkamer rook naar hem, naar zijn lichaamsgeur, die ik kende van zijn slaapkamer maar meer nog van de zolder in Rotterdam, de lakens die hij elke ochtend opensloeg, de warme lucht die zich verspreidde en mijn neusgaten bereikte, soms in een droom.

Ik waste mijn gezicht en trok het pak aan dat ik meer dan tienduizend kilometer bij me had gedragen. Het jasje was gekreukeld, maar in de broek zat nog een scherpe vouw.

We liepen met z'n vieren naar de kerk, de hakken van onze schoenen tikten tegen de keien. Mijn moeder keek steeds met een glimlach naar mijn broer, en daarna naar mij. Ze zag er ongelofelijk gelukkig uit, en de huwelijksplechtigheid moest nog plaatsvinden.

Er hadden zich al veel mensen verzameld op het ovale plein voor de San Marco Nuovo. Iedereen zag er schitterend uit, de mannen met een stropdas en sommigen ook met een hoed, hun vrouwen geurden naar zeep en de jurken lieten meer van hun benen zien dan op andere dagen. Ze zagen er jong uit en hun dochters enkele jaren ouder dan ze waren. IJsmakers schudden elkaar de hand. Er werden vlug nog wat woorden gewisseld, uit alle monden kwamen wolkjes. Toen klonken de kerkklokken en ging iedereen naar binnen.

Ik zat op de eerste rij, naast mijn ouders en de moeder van Sophia, die ook getuige was. Ze droeg een bonten stola, maar die kon nauwelijks verhullen dat ze de enige in de kerk was met blote schouders en armen. Haar donkerblauwe rok kwam tot haar knieën.

De organist begon te spelen en alle hoofden draaiden zich bijna tegelijk om. Aan de arm van haar vader kwam Sophia naar voren. Ze was in het wit, een lange jurk waarvan het borststuk glansde als de binnenkant van een oester. Haar blonde haar was in één streng gevlochten die om haar hoofd was gewikkeld, een gouden kroon. Ze schreed over de gladde stenen van de kerk, beeldschoon en zelfverzekerd, en ze bleef de hele weg voor zich uit kijken. Luca glunderde terwijl ze naar hem toe kwam.

Hoewel de kerk afgeladen was – alle rijen waren bezet, achterin stonden mensen – was het muisstil toen ze bij het jawoord waren aangekomen. De pastoor, in zijn lange gewaad met goudstiksel, keek de bruid en de bruidegom lang aan, en vroeg hun toen op te staan en elkaar de hand te geven. Hij begon met het uitspreken van de eeuwenoude woorden die Luca en Sophia moesten herhalen.

Ik was getuige, ik keek, ik luisterde, ik zou het me altijd herinneren, maar iets in mij wilde niet hier zijn, niet op deze houten bank in deze kerk, maar in India, op het Indira Gandhi International Airport, verschrikkelijk vertraagd, wachtend op een hemelsblauw vliegtuig, terwijl een Engelse stem namen omroept en een nieuwe lading passagiers aanspoelt.

Het was alsof iedereen zijn adem had ingehouden en nu ontspande, zich liet gaan. Er steeg applaus op uit de banken, mijn moeder huilde, de moeder van Sophia depte haar tranen met een zakdoekje. Het bruidspaar draaide zich om en keek de kerk in. De ogen van mijn broer vonden die van mijn ouders, mijn ogen die van Sophia. Het winterlicht viel op haar gezicht en haar magische jurk. Nu pas zag ik hoe Sophia was veranderd, van een meisje dat sneeuwvlokjes opving met haar tong tot een vrouw in volle bloei. Ze lachte en ik lachte terug. Het was als aanraken.

Buiten gooiden de kinderen handenvol rijst naar het bruidspaar. Sophia boog haar hoofd en sloot haar ogen, Luca draaide zich naar haar toe, en ze kusten elkaar in de witte regen. Ook ik deed mee en gooide rijst naar voren. In mijn geheugen werd een brug geslagen naar de dag dat we sneeuwballen naar elkaar hadden gegooid en ik was neergegaan.

Ze stapten in de oude Alfa Romeo die gehuurd was in Belluno, die talloze pasgetrouwden naar het huwelijkse leven had gereden. De chauffeur droeg een pet en rook naar tabak, zijn nagels waren geel maar op de lak van de oldtimer zat geen enkel krasje. Ik bleef voor de kerk staan en keek naar de auto die wegreed, zoals een drenkeling op een eiland kijkt naar een schip in de verte.

Om aan te raken, is het niet nodig dat iemand dicht bij je zit/ van heel ver aanraken, is ook mogelijk. Het was de stem van de Hindidichter Mangalesh Dabral, die ik in Delhi had horen voorlezen, die nu over de zee kwam. *Raak aan zoals lange grashalmen zich strekken om de stralen van de maan te raken*.

Mijn ouders liepen in de richting van de auto, anderen volgden. Er vormde zich een stoet zoals op zondagen. Families in hun mooiste kleren die over de smalle stoep gingen.

'De volgende bruiloft is die van jou,' zei iemand, en ik voelde op mijn schouder een grote, sterke hand met een eeltige duim.

We zagen elkaar weer in de lente. Ik had verwacht dat er al een buikje te zien zou zijn, maar Sophia was even slank als anders. Ze stond een beetje verveeld achter het ijs.

'Hallo, zwager,' begroette ze mij met een glimlach. 'Ik zou je een kus willen geven, maar ik ben niet groot genoeg om over de vitrine heen te buigen.'

'Je kunt me ook gelukkig maken met een espresso.'

Ik ging binnen aan een tafeltje zitten en luisterde naar de geluiden van het espressoapparaat. Ik telde de seconden dat de koffie in het kopje stroomde. Zesentwintig, geen ademhaling langer. Het apparaat sloeg af als een motor.

'Het regent al de hele ochtend,' zei Sophia toen ze met een dienblad in haar handen naar mij toe kwam lopen. ''s Middags wordt het iets warmer, maar het blijft nat.'

'Welkom in Nederland.'

'De rest van de week blijft het bewolkt en de wind neemt in sterkte toe.'

Ik dacht even dat ik mijn moeder hoorde praten.

Ze waren al een week open, vertelde Sophia. Maar het was een slecht begin. Ze verkochten meer koffie dan ijs.

Mijn ouders waren boodschappen aan het doen. Luca stond in de keuken, ik had hem gezien door het raampje, en hij mij waarschijnlijk ook.

Ik keek nog eens goed naar de schort van Sophia, maar kon niets zien. Ook in haar gezicht was ze niet veranderd.

Regenachtige dagen in de ijssalon. Vroeger hadden we ijshoorntjes gemaakt, maar toen die in dozen werden bezorgd, was er tijd genoeg om de druppels te tellen. Ik had als enige van de familie poëzie gelezen, bundels die Richard Heiman mij leende of die ik zelf had gekocht in de boekhandel twee deuren verderop. Een boekhandel met een hoge etalage en een rode kater die parmantig langs de volle kasten liep. De eigenaresse was een blonde dame die zelf ook een aantal boeken had geschreven, maar geen ervan was herdrukt. Voor haar winkel gold de omgekeerde regel: op koude en donkere dagen was het druk, op zwoele dagen bleef het publiek weg. Maar daar had ze iets op gevonden. In de zomer droeg ze dunne hemdjes met een laag uitgesneden decolleté. Sommige mannen konden er eindeloos naar staren terwijl ze een boek van cadeaupapier voorzag. Eén keer had ze tegen een klant gezegd: 'Zal ik deze twee ook inpakken?'

Klokslag vijf uur werd een fles wijn ontkurkt, soms ook al eerder, als de kater zich in de etalage warmde aan de zonnestralen die door de wolken vielen.

Achteraf bezien had het niet anders kunnen lopen, met het kantoor van World Poetry aan de overkant en een boekhandel op nog geen tien meter afstand. De straat was een magnetisch krachtveld. Het was een wonder dat mijn ouders en mijn broer niets voelden en op regenachtige dagen wezenloos voor zich uit staarden. Als ik een bundel liet slingeren op de koeling, pakte niemand hem op.

Sophia leek ook niets te voelen. Ze vroeg soms wel naar mijn werk, maar meestal wilde ze dan weten hoe de stad was waar ik was geweest. De terrasjes, de restaurants, de plekken waar mensen 's avonds naartoe gingen. De weinige keren dat ik een gedicht had voorgelezen, was ze snel iets anders gaan doen, alsof het verboden was wat ik deed. Ze was de vrouw van mijn broer, en ze wist dat ijs en poëzie niet samengingen. Het was het een of het ander. Wie luisterde naar het gezang van de sirenen, was verloren.

De deur van de keuken klapte open. Luca liep met twee lepels in zijn handen naar ons toe. We moesten proeven.

'Tomaat,' zei Sophia.

'En basilicum,' vulde ik aan.

'Fantastisch.'

'Heel bijzonder. Ik ben benieuwd wat Beppi ervan vindt.'

Luca had zich al omgedraaid en was in de keuken verdwenen.

Die druilerige lente gebeurden er drie dingen die ogenschijnlijk geen samenhang hadden. Mijn vader kocht twee vogels, mijn broer stortte zich op het maken van nieuwe ijssmaken en ik verhuisde naar Rotterdam.

Ik had tot die tijd in Amsterdam gewoond, waar ik nog één dag in de week op de uitgeverij werkte. Ik had Robert Berendsen twee beloften moeten doen: dat ik bij het poëzietijdschrift betrokken zou blijven en dat ik zoveel mogelijk dichters uit het fonds op World Poetry zou programmeren. Het waren beloften gedaan in de kroeg. Ik had hem het nieuws verteld nadat hij een slokje had genomen van zijn eerste De Koninck. Er zouden velen glazen volgen die avond. Zoals Victor Larssen had gezegd, begreep Robert mijn keuze. Hij gunde mij de baan. 'Ik vind het geweldig voor je,' zei hij, 'en ik ben heel benieuwd naar de dichters die je zult ontdekken.'

We spraken over de festivals die hij zelf had bezocht. 'Luik is heel intiem, het is het oudste festival dat er is. De dichters zitten nog net niet bij je op schoot,' vertelde hij. 'Maar Medellín spant de kroon. Er worden meer dan honderd dichters uitgenodigd en op talloze locaties vinden optredens plaats. In cafés, in achterafzaaltjes, op straat, op de universiteit. Alsof poëzie de stad heeft overgenomen. Je gelooft je ogen niet als je het ziet. Tijdens de openingsavond luisteren meer dan tienduizend mensen zeven uur lang naar dichters in de openlucht. Als het begint te regenen, blijven ze gewoon zitten. Het duurt tot diep in de nacht.'

Zijn ogen werden steeds kleiner, we behoorden tot de laatste gasten in het café. 'Ik vind het geweldig voor je,' zei hij nogmaals toen we onze jassen aantrokken, en hij voegde er met een royale glimlach aan toe: 'En natuurlijk voor onze dichters, die nu allemaal in Rotterdam worden uitgenodigd.'

Met toestemming van Victor Larssen had ik World Poetry samenwerkingspartner gemaakt van het poëzietijdschrift. Elk jaar zou er een speciale festivaleditie verschijnen met gedichten van optredende dichters, aangevuld met interviews en essays. Mijn eerste festival als redacteur moest nog plaatsvinden, maar ik was elke dag bezig met lezen, vertalen, bellen en brieven schrijven. Ik werd ondersteund door een stagiaire die Russisch studeerde. Ze had haar jeugd in Sint-Petersburg doorgebracht en volgens haar was er geen grotere dichter dan Marina Tsvetajeva.

Ik kreeg niet de tijd om iets terug te zeggen.

'Door gedachten aan het ware en onvindbare verdoofd, heb ik

heel de tuin, papaver na papaverbloem onthoofd. Zo zal eens de dood, bij droge zomer aan een akkerrand, mijn hoofd plukken, onbewogen met achteloze hand.'

Xenia heette ze. Hoogblond, een wit gezicht en knalrode lippen. Haar vriendje kwam haar meestal aan het einde van de dag ophalen. Hij had zwarte handen en soms vegen op zijn gezicht. Hij werkte in een garage, daar had ze hem ook ontmoet toen ze haar Volkswagen had langsgebracht. De v-snaar piepte en moest worden vervangen; ze was meteen voor hem gevallen.

'Leest hij ook poëzie?' vroeg ik haar toen ze het verhaal had verteld van hun ontmoeting.

'Nee, natuurlijk niet. Hij is automonteur, hij houdt van blonde vrouwen met lange benen.'

'En jij van hem?'

'Ja,' antwoordde ze. 'Vind je dat gek?'

Ik wist niet wat ik moest antwoorden. Ik vond het een curieuze combinatie, maar ik wilde niet conservatief overkomen.

Xenia vertelde over haar hoogleraar, die toen ze zelf Russisch studeerde jarenlang een verhouding had gehad met haar professor. Maar nu was ze getrouwd met een glazenwasser. Ze hadden twee kinderen en een prachtig ingericht huis. Zij ging elke dag naar de universiteit, hij reed naar huizen in de buitenwijken en zette zijn ladder tegen gevels.

'En je denkt dat ze gelukkig zijn?'

'Ja, dat denk ik.' Ze corrigeerde zichzelf onmiddellijk. 'Dat weet ik.'

Mijn vader was met een vrouw getrouwd die ook uit een ijsmakersfamilie stamde. Toen ze jong was, had mijn moeder zich voorgenomen later nooit in een ijssalon te gaan werken, ze wilde verpleegster worden of kleuterjuf, maar het was anders gelopen, het was onvermijdelijk geweest. Luca had zijn hart verloren aan een meisje uit Modena, de dochter van een directeur, maar ze had de spatola opgepakt alsof ze nooit anders had gedaan.

Ik had een bovenwoning gekocht in Rotterdam. Het plafond was doorgebroken naar de zolder, de hoogte tot de nok was meer dan zes meter. Het was één doorlopende ruimte, maar niet heel groot. De keuken maakte deel uit van de woonkamer, om mijn bed stonden kamerschermen. Het was niet op de groei.

Het appartement lag op vijf minuten lopen van het kantoor van World Poetry, en dus ook van de ijssalon. Als ik naar mijn werk ging, waren de deuren van Venezia nog gesloten, maar meestal zag ik iemand staan in het halfdonker. Soms gebaarde mijn vader dat ik een espresso moest komen drinken. Op een van die ochtenden liet hij mij een kooi met twee vogeltjes zien. Hij had ze gekocht van een Surinaamse klant die geregeld met een aantal vrienden ijs kwam eten.

'Het zijn zangvogels,' vertelde mijn vader. 'Tenminste, het mannetje is een zangvogel.'

'En het vrouwtje?'

Hij haalde zijn schouders op. 'Daar moet hij voor zingen.'

Ik keek naar de vogeltjes in de kooi. Ze deden niets, ze leken mij heel angstig.

'De man van wie ik ze heb gekocht is de voorzitter van de Surinaamse zangvogelvereniging,' zei mijn vader. 'Ze doen wedstrijden in het park.'

'Wat voor wedstrijden?'

'Zangwedstrijden. Wat anders?'

'Kunnen ze mooi zingen?'

'Dat is niet belangrijk. Je hebt niks aan een zangvogel die een aria van Puccini kan fluiten, het gaat erom dat ze zo vaak en zoveel mogelijk kwetteren. Maakt niet uit hoe vals of schel.' Mijn vader pakte een andere kooi erbij en deed het vrouwtje daarin. 'Je moet ze steeds verder uit elkaar plaatsen,' zei hij. 'Dan gaat het mannetje zijn best doen.' Maar het mannetje begon niet te fluiten. In plaats daarvan fladderde hij op en neer in zijn kooi en pikte wild in het voederbakje. Het zaad kwam op de vloer terecht.

Ik was benieuwd wat mijn moeder van deze nieuwe hobby vond.

'Ga je ook meedoen aan die wedstrijden?'

'Dat kan niet,' zei mijn vader kortaf. 'Ik moet werken, ik moet je broer helpen.'

Het was tijd om naar de overkant te gaan. Ik zag het aan het gezicht van mijn vader, aan de blik in zijn ogen. Hij had al het gereedschap van de wereld om een belangrijke uitvinding te doen, maar moest werken in een ijssalon. Hij had een zangvogel, maar kon niet meedoen aan wedstrijden.

'Kom,' zei hij tegen het mannetje. 'Fluit voor je vrouwtje. Toe dan.'

Exact dezelfde woorden hoorde ik hem enkele dagen later ook zeggen, maar dan luider en onvriendelijker. Mijn moeder stond achter hem.

'Ze willen niet,' zei ze.

'Fluit verdorie voor je vrouwtje. Fluit! Toe dan.'

'Als je zo schreeuwt, worden ze bang.'

Hij verplaatste het vrouwtje. De afstand tot de andere vogel was nu ongeveer drie meter, maar het mannetje floot nog steeds niet. Hij vloog door zijn kooi.

'Hou op met fladderen,' riep mijn vader. 'Je moet niet fladderen, maar fluiten. Moet ik het voordoen? Nou? *Fiet! Fiet!* Is dat zo moeilijk? *Fiet! Fiet!*'

'Beppi, laat die vogeltjes toch met rust.'

'Laat mij met rust!' zei hij. 'Ik word gek van je. Ik mag dit niet, ik mag dat niet. Je houdt me de hele dag in de gaten. Laat me toch eens met rust. Ik wil alleen zijn met mijn vogeltjes. Ga weg!'

Zo had ik hem nog nooit tegen mijn moeder tekeer horen gaan. Er waren vaak genoeg meningsverschillen en discussies geweest, maar mijn vader had nooit tegen mijn moeder geschreeuwd. Altijd had hij een grapje weten te maken, soms minder geslaagd, maar toch.

Het bleek een ouverture te zijn, het begin van vele ruzies. Jaren van venijn.

'Ik wil rust!' bulderde Beppi door de ijssalon.

Mijn broer verscheen niet achter het raampje in de keukendeur. Hij woog suiker, scheidde eieren en experimenteerde met nieuwe ingrediënten. Hij draaide, hij luisterde, hij proefde, hij verbeterde. Hij werkte nog meer dan mijn vader had gedaan. Dagen van achttien, negentien uur. Alles voor een nieuwe smaak. IJs van gorgonzola, van rozemarijn en chocolade, van yoghurt en amarenakersen, waarbij het wit en het rood door elkaar dansten.

Sophia lag nog op bed. Ze kwam er steeds later uit. De ijssalon opende zijn deuren om tien uur 's ochtends, maar soms kwam ze pas tegen elf uur naar beneden. Dat had mijn moeder me verteld. 'Misschien komt het door het weer,' had ze gezegd. 'Als de zon gaat schijnen, zal ze zich vanzelf beter gaan voelen.'

Haar haren waren donkerder geworden. De doffe kleur van een gouden lijst om een schilderij. Het was de zomer die ze in de ijssalon had doorgebracht, de winter in Italië, en de lente waarin ze niet door de weilanden met paardenbloemen had gelopen. De stralen van de zon hadden haar nauwelijks weten te bereiken.

Toen ging het vrouwtje dood. Ze lag op de bodem van het kooitje, haar snavel in de stront van het mannetje, of van haarzelf. Zo had mijn vader het vogeltje op een ochtend gevonden. Eerst was hij ontroostbaar en wilde hij met niemand praten.

'Dood,' mompelde hij. 'Dood.'

Ik maakte een espresso voor hem, maar die liet hij staan. Hij staarde onafgebroken naar het levenloze vrouwtje in zijn handen.

'Dood, dood, dood.'

Alsof hij zijn eigen lot zag.

'Beppi, we kunnen een nieuwe vogel kopen.'

Maar hij reageerde niet op het voorstel van mijn moeder, hoe uniek dat ook was. Eindelijk mocht hij iets van haar kopen.

We lieten hem alleen met zijn verdriet, maar toen ik in de middag uit het kantoor van World Poetry stapte om te gaan lunchen, zag ik mijn vader vrolijk naar mij zwaaien. Ik moest snel naar de ijssalon komen. Was het vrouwtje uit de dood opgestaan? Had ze alleen een flauwte gehad?

'Het mannetje zingt!' zei mijn vader blij als een kind. 'Hij zingt, hij fluit, hij kwettert. Luister maar.'

Ik had het al gehoord. Iedereen in de ijssalon kon het horen. Het mannetje maakte het geluid van een volière vol vogels. Hij floot fanatiek en vurig, alsof er al die tijd een stop in zijn keel had gezeten die nu was losgekomen.

'Hij is opgetogen,' zei mijn vader. 'Zijn vrouwtje is dood.'

De vogel bleef fluiten en kwetteren, maar mijn moeder en Sophia waren stil. Ze stonden achter het ijs. Er waren geen klanten om te helpen. Ze hadden alle tijd om te staren naar de regen.

'Kijk eens hoe vrolijk hij is. Hij lijkt wel feest te vieren. Fantastisch!'

Ik keek naar het mannetje, dat in niets leek op het vogeltje dat al die tijd had gezwegen.

'Wat heb je met het vrouwtje gedaan?'

'Het vrouwtje?' antwoordde mijn vader. 'Vergeet het vrouwtje, dat is verleden tijd. Luister eens hoe hij zingt. Als een kampioen.'

'Heb je haar begraven?'

'Hij heeft al die tijd niet kunnen zingen, omdat hij zo ongelukkig was, omdat hij zich beklemd voelde, wie weet zelfs depressief.'

Hij bracht het alsof hij een ontdekking had gedaan, de uitvinding van zijn leven. En alsof hij zijn lot weer verbond aan een vogel, maar ditmaal aan een levend exemplaar.

'Ja, toe maar. Je hoeft niet meer droevig te zijn.'

Mijn moeder begon opeens te snikken. Ze maakte geen geluid en ik kon haar tranen ook niet zien. Ze stond met haar rug naar mij toe, ik zag het aan de hand die Sophia op haar schouder legde.

Mijn vader merkte niets van de stilte, hij hoorde alleen zijn vogel kwetteren. Het was een hels geluid. Heel frequent, met korte tussenpozen. Het enige voordeel daarvan was dat je het op een gegeven moment niet meer hoorde, zoals het tikken van een klok. Maar klanten die de ijssalon binnenkwamen voor een kopje koffie, werden er gek van.

'Hij is vrolijk,' legde mijn vader aan iedereen uit, 'zijn vrouwtje is gestorven.'

Sommige klanten moesten lachen, anderen schudden hun hoofd.

Iemand zei: 'U moet een laken over de kooi leggen.'

Mijn vader antwoordde: 'Hij heeft al zoveel geleden.'

Het was uiteindelijk mijn broer die het vogeltje verbande naar de keuken op de eerste verdieping. De klanten van de ijssalon hadden geen last meer van hem, maar mijn moeder moest hem elke dag zien en horen. Hun slaapkamer grensde aan de eetkeuken.

Elke keer dat ik een praatje met haar maakte als ik langs de ijssalon liep, klaagde ze erover. 'Hij begint al om vijf uur 's ochtends te fluiten, en dan springt Beppi uit bed en moedigt hem aan. Hij gaat naar beneden en haalt een lepeltje met snoepjes. Als beloning.' Het waren de snoepjes die kinderen graag op hun bolletje ijs wilden hebben, de meesten noemden ze 'spikkeltjes'. *Mama, mag ik spikkeltjes?* Het was een vraag die soms wel driehonderd keer op een dag werd gesteld.

'Als er even niets te doen is, gaat hij onmiddellijk naar boven om naar het gekwetter te luisteren.'

Ik vroeg me af of ze de aandacht voor het vogeltje erger vond dan het druilerige weer. De weersverwachting voor de komende dagen beloofde geen verbetering. Het was misschien de slechtste start in jaren. Er waren natuurlijk de mensen die altijd wel een ijsje lustten, weer of geen weer. Die zeiden: 'Onder een paraplu smaakt het net zo lekker.' Of: 'We laten ons er niet onder krijgen door een paar druppels.'

Rotterdamse nuchterheid, maar ze verlangden allemaal naar de zon en de lange, luie dagen.

Sophia droeg een roze jurk. De kleur kwam terug in haar lippenstift en in de strik in haar vlecht. Zoals haar moeder een ongelofelijke verschijning in de bergen was, was zij dat in de grauwe stad. Heel even glimlachte ze naar mij, maar het was niet als aanraken.

Luca stond in de keuken en experimenteerde met ijs, mijn vader was bij zijn vogel, en ik zou zo naar mijn appartement gaan en met een dichtbundel plaatsnemen op de tweedehands chesterfield die ik had gekocht. We hadden ons alle drie afgezonderd.

Enkele jaren later, in een hotelkamer in Parijs, waar ik was voor het festival Marché de la Poésie, lag ik naakt op bed en keek ik naar het roze behang op de muren. Ik had net gedoucht en staarde naar het repeterende patroon van klaprozen en tierelantijnen, totdat ik tot de ontdekking kwam dat alles roze was in de kamer: de vloerbedekking, de gordijnen, de lakens, de kastjes naast het bed, het tafeltje, de telefoon, het plafond. Tot mijn schrik zag ik dat de eikel van mijn pik dezelfde kleur had. Toen, op die eenzame dag in Parijs, kwam de zomerjurk van Sophia naar boven en ontwarde ik de draden die tijdens die droevige lente als een kluwen door elkaar waren geraakt.

Ik zag waarom mijn broer van olijfolie ijs probeerde te maken, waarom hij meloen mengde met munt, waarom hij tot diep in de nacht sleutelde aan een recept, en waarom Sophia soms tot halfelf in bed lag en de hele dag staarde naar de diepe plassen waar kleine kinderen met hun laarsjes in sprongen.

Uiteindelijk kwam de zomer, in volle glorie en met alles wat daarbij hoorde: lichtblauwe luchten, klamme lakens en korte rokjes, het lange licht en verleidelijk lonkende sterren, sproeten, wespen, hagelstenen en verbrande neuzen. Het was alsof de zomer zich bewust was van de korte tijd die hij had en in alle haast en hevigheid losbarstte.

Een veelgehoorde uitspraak van ijsmakers is: 'Je kunt beter een slechte lente hebben dan een slechte zomer.' Maar in Bar Posta kon je, laat op de avond, ook deze wijsheid horen: 'Je kunt beter dorst hebben in de winter dan in de zomer.'

Toen de warmte kwam, deden ook de nieuwe smaken hun intrede. Voor het eerst sinds de opening van de ijssalon werd de ordening in de vitrine aangepast. Sommige vaste klanten waren van hun stuk. Naast het chocolade-ijs lag geen bak frambozensorbet maar vijgen-amandelijs. De week erop kon de frambozensorbet weer terug zijn en was het chocolade-ijs vervangen door koffiekardemomijs.

'Je jaagt al je klanten weg,' zei mijn vader tegen Luca.

'Als ze één lepeltje gegeten hebben, zijn ze om.'

'Maar dat durven ze niet. Ik verkoop al meer dan veertig jaar ijs en ik ken mijn klanten. Ze willen geen verrassingen, ze willen aardbeien, vanille, mango, chocolade. Dan heb je nog een paar excentriekelingen die kaneel of aftereight willen. Maar geen gekke dingen, geen combinaties en al helemaal geen ingrediënten die ze moeten opzoeken in het woordenboek.'

'Ze mogen van mij proeven.'

'Dat moet je niet doen,' reageerde mijn vader. 'Je moet je ijs niet weggeven.'

'Ik geef het niet weg. Ik laat de mensen smaken proeven die ze niet kennen.'

'Daar moet je niet aan beginnen. Je weet hoe Nederlanders zijn, die willen dan meteen de hele ijssalon proeven. Een lepeltje van dit, een lepeltje van dat, en ook nog een lepeltje hiervan en daarvan. Precies zoals in de supermarkt. Daar mogen ze ook proeven, maar ze kopen niks. Ik heb het met mijn eigen ogen gezien. Ze rijden met hun karretje allemaal rechtstreeks naar het kraampje waar een vrouw een oosterse wokschotel staat te bereiden. Of ze een klein beetje willen proeven? En? Hoe smaakt het? Heerlijk? Ja? Maar bij de kassa rekenen ze alleen een brood, een pak melk en een pond sperziebonen af.'

'Heb je zelf al geproefd?' vroeg mijn broer. Hij hield mijn vader een lepel voor zijn mond. Vijgen-amandelijs.

'Je gaat bankroet als je iedereen maar ijs laat proeven, de marges zijn daar niet op berekend. Ik heb al die jaren gewerkt om de zaak goed te laten draaien, niet om hem over te doen en binnen een paar maanden failliet te zien gaan.'

'Mond open.'

Mijn broer bracht de lepel naar binnen, zoals bij kleine kinderen die niet willen eten.

Het was een moment stil. Toen glimlachte mijn vader. 'Dit is fantastisch,' zei hij. 'Dit is verrukkelijk, dit is ongelofelijk lekker.'

Het nieuws van de wonderlijke smaken ging als een lopend vuurtje door de stad. Mensen kwamen kijken en proeven, en waren meteen verkocht. Nieuwe klanten sloten aan in de rij, de kranten schreven erover. Uit alle windstreken kwamen mensen naar de ijssalon, zelfs van over de grens. Zelden was het zo druk geweest.

Ik moest ook aansluiten in de rij. Op het terras was geen plekje meer vrij. Het was schoolvakantie en een stralende dag. Moeders hielden de hand vast van hun stuiterende kinderen. 'Ik wil aardbeien met spikkeltjes,' hoorde ik voor mij, en achter mij riepen twee broertjes net niet synchroon: 'Mama, mogen we chocolade met spikkeltjes?'

Mijn moeder en Sophia bogen zich over het ijs en schepten het in bekertjes en op hoorntjes. Ik kon ze gadeslaan zonder zelf gezien te worden. Het was als gluren, maar ik kon het niet laten. Mijn moeder werkte sneller dan Sophia, haar bewegingen waren soepeler. Het was de ervaring, hoewel haar spatola ook soms haperde boven de bakken met nieuwe smaken.

'Ik wil spikkeltjes,' hoorde ik een klein meisje tegen Sophia zeggen.

'En wat voor smaak wil je?'

'Spikkeltjes.'

'Nee, de smaak,' zei haar moeder. 'Je moet de smaak zeggen.'

Het meisje dacht lang na en antwoordde toen: 'Ik weet het niet meer.'

Ik zag alleen haar achterkant, de vlinderstrikjes in de blonde vlechten die bijna haar schouders raakten. Ik zag niet haar kleine, glanzende mond, haar goudgele wenkbrauwen, haar diepblauwe of grijsgroene ogen.

'Vanille?' zei de moeder tegen haar dochter.

'O, ja, vanille met spikkeltjes,' riep ze verheugd.

Maar Sophia's linkerhand kwam niet in beweging, pakte geen hoorntje. Haar rechterhand ging niet met de spatola naar het ijs. Niemand in de rij merkte iets, iedereen praatte over het ijs, welke smaken ze zouden kiezen, maar ik zag dat mijn moeder haar hand op de schouder van Sophia legde.

'En voor mij een bekertje met ananas-grapefruit en kwark met pruimen,' zei de moeder. 'Ik ben heel benieuwd hoe het smaakt.'

Het nieuws had Venas di Cadore zelfs bereikt. Serafino Dall'Asta had een stukje geschreven in de regionale krant *L'Amico del Popolo*. De journalist had Luca gebeld en hem gevraagd of hij alle smaken zelf had verzonnen. Mijn broer had geantwoord dat hij uren achtereen experimenteerde met combinaties, maar dat hij zich ook graag liet inspireren door klanten. Zoals er ooit vruchten waren gebracht naar mijn overgrootvader, zo droegen mensen nu suggesties aan voor nieuwe smaken. Kersen met chocolade, banaan met kokos, bramen met vanille.

En net als mijn overgrootvader maakte Luca steeds weer nieuwe ijssoorten. Er kwam een smaak van de week en een bord met bijzondere combinaties. Een tweede vitrine werd ingebouwd in de toog voor nog meer bakken ijs. En zo ging de zomer voorbij, met lange rijen en blote benen op het terras, met vrolijke geluiden en glunderende gezichten rond middernacht.

Ik reisde samen met Victor Larssen naar verschillende poëziefestivals in Europa en eind juli, toen dikke regendruppels sisten op het asfalt van de startbaan, voor het eerst naar Medellín. De openingsavond van het festival vond plaats in een uit de rotsen gehouwen theater halverwege Mount Nutibara. We reden er in grote bussen naartoe, dwars door het centrum, door een van de grootste steden van Zuid-Amerika. Overal reden auto's, scooters en minivans. Larssen vertelde dat Medellín nog niet zo lang geleden de meest criminele stad ter wereld was. Mensen durfden niet naar buiten te gaan. De kranten stonden vol politieke moorden, de straten waren het decor van afslachtingen. Elke dag waren er dode mensen, de meesten jong en anoniem, maar in de plassen bloed lagen ook bendeleiders, FARC-leden en hooggeplaatste militairen. 'Het festival is een antwoord op het kwaad,' zei Larssen. 'Het is in het leven geroepen door de dichters en redacteuren van het Latijns-Amerikaans poëzietijdschrift *Prometeo*. Ze wilden weerstand bieden tegen de corruptie, ze wilden het geweld stoppen, de brute moorden op klaarlichte dag, en ze zijn erin geslaagd. Wat ooit de criminele hoofdstad van Zuid-Amerika was, is nu de stad met het grootste poëziefestival ter wereld.'

Ik keek naar het gebergte voor ons. Medellín lag in een kom, op de bodem van een kuip. De stad was omringd door bergen en een van die bergen was Mount Nutibara. De weg werd steiler, de motor van de bus had soms moeite met de versnelling. We reden door een oerwoud, aan weerszijden bomen met diepgroene bladeren. Door de open ramen kwam het krassende geluid van insecten en soms een luide schreeuw van een vogel.

In de bus zaten dichters uit Italië, Somalië, Mexico, Canada, Noorwegen. In totaal zouden er zeventig dichters voorlezen op de openingsavond. Ik had de verhalen gehoord. Over de duizenden bezoekers, de uit de rotsen gehakte zitplaatsen. Het applaus dat opsteeg tot aan de hemel. 'Je gelooft je ogen niet,' had Robert Berendsen gezegd.

De bus stopte bij een stuk verbrede berm, zo'n plek waar misschien een aantal jaren terug nog lijken uit een auto waren gegooid. Ik hoorde dichters vragen of we wel op de goede plek waren. Dit kon het toch niet zijn. De Parnassus, een akelige plek in het bos.

We stapten een voor een uit en moesten een steile, stenen trap naar beneden nemen. De oudste dichters liepen traag als torren, hun jongere collega's vlak achter hen. Soms werd er halt gehouden en zag je een dichter naar beneden staren, maar het theater was nergens te zien. Aan het einde van de trap stond een huisje waar je omheen moest lopen. Toen zag je het: een gigantisch amfitheater met oplopende stenen rijen, een arena in het oerwoud. Her en der zaten al mensen, via de poorten aan de zijkanten stroomde het volk naar binnen.

'Je kunt ook van beneden naar het theater lopen,' hoorde ik Larssen boven mij zeggen. 'Bij de voet van de berg is een parkeerplaats en dan moet je een steile trap omhoog nemen. Maar dit is de mooiste manier om ernaartoe te gaan, zo doemt het ineens voor je op.' Als een plein in Rome, nadat je door talloze straatjes bent gelopen. Onverwachts en groots.

Ik liep verder naar beneden tot ik bij het podium uitkwam. Het was overkapt en misschien wel veertig meter breed. Aan het grid hing links en rechts een enorme rij speakers. De spots stonden uit, maar waren wel al gericht op de zeventig witte plastic kuipstoeltjes die gereedstonden. Het waren dezelfde stoeltjes die we op het terras van Venezia hadden. Mijn vader zette ze elke ochtend neer en stapelde ze in de nacht weer op elkaar. Er waren twee katheders met een microfoon. Eén voor de dichter, één voor de vertaler.

Op de eerste rij waren plekken vrijgehouden, maar Larssen wilde hoger zitten, tussen het publiek. Ook op andere festivals ging hij zelden op de stoelen met witte vellen 'gereserveerd' zitten. Tijdens World Poetry stond hij altijd aan de zijkant van de tribune, maar dat was omdat hij te gespannen was om te gaan zitten.

De stenen rijen van het theater vulden zich. De opening zou om zeven uur beginnen, maar een halfuur daarvoor waren alle plekken al gevuld. Je zag mannen en vrouwen in bomen klimmen en op takken zitten; op een hogergelegen veldje, een open plek in het bos, waren ook mensen te zien.

Het was als een concert, de grootschaligheid, de massa. De mensen kwamen gewoon uit de stad, arbeiders, buschauffeurs, marktkooplui, maar ook hele families met kinderen. Ze hadden eten meegenomen, gefrituurde *empanadas* met chorizo en gegrilde maïskolven, en flessen drank. Coca-Cola, Águila-bier, goedkope whisky. De lucht was onbewolkt. Het zou niet gaan regenen zoals de keer toen Robert Berendsen er was en mensen gewoon waren blijven zitten, onder een poncho of paraplu, luisterend naar poëzie.

Alle dichters hadden inmiddels plaatsgenomen op de witte stoeltjes op het podium. Ik zag Lars Gustafsson en Breyten Breytenbach, maar ook dichters die ik niet eerder had gezien en van wie ik nog nooit had gehoord.

Zoals bij een concert voelde het publiek dat het programma ging beginnen. Mensen floten op hun vingers en klapten in hun handen. Kinderen stonden op en deden mee. 'Nog heel even,' zei Larssen. Het was als de sneeuw in Cadore, de sneeuw die in de lucht zat en die mensen konden ruiken; iedereen wist dat het elk moment kon gebeuren.

Er gingen geen lichten aan, die zouden pas enkele uren later aanspringen, toen de hemel diepblauw was. De directeur van het festival kwam naar voren en verwelkomde het publiek en de dichters. Hij balde zijn vuist en zweepte de mensen op, het was alsof hij strijdkreten scandeerde. 'Dit is nog niets,' zei Larssen. 'Wacht maar totdat hij gaat speechen.'

Elke dichter droeg tien gedichten voor, en na elk gedicht volgde de Spaanse vertaling. Steeds weer stond er een man of vrouw op uit een van de witte stoeltjes en liep naar voren, naar de microfoon. Zevenhonderd gedichten op één avond. Het was een marathonuitvoering, maar de dichters deden er alles aan om de aandacht van het publiek vast te houden. Soms begonnen ze met een liefdesbetuiging aan Medellín of maakten ze een diepe buiging naar het publiek. 'Dit is de mooiste dag van mijn leven,' zei een dichter uit Congo. Het applaus was een vloedgolf die van de bovenste rij naar beneden stortte.

Om één uur 's nachts luisterden we nog steeds naar gedichten, die geregeld werden afgewisseld met een revolutionaire toespraak van de directeur van het festival. Hij bulderde door de microfoon dat poëzie de mensheid kon bevrijden van kapitalisme en imperialisme. De mensen joelden en klapten onder de blote hemel. En daarna stond weer een dichter op en las zijn werk voor aan meer dan tienduizend toehoorders. Ik vergat alle lezingen van dichters in slecht verlichte bibliotheekzaaltjes, ik vergat de voordrachten die werden overstemd door geroezemoes in kroegen en cafés, ik vergat de armzalige literaire middagen waar mensen verplicht klapten na elk gedicht, soms ook als de dichter alleen een stilte had ingelast tussen twee strofen. Ik kantelde mijn hoofd en probeerde een vallende ster te ontwaren, terwijl poëzie mijn oren in stroomde. Zo moest het zijn geweest om op de Parnassus te staan en betoverd te worden door poëzie. Zo moest het zijn bedoeld.

Na de openingsavond werd Medellín overgenomen. De dichters reden acht dagen lang in busjes door de miljoenenstad. Het publiek kwam steeds in groten getale opdagen. In theaters, in de buitenlucht, op de universiteit. Larssen en ik dompelden ons onder in deze stad van poëzie en kwamen een week later weer boven in Parque Lleras, waar we een ijskoud glas Águila dronken.

In Rotterdam maakte mijn broer steeds vreemdere smaken: haringijs, rozenijs, ijs van venkel met peer en basilicum. Heel soms mislukte een smaak of was de uitkomst niet zoals hij in zijn hoofd had gehad. Een Italiaanse man had Luca gevraagd of hij ijs kon maken van *prosciutto crudo*, rauwe ham. Hij ging aan de slag, toverde met ingrediënten en luisterde naar het geluid van het schraapmes. Hij zag meteen dat het ijs was gelukt, maar toen hij een hap ervan nam, walgde hij van de smaak. Het was vreselijk vies, ham als ijs werkte simpelweg niet. Zelfs de meest doorgewinterde vleeseter zou het niet lusten.

Ook ijs van alcoholhoudende dranken was moeilijk te bereiden. Luca had al eens ijs gemaakt van de dessertwijn Moscato d'Asti en hij experimenteerde met de combinatie prosecco en rode aalbes. Hij was niet tevreden over het resultaat en de bakken met ijs kwamen niet in de vitrine. Maar Luca gaf niet op, hij bleef schaven aan de receptuur, hij bleef zich terugtrekken in de keuken.

Het duurde nog twee jaar, twee korte winters, twee lange ijsmakerszomers; twee jaar waarin de haren van Sophia almaar doffer werden en het zangvogeltje van mijn vader steeds scheller kwetterde, twee jaar waarin ik de wereld over vloog van festival naar festival en ik me een vreemde voelde in mijn appartement. Het duurde nog twee jaar, tjokvol poëzie en ijs; toen begon mijn broer weer tegen mij te praten, toen nam hij me apart in de keuken. Ik zag dat hij een nieuw systeem had voor de droge ingrediënten, ook de koeling was vervangen. Hij had een derde ijsmachine gekocht, een kleiner model, horizontaal. De witte tegels aan de muur waren smetteloos, het werkblad glom als nooit tevoren. Of was dat ook nieuw? We hadden jaren niet gesproken, de stilte was vertrouwd geworden, hoe ongemakkelijk en pijnlijk deze ook was geweest.

Twee jaar plus tien jaar. Zo lang had hij gezwegen.

'Je moet me helpen,' zei hij toen en hij keek me aan met de donkere ogen die ik ook had. 'Je moet Sophia zwanger maken.'

Jacuzzi's & strijkplanken

Achter de receptie van hotels staan bijna altijd vrouwen, de nachtportier is een man van achter in de veertig. De gangen zijn lang als straten, aan weerszijden steeds dezelfde deuren. Het licht is diffuus, de muren zijn mat, de vloerbekleding dempt al het geluid: hakken, ratelende rolkoffers, stemmen diep in de nacht. Soms staat er halverwege een plompverloren schoenpoetsautomaat.

De ketens hebben allemaal keycards, maar in kleinere hotels overhandigt de receptionist de gast een sleutel aan een hanger met het kamernummer erop. In Ljubljana, in Hotel Center, was de sleutelhanger een fluorescerende kabouter, in Hotel Royal Tetovo hing de sleutel aan een loodzware kogel. 'Do not lose key,' waren de enige woorden van de receptioniste bij het inchecken. De kans dat de deur van de hotelkamer niet opengaat is met keycards groter dan met sleutels. Ze kunnen op vier verschillende manieren in de gleuf worden geschoven, maar ook als dit juist wordt gedaan kan het ontsluitingsmechanisme weigeren en zit er niets anders op dan terug naar de receptie te gaan.

Twee, drie, vier of vijf sterren – in de kamer staat een stoel, een bureau, een lamp, een televisie. Er is een raam met gordijnen aan rails en een bed dat tussen twee nachtkastjes staat. Meestal ligt in de lade van het linkerkastje een bijbel. In Oslo, in het Rica Hotel, vond ik ook een aangebroken pakje condooms.

In Medellín lagen die gewoon op het tafeltje, samen met een pakje Lucky Strike en een strip paracetamol. In Brisbane lag er een glanzende, groene appel op mij te wachten, in Edmonton een doosje pepermunt.

Op het bureau ligt een map met informatie over het hotel, het menu van het restaurant, een toeristische folder of een kaart van de stad, twee enveloppen en twee vellen briefpapier. Op een dienblad staat een waterkoker. Het welkomstbericht op de televisie is soms in twee talen, maar ook wel eens in drie. In Hotel Metropole in Brussel staat het bericht in negen talen op de televisie.

In de garderobekast is een kluisje, de strijkplank is uitklapbaar of leunt tegen de wand. In de grotere kast hangen kleerhangers; in het Van der Valk Hotel in Maastricht één plastic exemplaar, in Grand Hotel Karel v in Utrecht vierentwintig houten hangers. Een extra deken ligt op de onderste plank.

In de badkamer staan op de wastafel twee glaasjes. Schoenpoetssponsje en douchemuts zitten in aparte zakjes, de föhn ligt in een lade. Er is een klein zeepje en er is shampoo en douchegel, of shampoo en douchegel inéén. Een naaisetje, lucifers en een balpen met het logo van het hotel zijn meestal ook ergens te vinden.

De kleuren zijn overal anders, maar geel, roze en lichtblauw zijn geliefd. Moderne hotelkamers zijn wit als de muren van een tandartsenpraktijk. De schilderijen hangen nooit scheef. Het zijn negen van de tien keer reproducties, soms een oude meester, vaker iets van Picasso of de engeltjes van Michelangelo. Jim Morrison is ook populair, ik ben misschien wel twintig keer wakker geworden met hem in een hotelkamer. Half ontbloot, in popartkleuren of als zilverdruk. In kamer 9 van The Albany in St. Andrews hangen drie dezelfde reproducties aan de muur. Het is een plaat uit een botanisch boek, een zwart-wittekening van een mariadistel. Het kostte mij vier dagen voordat ik zag dat het precies dezelfde tekeningen waren in precies dezelfde lijst.

In de ontbijtzaal van Hotel Monasterium in Gent, een voormalig klooster, hangen tekeningen van lichamen met uitbundig schaamhaar.

Sommige ketens richten hun kamers overal hetzelfde in. Hotelbedden staan tweeduizend kilometer van elkaar vandaan, maar worden omringd door dezelfde lamp, tafel en kasten. Muren, plafond en vloerbekleding verschillen niet van elkaar. De hotelgast wordt wakker en weet niet of hij in Berlijn, Toronto of São Paulo is. Het verschil is het uitzicht. Vanuit de hoge vensters in Berlijn het Museuminsel, in Toronto de CN Tower en in São Paulo een witgoedwinkel die ook tweedehandsbanken verkoopt. Hotel Panorama in Bologna heeft geen uitzicht.

In het Sea View Hotel in Durban, waar op elke gang een bewaker zit, kijken de ramen uit op de Indische Oceaan. In Hôtel du Lac in Cotonou vormt de Atlantische Oceaan het uitzicht. Wie op het balkon gaat staan, kan met zijn blote oog de vinnen van walvissen omhoog zien komen. De hoekkamer moet drie maanden van tevoren worden gereserveerd.

In Dublin staat in kamer 16 van het Roxford Lodge Hotel een sauna. Wie uit bed stapt, stoot zijn knieën tegen de houten wand. De deur naar het toilet gaat maar een klein stukje open. Alle kamers in het Bristol Hotel in Odessa hebben een jacuzzi. In de map met informatie en de menukaart van het restaurant zit ook een folder van een *marriage agency*. Boven het bed van kamer 402 van het First Hotel in Parijs hangt een spiegel, de gordijnen zijn van glanzend, zwart satijn. De portier van The Courtyard by Marriott in Tbilisi draagt een prachtig blauw uniform, helpt met het dragen van koffers en biedt op fluistertoon aan 's nachts jonge vrouwen langs te brengen. Het Cinema Hotel in Tel Aviv heeft twee gratis pornokanalen.

Heel zelden ligt er visgraatparket op de vloer van een kamer.

De airconditioning in Hotel Tryp by Wyndham in Leipzig kan niet uit. In kamer 126 van het Novotel in Beaune maakt het strijkijzer kortsluiting. De dingen die defect kunnen zijn in een kamer: het licht, de tv, de waterkoker, de telefoon, de wekker, de föhn. De houder van de douchekop is in ontelbare hotelkamers stuk, in kamer 13 van Hotel Balkan in Belgrado was de wc-bril kapot, alsof iemand een hap eruit genomen had. Normaal gesproken wordt een probleem verholpen na een telefoontje naar de receptie, maar de strategie van dit hotel is de gast beschuldigen. Ik kreeg te horen dat de bril 's ochtends nog heel was en dat deze sinds mijn komst in het hotel kapot was gegaan. Het kon maar één ding betekenen: ik had zelf een hap uit de wc-bril genomen.

Het dak van het Oovotel in Ulaanbaatar lekt.

Ik vond in kamer 404 van het Bayclub Hotel in Haifa nagels in de vensterbank.

De kamermeisjes van Hotel Catalunya in Barcelona komen ook de kamer binnen als er een *do not disturb*-bordje aan de deurknop hangt. De huishoudelijke dienst van het Novo Hotel Impero in Triëst bestaat uit beeldschone Sloveense vrouwen – ik zag rood kant uitsteken boven de broek van het kamermeisje op mijn gang – maar meestal zijn het potige dames in grauwe schorten. Ze dragen haast nooit de witte kapjes waar Gabriel Dan in *Hotel Savoy* van droomt.

Verse bloemen of een gedicht op het kussen zijn ook een zeldzaamheid. In kamer 612 van het Royal Marine Hotel in Dún Laoghaire hangt de kop van een wild zwijn.

Piccolo's worden met uitsterven bedreigd.

Sommige hotels zijn zo groot dat alle gasten van een conferentie er kunnen worden ondergebracht. Voor zeven uur 's ochtends is het al een kabaal vanjewelste, alsof er een markt wordt opgebouwd op de gang. In de Travelodge in Londen zijn de muren van bordkarton. Als iemand in de aangrenzende kamer een scheet onder de lakens laat, is het alsof je hem zelf hebt gelaten.

In Hotel Spreebogen in Berlijn werd er midden in de nacht op mijn deur geklopt.

In kamer 109 van Het Paleis in Groningen staat het bed in een kast.

Getraind personeel belt vijf minuten na het inchecken naar de hotelkamer van de gast en vraagt of alles naar wens is, en of hij misschien iets te eten of drinken wil bestellen.

Het hotel in Bombay stond nog in de steigers. De bovenste verdiepingen moesten nog worden afgebouwd. Hoog boven mij werd gedrild en gehamerd, soms was er een enorme dreun te horen. De ramen van mijn kamer keken uit op de stortplaats van de bouwvakkers. Schurftige straathonden renden voor een bulldozer uit, in verschillende vuren werd vuil verbrand. De afzuigkap van de keuken was nog niet aangesloten. In het hele hotel rook het naar ui; over de lange, kale gangen slopen ratten. Uit een pijp in de hoek van de kamer spatten roestbruine druppels op het onbehandelde beton. De bodem van de badkuip lag vol stof en zand.

De receptie belde om de dertig minuten op de telefoon naast het bed: 'Are you comfortable in your room, sir?'

Het zaad van mijn broer

Ze waren misschien al drie of vier jaar bezig. 'Het lukt niet,' had mijn broer gezegd toen ik geen antwoord had gegeven op zijn vraag. We stonden tegenover elkaar in de keuken. Een van de ijsmachines draaide.

Ik wist niet wat ik moest zeggen. In mijn hoofd buitelden talloze vragen over elkaar, maar het lukte niet om er een te formuleren. We hadden zo lang niet gesproken.

'Het gaat niet,' zei Luca. 'Het ligt aan mij.'

Ik had jaren geprobeerd om met hem te praten, om door de muur te breken die hij had opgetrokken. Hij had me genegeerd, hij had me aangekeken alsof ik een volslagen onbekende was, hij had zich omgedraaid, hij had zich gebogen over de Cattabriga, hij had gedaan alsof hij sliep. En nu ik het had opgegeven, nu we allebei een totaal ander leven hadden, nu we meer vreemden waren dan broers, begon hij te praten.

'Mijn zaad is niet goed, het beweegt niet.' Hij wees niet naar beneden, naar zijn kruis, zijn ogen bleven in die van mij kijken. 'We zijn in het ziekenhuis geweest, we zijn tientallen keren in het ziekenhuis geweest. Maar daarvoor zeiden ze dat we geduld moesten hebben en dat we het moesten blijven proberen. We waren jong, we hadden alle tijd, maar dat beangstigde me juist, het feit dat we jong waren en dat het niet lukte.'

Ik was zelf een paar maal doodsbang geweest dat ik een meisje zwanger had gemaakt. Ik had niet altijd een condoom gebruikt. Soms had ik ze niet mee of waren ze op. Eén keer had een vrouw de morning-afterpil genomen. Bij zeker vier meisjes heb ik peentjes gezweet toen ze niet ongesteld werden, twee keer heb ik meegekeken naar het streepje dat traag tevoorschijn kwam op de zwangerschapstest. Het tweede streepje bleef goddank uit.

Er was een meisje op de universiteit geweest dat me had verteld over haar abortus. Ze was zwanger geraakt van een jongen in Portugal. Ze wist alleen zijn voornaam. Eduardo. De zwangerschap van een ander meisje was geëindigd in een miskraam. Ze was ongelofelijk opgelucht geweest. Beide meisjes hadden gezworen het nooit meer onveilig te doen, ze hadden een condoom uit hun portemonnee gehaald.

Dichterbij was het allemaal niet gekomen. Om mij heen zag ik leeftijdsgenoten – vrienden uit Rotterdam, dichters, oud-studiegenoten – achter een kinderwagen plaatsnemen, en op een warme dag zat het terras van Venezia vol jonge moeders en fotogenieke baby's. Maar bij mij was het verlangen naar een kind nog niet gewekt. Ik kon me geen voorstelling maken van een gezinsleven.

Luca had even naar de ijsmachine geluisterd, maar hij kwam niet in beweging. Het schraapmes vertelde dat hij genoeg tijd had om verder te vertellen. 'We voelden continu de blikken van andere mensen,' zei hij. 'De winters waren vreselijk. De moeder van Sophia vroeg steeds: "En? Komt er al een kindje?" Of: "Word ik al oma?" Als je getrouwd bent, hoor je meteen kinderen te krijgen. Negen maanden, zo lang mag het duren, maximaal. Ook Beppi bleef ernaar vragen. Gewoon aan de eettafel in de keuken, of we wel genoeg knuffelden. Wat zeg je dan? Wat kun je anders doen dan naar je bord staren? We schaamden ons verschrikkelijk. Soms bleven we de hele dag binnen. Beppi was in de kelder, mama stond in de keuken en wij zaten op de bank in de televisiekamer. Een kinderloze winter is net zo doods als de zomer in

Venas. Ondertussen moesten we het blijven proberen. Sophia hield bij wanneer het moest en dan kleedden we ons allebei in het donker uit. Alsof iemand in zijn handen had geklapt. Soms deed ze alleen haar pyjamabroek naar beneden. Ik hoorde hoe het bed kraakte, ik hoorde de matras piepen, ik hoorde de vloer knarsen, ik hoorde alles, ik hoorde de kerkklok tweemaal slaan, alleen hoorde ik Sophia niet. Die was doodstil en trok haar broek omhoog als het voorbij was.'

Hij hield niets verborgen, hij stortte zijn hart uit, zoals hij ook had gedaan in onze jeugd. Toen hij verliefd was geworden op Sophia en mij om advies had gevraagd, toen ik hem zinnen had ingefluisterd en elke keer mee was gegaan naar haar huis. Hij had alles verteld en ik had naar hem geluisterd.

'En als ik gewoon wilde vrijen, als ik een keertje zin had, dan zei ze dat het niet de tijd was. Ze draaide zich niet met haar rug naar mij toe, maar met haar knieën, haar puntige botten tegen mijn buik.'

De jarenlange stilte had geen betekenis. Stilte was luchtledig. Je kon het gemakkelijk samendrukken, totdat het niets was. Twaalf jaar, elk jaar een sneeuwvlokje dat sublimeerde voordat het de grond raakte.

'Uiteindelijk werden we doorverwezen en gingen we een onderzoekstraject in. Het was verschrikkelijk. Al die wachtkamers, ik werd er gek van. Al die vrouwen met dikke buiken die ook aan het wachten waren. En wij daar met z'n tweeën tussen.' Luca zweeg een moment, alsof hij controleerde of ik nog luisterde. Ik knikte, hij kon doorgaan. 'Bij Sophia was alles goed,' zei hij. 'Haar eierstokken, haar ovulatie, allemaal in orde. Ik was het. Het probleem lag bij mij. Bij mijn sperma.'

Ik was nooit openhartig geweest tegen mijn broer. Ik had altijd alles binnengehouden. Behalve die keer in Bar Posta, toen we hadden gekaart. Maar dat was omdat Sophia erbij was geweest, ik had het verhaal aan haar verteld. Hij had er alleen bij gezeten, met een leeg bierglas voor zich.

'Het was niet levensvatbaar, het bewoog niet. Het deed helemaal niets. Volgens de gynaecoloog was de kans op een zwangerschap nul procent. Alleen een wonder kon ons helpen.'

Ik keek naar zijn kruis, een kort moment. Het ging vanzelf. Luca had het gezien.

'Het was alsof ik ontmand was,' zei hij. 'Mijn zaad was waardeloos, ik had geen functie meer.'

Ik moest denken aan een verhaal dat ik in Amsterdam had gehoord toen ik bij Tofani werkte. Het was een anekdote over een ijsmaker zoals er talloze zijn, maar deze had onze eettafel nooit bereikt. Ik had het niet durven vertellen, ik wist ook niet of het waar was. De ene keer betrof het een ijssalon in Zwolle, de andere keer een in Breda. Het ging om een jonge ijsmaker, geen zoon van de eigenaar maar een knecht uit Cadore. Hij was heel lelijk, zijn gezicht zat onder de puisten. De meisjes zagen hem niet staan. Al die prachtige, jonge meisjes die in zomerjurkjes op het terras zaten en een ijsje aten. Op sommige dagen was het alsof er een bontgekleurde zwerm vlinders was neergestreken.

De lelijke jongen nam wraak in de keuken, hij dacht aan hun blote benen en glanzende lippen terwijl hij zich aftrok boven een metalen bak met een mengsel om ijs mee te draaien. Buiten, in de heerlijke zon, negeerden ze de ijsmaker. Ze keurden hem geen blik waardig, maar de mooiste meisjes van de stad likten van hun ijsje met zijn sperma erin.

Mijn broer had de allermooiste gekregen, het was hem gelukt om haar te veroveren, maar zijn zaad deed niets in haar lichaam.

'Ik weet nog dat we de spreekkamer van de gynaecoloog uit liepen en dat we in de lift stapten. Er stond een aantal mannen in witte jas, een pieper in hun borstzak, en twee of drie andere mensen. Ik zag dat er tranen liepen over de wangen van Sophia, ik wilde een arm om haar heen leggen, maar ik durfde het niet. Bang dat ze hem weg zou duwen, dat ze boos zou zijn, omdat het mijn schuld was.

Het daglicht verblindde ons toen we door de schuifdeuren liepen. We zeiden geen woord op weg naar de ijssalon. Het is misschien vijf minuten lopen, maar het voelde aan als vijf dagen. Ik weet nog dat ik door rood liep en dat Sophia stopte, wachtte tot het groen zou worden. Het was zo'n beeld dat je later met je ogen dicht blijft zien, dat nooit meer weggaat. We stonden aan weerszijden van de weg, auto's raasden voorbij, een motorfiets bulderde en versnelde. Ik keek naar Sophia en zag een ongelukkige vrouw.

In de ijssalon deed ze haar schort om en pakte de spatola. Ik ging naar achteren, naar de keuken, en stortte me op het ijs. Het was zo'n zwoele dag, warm en vreselijk benauwd. Met grote, nucleaire wolken aan de hemel. Maar het onweer bleef uit. In de middag stond er een rij tot de overkant. De rug van Sophia, maar ook die van Beppi en mama, was helemaal doorweekt. Ik sleepte met bakken ijs en vluchtte snel de keuken weer in. De machines schraapten onafgebroken en zouden nog tot diep in de nacht doordraaien. De volgende dag zou het nog warmer worden. Het waren hondsdagen, de dagen waarop het besef tot ons doordrong dat we geen kinderen zouden krijgen.

Toen ik uiteindelijk naar boven ging, lag Sophia misschien al uren in bed, maar ik hoorde aan haar ademhaling dat ze niet sliep. Ik dacht dat ze wilde praten en zocht onder de dekens naar haar hand. "Laat me," zei ze, en dat was het enige wat ze die week zou zeggen.'

Luca stopte en er was ook even een stilte tussen ons. Het duurde drie, vier seconden, maar het was lang genoeg voor een gedachte om op te komen en te ontluiken terwijl we elkaar bleven aankijken: we waren geen vreemden, we zouden het nooit worden. Ik was ouder, hij was sterker, ik was donkerder, hij was kleiner, maar we waren broers.

'We konden geen ivf doen, dat had geen zin. Er waren ook geen andere behandelingen. We konden alleen hopen op een wonder, zoals de gynaecoloog had gezegd. We hadden een folder over adoptie meegekregen, maar die had Sophia weggegooid. Ze wilde een eigen kind. Elke keer dat ze me aankeek, vertelden haar ogen dat. En dat ik gefaald had, dat het mijn schuld was. Ik durfde haar op een gegeven moment niet meer aan te kijken. We spraken alleen nog in het pikkedonker met elkaar, in bed, als ik doodop was van het ijs maken en zij alle tranen liet gaan die ze overdag binnen had gehouden. Ze wilde het niet accepteren, ze kon het niet. "Voor jou is het anders," zei ze. "Nee," antwoordde ik, "dat is het niet." "Jawel, dat is het wel." Maar ze zei niet wat er anders was. Ze had waarschijnlijk wel gelijk. Iets in mij had zich er al bij neergelegd. Misschien kwam het doordat het mijn schuld was. Ik was onvruchtbaar, niet zij. Daardoor kon ik het accepteren. Het was een soort mechanisme. Ik weet ook niet hoe ik het anders moet zeggen, maar begrijp me niet verkeerd. Ik droomde ook van een kind. Van een jongetje dat ik op mijn schouders zou dragen en met wie ik tegen een bal zou trappen, van een dochter als Sophia. Betoverend en blond.'

Ik rook pistache en heel in de verte een citrusvrucht. De geuren van het ijs kwamen vrij. Het waren de luchtbelletjes die zich mengden, die hun plek opeisten tussen de ijskristallen en de room. Het ijs werd lichter, het volume langzaam groter. Het was sinaasappel, ik wist het bijna zeker. IJs van pistache en sinaasappel.

'Sophia kon van slag raken door een zinnetje dat ze ergens las, een liedje op de radio, zomaar een opmerking of een klein kind dat ijs bij haar bestelde. Je weet wel hoe ze voor de vitrine staan. Ze kunnen net het ijs zien en worden bijna duizelig van alle smaken. Ze mogen er meestal maar twee uitkiezen, twee van de tweeentwintig. Dat is een ongelofelijke klus voor een kind van vier jaar. De hersenen proberen de mogelijkheden te bevatten en halen alles door elkaar. Sophia beweegt de spatola al naar het ijs en vraagt welke smaak het jongetje of meisje wil, maar er komt geen antwoord en de tijd staat stil terwijl ze naar elkaar kijken.

Ik ging me steeds schuldiger voelen. Het was alsof er iets tussen ons kapotging, zoals er tussen jou en mij ook iets kapotging toen jij naar Amsterdam vertrok. Toen je voor de poëzie koos en de ijssalon achter je liet. Toen je mij achterliet. Dacht je dat ik geen dromen had? Dacht je dat ik alleen maar met de ijssalon bezig was? Besefte je eigenlijk wat de gevolgen waren toen jij het hier voor gezien hield? Nou? Zoveel keuzes hebben je hersens niet, er is maar één antwoord: ik moest hier blijven, ik moest de ijssalon draaiende houden.'

Dit moment zou nog vaak terugkomen. Deze zinnen, deze beschuldiging. Het kwam naar boven als ik de slaap niet kon vatten in een andere tijdzone, in een kleine kamer met een stoel, een bureau, een lamp en een televisie. Buiten was het nacht, maar mijn geest was klaarwakker en bleef malen. *Nou?* Die vraag hoorde ik mijn broer steeds stellen. In New Brunswick, in Sydney, in Chicago. Waarom had ik geen antwoord gegeven? Kwam het doordat ik nooit eraan had getwijfeld dat Luca de ijssalon wilde overnemen? Het was niet in mij opgekomen dat hij misschien iets anders had willen doen, dat hij ook van het pad had willen afwijken dat voor ons was uitgestippeld. Ik was achttien, ik was alleen met mezelf bezig geweest.

Nou?

Er was ook geen ruimte voor een antwoord geweest. Luca stopte niet na zijn vraag. Hij ging door met praten. Ik had hem kunnen onderbreken, maar misschien besefte ik net als mijn broer dat daar geen tijd voor was, dat het ijs bijna klaar was. Het was luchtig en vol, het schraapmes maakte een steeds langer geluid. Ik kon niet horen wanneer het ijs precies klaar was, maar wel wanneer het bijna zover was. Het was bijna zover.

'Toen jij wegging,' zei Luca, 'had ik geen keus meer. Toen moest ik wel. En ja, ik heb me er volledig op gestort, heb mijn verantwoordelijkheid genomen. Maar ik besloot geen woord meer tegen jou te zeggen, niks, helemaal niets. Hoe vaak je ook tegen mij sprak, hoe je het ook bleef proberen. Ik hield mijn mond dicht. Je kon de pot op met je poëzie en je reizen naar Zuid-Amerika en Azië terwijl ik hier als een paard werkte. Maar nu moet ik met je praten omdat het zo niet langer kan doorgaan. Omdat iedereen zwijgt. Sophia treurt de hele dag en raakt steeds meer in zichzelf gekeerd. Ik kan Beppi en mama bijna niet aankijken. Ze zijn opgehouden ernaar te vragen, maar dat wil niet zeggen dat ze er niet mee bezig zijn. Mama prevelt de hele dag gebeden. Als ze ijs schept, als ze het wisselgeld telt, als ze naar de regen kijkt.'

Ik had mijn moeder zien bidden, vaker dan gewoonlijk, maar ik dacht dat ze bad voor Beppi, voor zijn geestelijke gezondheid.

'Soms vraag ik me af hoe het kan. Hoe kun je verdrietig zijn om iets wat je niet hebt? Maar dan kijk ik naar Sophia en zie ik haar doffe haren en haar rode ogen en is er niks meer over van het geluk. Ik ben verdrietig omdat zij het is, ik functioneer niet omdat zij niet functioneert. Het enige wat we kunnen is ijs maken en ijs verkopen.'

Er waren talloze beelden die ik met mijn ogen dicht kon zien. Sophia die haar tong uitsteekt en sneeuwvlokjes opvangt, Sophia die met haar koude vingers aan mijn neus trekt en dan haar hoofd schudt, Sophia in de zomerjurken van haar moeder. Het klosje gouden haren in de schuier, haar glimlach voor het altaar terwijl het winterlicht op haar glanzende jurk valt.

'Je moet me helpen,' zei Luca.

Dat woordje, *moet*. Alsof ik nog steeds bij hem in het krijt stond.

Ik had hem geholpen door met hem mee te gaan naar Sophia en te praten wanneer hij zweeg. Ik had hem geholpen door elders te zijn en niet meer terug te komen. En nu moest ik hem weer helpen.

Mijn jongere, sterkere broer, hem moest ik helpen.

'Heb je er met Sophia over gesproken?'

'Ja.'

'Was het haar idee?'

'Nee.'

Hij was alsof hij weer in klanken was gaan praten in plaats van in woorden. Aa-ee.

'Wat vindt ze ervan?'

Luca gaf geen antwoord. Het moest verschrikkelijk voor hem zijn. Maar er was geen tijd voor stilte, het op en neer bewegende mes schraapte in zijn oor. Het ijs kon elk moment tegen hem gaan praten, zoals het dat doet bij ijsmakers. Het zou zeggen dat het stevig en zacht was, zuchten dat het dik en vol was en niet langer kon wachten.

'Ze wil een baby, ze wil een kind. Ze wil het in haar armen houden en zogen.' Ik zag een glinstering in zijn linkeroog. Hij veegde de traan weg, hij hield zich sterk. Toen hij klein was, had hij veel gehuild in het internaat, maar ik kon me niet herinneren dat ik hem daarna ooit in tranen had gezien. IJsmakers huilen niet, ze zweten. Ze lijden, ze hebben geen zomer, ze hebben geen leven.

Hij keek me aan met tranen in zijn zwarte ogen. Ik stond nog altijd in het krijt bij hem. Hij had mijn plaats ingenomen in de ijssalon, ik moest nu zijn plaats innemen.

Misschien had ik mijn hoofd bewogen, of had hij het aan mijn blik gezien. Luca's borst schokte even en toen zei hij: 'Je mag mama en Beppi er niks over zeggen. Je mag het nooit tegen iemand zeggen.'

Ik knikte nu duidelijker, niet beseffend, althans niet op dat moment, dat ik ook moest zwijgen tegen het kind dat ik zou verwekken. Het kind dat van mij en van Sophia zou zijn.

'Dan moet je me nu even laten werken, want het ijs is klaar.'

Wat maken die paar seconden nou uit?

De bomen komen steeds dichterbij. Het is iets wat mij de laatste jaren steeds meer opvalt in Venas di Cadore. Volgens mijn vader is het onzin. 'Bomen kunnen niet lopen,' zegt hij achter het stuur van zijn witte Landrover. 'Bomen hebben wortels.' Misschien heb ik te veel Shakespeare gelezen. Toch zie ik op plekken waar vroeger geen bomen groeiden nu dunne, lenige lariksen staan. 'Daar,' zeg ik. 'En daar!' Beppi kijkt naar de plekken die ik aanwijs, maar schudt zijn hoofd. Hij wil geen nieuwe dingen zien.

Mijn vader had me opgehaald. Toen ik uit de trein was gestapt, zag ik hem op het perron staan. Een oude man met een wandelstok.

'Je bent dikker geworden,' zei hij tegen mij.

'Je bent kreupel geworden,' zei ik tegen hem.

We omhelsden elkaar en onze stoppels schuurden een ondeelbaar moment tegen elkaar.

Toen mijn vader eindelijk de sleutel in de juiste zak had gevonden en zijn gordel had omgedaan, startte hij de Landrover en trapte met een glimlach het gaspedaal in. De motor gromde als een beer. Het was een andere auto, een nieuwer model, maar hij maakte hetzelfde geluid als de vorige fourwheeldrives.

'Zie je dat huis?' vroeg hij toen we door Dobbiaco reden. 'Daar woonde vroeger een man die de loterij heeft gewonnen. Meer dan een miljoen! Een week later werd hij dood in bed gevonden. Een hartinfarct.'

Even later reden we langs het Grand Hotel Dobbiaco, een fantastisch hotel in Hongaars-Oostenrijkse stijl dat ik nooit vanbinnen had gezien. Het telde zevenenvijftig kamers en had een eigen kapel in een van de vleugels. Mijn vader minderde een moment vaart en zei: 'De eigenaar heeft vorige winter een einde aan zijn leven gemaakt.'

'Kende je hem?'

'Iedereen kende hem.'

'Ik bedoel persoonlijk.'

'Daar gaat het niet om.'

Hij leek even geïrriteerd, maar het kon ook een vaste frons op zijn gezicht zijn, rimpels die niet meer weggingen. Te vaak geërgerd gekeken.

'Weet je waarom hij het heeft gedaan?'

'Hij had geen schulden, geen problemen,' antwoordde mijn vader. 'Hij was tien jaar jonger dan ik. In de garage van zijn huis stond een witte sportauto.'

Ik dacht even dat er meer zou komen, maar mijn vader liet de beer onder de motorkap weer grommen en we schoten de eenzame weg naar Cortina d'Ampezzo op.

Het was eind september en fris. Op veel bergtoppen lag sneeuw, maar het was te vroeg voor wintersporters en te laat voor wandelaars. De tegenliggers waren op één hand te tellen. Een Mercedes, een Toyota, een Volkswagen. In haarspeldbochten hield ik me vast aan de handgreep.

Op een bepaald punt op de weg, na ongeveer een halfuur rijden, waren de Tre Cime di Lavaredo te zien, drie kolossale rotstorens waarvan de middelste 2999 meter hoog is. Het waren spectaculaire toppen die duizenden alpinisten per jaar trokken. Fotogeniekere bergen waren niet te vinden in de Dolomieten; wie ervoor stond, kon zijn ogen er niet van afhouden. Maar de ijsmakers uit Cadore kenden de Tre Cime alleen van veraf, van de opening tussen twee bergen op de weg tussen Cortina en Dobbiaco, van de anderhalve seconde dat de torens te zien waren vanuit hun auto. Iets langer dan in een flits. Maar ze wisten precies wanneer ze naar links (als ze uit Dobbiaco kwamen) of naar rechts (als ze uit Venas, Vodo, Pieve, Valle, Calalzo of Cibiana kwamen) moesten kijken. Ik kan me nog goed herinneren dat mijn vader mij voor het eerst op de Tre Cime wees. 'Snel, Giovanni,' zei hij. 'Kijk, naar rechts!' Maar ik was te laat en wist niet wat mijn vader me wilde laten zien. Luca lag te slapen in de auto.

Het beste moment om naar de gigantische rotsformatie te lopen was midden in het ijsseizoen. Mijn vader had er, net als Luca, nooit voor gestaan, zijn hoofd in zijn nek, zijn ogen die heen en weer schieten tussen de toppen en dan blijven hangen bij de Cima Grande met een verticale noordwand die wel vijfhonderd meter hoog is.

In Vodo zette mijn vader de auto aan de kant. Ik dacht dat hij brood ging kopen bij de bakkerswinkel, maar hij bleef zitten achter het stuur.

'Gaat het niet goed?' vroeg ik.

Hij gaf geen antwoord en staarde naar de geasfalteerde stoep.

'Hier is Osvaldo Belfi in elkaar gezakt,' zei hij toen. 'Zomaar, op straat. Achtenzeventig jaar oud.'

Ik keek naar mijn vader, naar de slappe huid onder zijn kin, naar zijn troebele ogen. Hij was nog niet zo lang geleden tachtig geworden, maar had zijn verjaardag niet gevierd. Ik had hem gebeld uit Sibiu. Het telefoongesprek had twee minuten geduurd, hij was tv aan het kijken, naar een van de duizend kanalen die de satelliet ontving. Misschien keek hij naar een Arctische natuurfilm of naar een vulkaanuitbarsting in Ecuador, misschien zocht hij Betty Heidler, in actie tijdens een Diamond League-wedstrijd, haar kogel die scheerde door de hemel van Berlijn of Parijs.

'En daar woonde vroeger Ernesto Zangrando.' Zijn vinger

wees naar een huis dat wat hoger op de helling stond.

Ik wachtte totdat hij meer zou vertellen, maar er kwam geen verdere uitleg. Belfi, Zangrando, het waren namen van ijsmakers. Er hoorde een hele geschiedenis bij, karretjes met koperen blikken, gebroken hoorntjes, liefde en grootmoeders die dachten dat hun man gek was geworden. Maar mijn vader gaf gas en stuurde de Landrover het dorp uit.

Hoe dichter we bij Venas kwamen, hoe meer schimmen hij zag. Ze kwamen uit de verlaten huizen langs de weg, door de tochtige, kromgetrokken houten deuren. Raamluiken hingen los, kozijnen rotten weg. In de dakgoten nestelden vogels.

'Daar woonde de familie Tamburini.'

Weer geen uitbreiding, geen biografie, alsof hij in zichzelf sprak, alleen zijn geheugen testte.

'En daar woonden de Gregori's. Of waren het de Battistuzzi's?'

Ik wist het niet. Ik herinnerde me niet de namen, wel de kleuren van de luiken en de bloemen in de bakken op het balkon. Rode geraniums.

Ze waren vertrokken, de families, niet meer teruggekomen. De ijsmakers die nu een ijssalon hadden in Nederland of Duitsland bleven er vaak het hele jaar. Sommigen waren ook in de winter open en verkochten koffie, broodjes en soep.

'Daar woonde Elio Toscani,' zei mijn vader toen we Venas binnen waren gereden. 'En daar Pietro Soravia.' Ik keek naar de huizen. De raamluiken stonden open, de gordijnen waren opzijgeschoven. Er was leven, traag, schuifelend. Het waren steeds ouder wordende vrouwen, weduwes die in slaap vielen op de bank. Hun kinderen in Deventer, Groningen, Hamburg, Mannheim. Midden op de dag kon de telefoon opeens rinkelen.

'Tito Dall'Asta is ook overleden.'

De lange, vrolijke Tito. Hij had mij leren skiën en ik had bij zijn dochter in de klas gezeten.

'Hij had een goede ijssalon,' zei mijn vader, 'maar een moeilijke vrouw.'

We reden langs hun huis, op het balkon hing de was. Grote witte onderbroeken, kousen, theedoeken. De vrouwen leefden langer in Venas, in heel Cadore. De mannen hadden hun lichaam kapotgewerkt. Als ze met pensioen gingen, waren ze al op.

'Fausto Olivo heeft de winter ook niet gehaald. Hij is vorige week gestorven. Op zijn graf liggen nog bloemen.'

'Ben je ernaartoe geweest?'

'Ja, ik ga naar elke begrafenis. Het is wat er van je wordt verwacht. Mensen van mijn leeftijd hebben geen excuus om weg te blijven. We hebben toch niets te doen.'

De Landrover sloeg de steile straat in waar ons huis aan ligt. We spurtten naar boven.

Beppi grinnikte kort. 'Het is een tijdrovende hobby aan het worden,' zei hij. 'De ijsmakers sterven uit.'

Het waren de bomen die oprukten, die niet meer werden omgehakt om op te koken of het huis mee te verwarmen. De lege, koude huizen met muren vol barsten.

Mijn moeder staat in de keuken. Ze omarmt me. Ik voel haar botten prikken. Ze is magerder geworden. 'De zon schijnt,' zegt ze als we elkaar hebben losgelaten, 'maar het is niet heel warm.' En terwijl ze praat over de weersverwachtingen voor de provincie Belluno en voor de regio Rotterdam, zie ik mijn vader de gang op glippen, op weg naar de kelder, zijn schatkamer van gereedschap.

'Is hij nog steeds bezig met het hart?' vraag ik aan mijn moeder.

'Hij heeft er al drie gemaakt.'

'Wil hij ze opsturen?'

'Ik heb geen idee wat hij ermee wil doen. Ik hoop vooral dat hij er niet mee gaat slingeren.'

Ze pakt de houten lepel en roert ermee in de pan die op het fornuis staat. Een saus van tomaten, spek, ui en courgette, voor bij de pasta die we zo dadelijk zullen eten. De tafel is al gedekt.

Ik kijk naar de foto's die op de kastjes staan. Een zwart-wit-portret van Luca en mij, gemaakt in de fotostudio van Alfredo Vissa in Pieve di Cadore, niet ver van het geboortehuis van de schilder Titiaan; twaalf jaar bracht hij door in Pieve, toen ging hij in de leer bij Giovanni Bellini in Venetië en schilderde hij heiligen en dogen. Wij waren vastgelegd als jongens met dikke wangen, broers van veertien en twaalf, een keurige scheiding in ons haar. We waren speciaal naar de kapper geweest voor de foto. Ik herinner me de flitslampen en het snoepje dat we van de fotograaf kregen, maar niet of Luca en ik elkaars hand hadden vastgehouden op weg naar de studio. Het is de enige foto met een golvend wit randje. De andere foto's zijn recenter, de meeste in kleur. Een ervan toont ons als gezin voor de ijssalon in Rotterdam. De foto is onscherp en de kleuren hebben hun helderheid verloren. Je moet twee keer kijken om de gezichten te herkennen, om te zien wie Luca is en wie ik ben.

Er zijn ook foto's van zijn gezin. Sophia met haar pasgeboren zoon in haar armen. Een baby met ernstige rimpels in zijn voorhoofd. Giuseppe, naar zijn opa en betovergrootvader. Hij had ook hun donkere ogen, maar de blonde haren van zijn moeder. Iedereen moest zijn handen erdoor halen, door die eerste zachte, dunne halmen. Al snel was duidelijk dat hij ook de lange tong van zijn moeder had. Daar is ook een foto van, Sophia en haar zoon die allebei met hun tong het puntje van hun neus aanraken. Maar die foto staat niet hier. Wat opvalt, is dat de kleur van zijn haren steeds donkerder is geworden. Op het meest recente portret is hij zeventien en heeft hij halflang, bijna zwart haar. 'Een vreselijk kapsel,' volgens Luca. 'Onmogelijk voor een ijsmaker. Gevaarlijk en ook nog eens onhygiënisch.'

Mijn moeder proeft van de saus en voegt dan een snufje zout toe. Haar rug is krom. De spatola heeft ze misschien al enkele jaren niet meer aangeraakt, maar haar houding is nog steeds alsof ze over het ijs gebogen staat.

'Kun je Beppi halen?' vraagt ze. 'Het eten is over tien minuten klaar.'

'Heb ik zo lang nodig om hem naar boven te krijgen?'

'Waarschijnlijk nog veel langer. Hij blijft het liefst de hele dag beneden.'

Ik loop langs de indianentooi en ga de trap af naar de schuilkelder van mijn vader.

Hij hoort me niet omdat hij aan het slijpen is. Witgouden vonken spatten van het ijzer af, de vloer is bezaaid met vijlsel en glinsterende krullen. Ik wil hem niet aan het schrikken maken en ga op de onderste trede zitten. Zo blijf ik een tijdje kijken naar de ijsmaker die uitvinder had willen worden. Acht jaar geleden is hij met pensioen gegaan. Toen hield hij het voor gezien in Rotterdam. 'Anders gaan er gewonden vallen,' had hij tegen mijn moeder gezegd. Het was genoeg geweest, zevenenvijftig zomers.

Mijn moeder wilde van geen ophouden weten, maar ze was dan ook bijna zeven jaar jonger dan mijn vader. Ze kon Luca niet in de steek laten. Hij had haar hulp hard nodig. De eerste jaren was ze in februari steeds meegereisd naar Rotterdam en bleef Beppi alleen in Venas. Acht maanden lang, het hele ijsseizoen. Elke avond belde mijn moeder hem om klokslag zeven op en vroeg hoe het met hem ging. 'Steeds beter,' was zijn antwoord.

De waarheid was dat het aanrecht vol stond met vieze borden en aangekoekte pannen. Hij waste zijn kleren niet, maar kocht elke week een pak nieuwe sokken en onderbroeken. De lakens roken zurig, zijn kussen was geel. Hij sleepte machines naar de garage en reed één keer in de week naar andere mannen met zwarte vingers om te praten over kroonboren, zaagbladen en schuurschijven. De rest van de tijd bracht hij door in de kelder of keek hij naar de duizend kanalen op de televisie.

Ik zocht hem op in de zomer en schrok van de vuiligheid in huis.

'Wat doe je?' zei mijn vader verbaasd toen ik alle ramen openzette.

'Ruik je de stank niet?'

'Ik heb nergens last van.'

'Zou je de afwas niet een keertje doen?'

'Daar heb ik geen tijd voor.'

Hij moest in de kelder slijpen, boren, zagen en schaven.

Ik haalde zijn bed af, gooide lakens en kleren in de wasmachine, spoelde alle borden, pannen, messen, vorken en glazen, bezemde en dweilde, schrobde en boende, en hing de schone was op in de warme zon.

'Van mij mag er nu een raampje open,' zei mijn vader. 'Wat ruik ik toch?'

'Schoonmaakmiddel, lavendel.'

'Het stinkt.'

Ik wist zeker dat hij wel tevreden zou zijn geweest als Luca het huis had opgeruimd. Ik was nog steeds de zoon die niets goed kon doen. Dat zou ik altijd blijven. Het maakte geen verschil dat ik Victor Larssen als directeur was opgevolgd bij het World Poetry Festival en dat ik het afgelopen jaar juryvoorzitter was geweest van de belangrijkste poëzieprijs in het Nederlandse taalgebied.

Ik nam hem mee naar ristorante Il Portico in Valle, waar hij altijd dezelfde pizza at. Een margherita met bresaola en rucola. Natuurlijk met *una bella bionda* erbij. Hij dronk zijn glas in een mum van tijd leeg en vroeg om een nieuw biertje aan het meisje van de bediening. Tijdens het opruimen had ik talloze lege bierblikjes gevonden, allemaal met een knik erin, alsof ze door een verveelde schooljongen te lijf waren gegaan. Eén keer had ik hem betrapt en hem met vlakke, verticale hand een blikje zien inslaan. 'Hájá! Tsjak!' had hij erbij gezegd.

'Mis je mama niet?' vroeg ik.

'Ik heb haar net aan de telefoon gehad.'

Hij sneed een stuk van zijn pizza. Ik vroeg me af hoeveel ik op hem leek. Had ik het van hem dat ik nooit een vrouw had gemist, dat ik nooit was wakker geworden met een meeuw in mijn buik, zoals ik in een gedicht had gelezen?

'Hou je nog wel van haar?'

'Jezus, Giovanni. Ik zit een pizza te eten.'

'Heb je haar vroeger wel gemist? Toen jullie verliefd werden, moest mama naar Ulm om haar ouders te helpen in de ijssalon en jij moest in Rotterdam werken. Hoe was die zomer?'

'Hoe weet jij dat?'

'Dat heeft mama me verteld.'

Hij nam een hap van zijn pizza, uit zijn mond hing een stukje bresaola dat hij met zijn hand naar binnen duwde.

'Heb je haar toen brieven geschreven? Hoe heb je je gevoeld?'

Mijn vader verslikte zich bijna in het lapje gedroogd rundvlees.

'Heb je haar ooit gemist?'

'Laat me toch genieten van mijn pizza. Wat bezielt je?'

Ik wist ook niet waarom ik zo direct was. Misschien omdat we nooit tegenover elkaar in een restaurant hadden gezeten en met z'n tweeën hadden kunnen praten.

'Het huwelijk is heel ingewikkeld,' zei hij toen, 'maar dat zal jij nooit kunnen begrijpen.' Het was een sneer, een messteek, en het was even alsof hij ook dat deel van mijn leven benijdde. Het eenzame deel. Alsof hij niet alleen ijsmaker had moeten worden, maar ook had moeten trouwen, omdat je nou eenmaal een vrouw nodig hebt in een ijssalon.

De rest van het diner keken we naar de afzichtelijke fresco's die de eigenaar op de muren van zijn restaurant had laten aanbrengen. Beppi wilde geen espresso. Hij bestelde nog een biertje.

'Ik vertrek morgen in de middag,' zei ik.

Er kwam geen reactie, maar na een tijdje glimlachte hij kort. Meer niet.

Bij de auto kregen we bijna onenigheid, omdat hij wilde rijden.

'Je hebt te veel gedronken.'

'Ze controleren zelden,' antwoordde mijn vader. 'En het is maar een klein stukje.'

'Ik wil nog even naar Pieve.'

'Pieve? Waarom wil je daarnaartoe?'

'Ik lust nog een ijsje.'

'Je bent knettergek.'

'Ik heb er zin in.'

'Ik heb zin in nog een biertje.'

'Dan gaan we eerst naar de ijssalon en daarna naar Bar Posta.'

Hij ging als een boos kind op de bijrijdersstoel zitten. Er kwam geen woord uit. Totdat we Pieve in reden. 'Ik blijf buiten wachten,' zei hij toen.

Ik dacht dat hij een grapje maakte, maar toen we de auto hadden geparkeerd en naar de ijssalon liepen, bleef hij op de hoek wachten, op zo'n twintig meter afstand van de vitrine.

Gelateria al Centro zat al bijna vijftien jaar in Pieve. De eigenaars hadden ooit een ijssalon in Tilburg gehad, maar ze wilden niet meer acht maanden per jaar van huis zijn. Eerst moesten de mensen eraan wennen, een ijssalon in Cadore. 'Dat is zoiets als een restaurant in een stal,' had iemand in Bar Posta gezegd. Maar de eigenaars konden hun boterham ermee verdienen, hoewel het de laatste jaren wel moeilijker was omdat het steeds rustiger werd in de dorpjes. Ze hadden voortreffelijk sorbetijs, gemaakt van vruchten uit de bergen. Aardbeien die op 1736 meter hoogte groeiden.

Ik had een bekertje met twee bolletjes frambozenijs in mijn handen en liep naar mijn vader toe.

'Ga weg!' riep hij.

'Ik mag toch wel naast je komen staan?'

'Blijf uit mijn buurt.'

'Ik ben je zoon.'

'Ik wil niet dat je met dat ijs bij me komt staan.'

'Het ontploft niet.'

Hij moest niet lachen.

Ik vond het aanstellerij en liep naar hem toe. Maar Beppi deed vlug enkele stappen naar achteren.

'Wil je ook niet proeven?'

'Over mijn lijk!'

'Goed,' zei ik. 'Dan eet ik het hier op.' Ik ging op een muurtje zitten en bracht het plastic lepeltje naar mijn mond. Het was een zachte avond, de ramen van sommige huizen stonden open, kinderen renden door de smalle straatjes. Het ijs smaakte fris en zoet. Er werd verteld dat de frambozen en aardbeien geoogst werden door vrouwen in onderbroek. Ik had ze nooit zien staan in de velden, gebukt, onder de brandende middagzon. Waarschijnlijk was het een ijsmakersverhaal zoals er vele waren. Maar wie het geloofde, at nog lekkerder ijs.

Ik liet de laatste hap smelten op mijn tong en probeerde het genot zo lang mogelijk te laten duren. Mijn vader stond met zijn rug naar mij en de ijssalon gekeerd en staarde naar het asfalt. Het was alsof hij in een afgrond keek.

In de auto wilde ik een arm om hem heen leggen. Niets dramatisch, gewoon heel even. Een soort knuffel. Maar mijn vader schoot bijna tegen het plafond van de Landrover.

'Wat doe je?' riep hij uit. 'Ga weg met je kleverige vingers!'

De slijpmachine wordt stopgezet. Mijn vader laat zijn eeltige duim gaan over de rand van het ijzeren hart.

'Het eten is bijna klaar,' zeg ik zo zachtjes mogelijk.

'Dan hebben we nog een paar minuten,' antwoordt mijn vader. 'Moet je kijken hoe mooi het wordt.'

Ik loop naar hem toe en kijk naar het hart dat tevoorschijn komt uit het donkere ijzer.

'Hij moet precies vier kilo worden,' zegt mijn vader. 'Dat is de moeilijkheid. Er is een marge van vijftien gram, maar dat is niets.'

Hij laat me de andere harten zien. Ze zijn alle verschillend. 'Deze is het grootst,' zegt mijn vader, alsof hij een beeldhouwer is. 'Maar dan krijg je wel een dun hart.'

Ik pak een ander hart op, korter en dikker.

'Fantastisch, niet?' zegt mijn vader. 'Ik wil een hele serie maken, misschien wel tien stuks.'

De weemoed is weg. De schimmen zijn opgelost. Hier beneden, in zijn kelder, is hij de jongen die ooit moeren en bouten maakte in een werkplaats in Calalzo.

'Ik wil er ook een maken met een zwierige staart. Stel je voor dat Betty Heidler daar wereldkampioen mee wordt.'

Ik kan het me niet voorstellen.

'Misschien verbetert ze haar eigen wereldrecord wel.'

'Zullen we naar boven gaan?'

'De magische grens van tachtig meter! Een ongelofelijke afstand.'

Ik kijk naar de kolomboren. Vroeger hadden ze reusachtig geleken, nu steken ze nog maar een paar centimeter boven mij uit. Luca en ik mochten er nooit aanzitten. We mochten wel de Cattabriga vullen en aanzetten.

'Heb je een foto van haar gezien?' vraagt Beppi.

Ik knik, ik had op internet een foto van haar opgezocht. Een vrouw met rode haren en enorme bovenarmen. Ik begreep er niets van. Maar als mijn vader het kleinste hart oppakt en in zijn handen houdt, in zijn opengevouwen palmen, en hij er lieve woordjes tegen begint te fluisteren, grijpt mijn geheugen terug naar bijna twintig jaar geleden en glijden twee beelden langzaam over elkaar.

De zangvogel is een kogelslingeraar geworden.

We zitten aan de eettafel. Mijn vader, mijn moeder en ik. We draaien alle drie met onze vork. Als de borden leeg zijn en er tomatenvlekken op de servetten zitten, zullen we moeten praten om de stilte niet te hoeven horen. Het is nog niet zover. We kauwen, we slikken, we drinken van de rode wijn. Soms kijk ik in de ogen van mijn moeder, haar grijze irissen onder haar lange wenkbrauwen, het craquelé van haar huid. Eén keer zie ik mijn ouders naar elkaar kijken.

Het is de lege stoel. De stoel van Giuseppe. Hij is al bijna twee maanden op reis. Door Mexico, Guatemala, Belize. Hij heeft één keer gebeld, dat hij goed was aangekomen. Luca had hem aan de telefoon gehad. Maar het was een zaterdagmiddag. Warm en druk, het terras bomvol. Klanten verdrongen zich voor de vitrine. De telefoon was misschien wel tien keer overgegaan en toen had mijn broer opgenomen.

'IJssalon Venezia,' had hij gezegd. 'Met Luca.' Aan zijn stem moet te horen zijn geweest dat hij slechtgeluimd was. Maar dat was hij altijd als je hem in de zomer opbelde.

Er klonk ruis over de lijn en heel in de verte een zachte piep. Het duurde een hele tijd en toen was de stem van Giuseppe te horen: 'Met mij.'

Het was ochtend in Mexico-Stad, licht en fris, maar de hemel al vol smog. Ik kende de luchthaven, Aeropuerto Internacional Benito Juárez. Ik was er twee keer geweest. De eerste keer voor het festival in Michoacán, de tweede keer voor een nieuw festival in Colima. Bij de taxistandplaats waren telefoonpalen. Ik herinnerde me een jonge vrouw in een strakke rok die aan het bellen was. Ze leunde met een arm boven haar hoofd tegen de paal, een pikzwarte zonnebril voor haar ogen. Maar misschien waren er binnen, in de immense hal van de luchthaven, ook telefoons en belde Giuseppe daarvandaan naar Rotterdam. Mijn broer weet het niet. Hij kan zich niet herinneren of hij het geluid van auto's en bussen heeft gehoord, of het rumoer van de vertrekhal: honderden stemmen, kinderen, karretjes, rolkoffers die in alle haast worden voortgetrokken.

'Ik stond met een bak ijs in mijn ene hand en met de telefoon in mijn andere,' had Luca mij verteld. 'Het was zaterdag en het was zonnig. De halve stad stond in de rij.'

'Wat voor ijs was het?'

'Doet dat ertoe?'

'Ja.' Ik wilde alles weten.

'Citroen-salie.'

Ik had er nog nooit van gehoord. Heel even probeerde ik me de combinatie voor te stellen, de friszure smaak van citroen en de sterke salie. Goddelijk op een zomerdag.

'Ik kon hem nauwelijks verstaan,' zei mijn broer. 'De verbinding was slecht.'

'Wat heb je tegen hem gezegd?'

'Niet veel.'

'Wat heeft hij gezegd?'

'Dat heb ik je al tien keer verteld. Dat hij goed was aangekomen en dat hij een hostel ging zoeken in de stad.'

'En toen heb jij niks teruggezegd?'

'Niet veel,' antwoordde mijn broer. 'Ik had geen tijd om te bellen en hij had dat ook moeten weten. Hij wist hoe laat het was in Rotterdam, hoe druk het dan is in de ijssalon.'

'Wat maken die paar seconden nou uit?'

'Dat weet jij niet! Of dat ben je vergeten. Giuseppe wist het wel. Hij wist het donders goed. IJs draait. Het draait de hele tijd.

Het draait en draait en draait. Maar als het te lang draait, wordt het korrelig en mislukt het. Dan gaat het kapot.'

Luca had het hem kwalijk genomen dat hij op reis was gegaan in de zomer, dat hij zo nodig de wereld moest zien, terwijl zijn vader dagen van zeventien uur maakte.

'Wie heeft er opgehangen?'

'Weet ik niet.'

'Dat weet je wel.'

'Goed dan, ik heb opgehangen.'

De borden zijn leeg. Mijn vader drukt zijn servet tegen zijn mond en drinkt het laatste restje wijn uit zijn glas. Ik ben benieuwd of mijn moeder zal beginnen over het weer of dat Beppi nog daarvoor de kelder in weet te vluchten.

'Hij heeft een nieuwe douche gekocht,' zegt mijn moeder dan. 'Met een zitting.'

'De oude douche was niets meer waard.'

'Dat vond jij.'

'Wil je 'm zien?' vraagt mijn vader. 'Hij heeft acht verstelbare massagejets.'

'Wat?'

'Plus een handdouche en een plafonddouche.'

'Het is een gigantisch plastic gevaarte,' zegt mijn moeder.

'Het is een douchecabine en hij is gemaakt van acryl en veiligheidsglas.'

'Er zijn geen kranen die je kunt opendraaien.'

'Alles werkt elektronisch,' zegt mijn vader trots.

'Als je op de verkeerde knop drukt, is het alsof iemand een emmer water over je hoofd gooit.'

Ik geloof mijn oren niet.

'Je moeder durft niet te gaan zitten.'

'Ik hóéf niet te gaan zitten, ik ben nog prima ter been.'

'Giovanni, je moet het vanavond eens proberen. Gewoon gaan zitten en dan de massagejets activeren.'

'Het is alsof je van alle kanten wordt aangevallen door kleuters met een waterpistool,' zegt mijn moeder. 'En weet je wat dat ding heeft gekost?'

'Hij was goedkoper dan een heimachine.'

Mijn moeder slaat met haar hand tegen haar voorhoofd. 'Ik wil geen woord horen over die heimachine!'

'Het is een prachtig ding, Giovanni. De mooiste machine die je ooit hebt gezien. En hij is maar net iets groter dan de douchecabine. Negentig centimeter breed en twee meter hoog.'

Er valt een stilte, maar het kost ze geen enkele moeite om deze te verjagen.

'Hij is tachtig en wil een heimachine kopen,' zegt mijn moeder. 'Als dat geen alzheimer is, dan weet ik het ook niet meer.'

'Hij veroorzaakt vrijwel geen trillingen. Dat komt doordat je met stalen buizen kunt heien.'

'Er wordt hier niet geheid!'

'Ik ga toch niet heien met een heimachine,' zegt mijn vader. 'Ik wil er alleen naar kijken.'

'Het wordt steeds erger.'

'Ik lust wel een espresso,' zeg ik.

'Ik ook,' zegt Beppi.

Mijn moeder staat op en loopt naar het keukenkastje. Ze pakt de percolator en vult de voet met water. Als ze de kopjes op tafel heeft neergezet en is gaan zitten, kijkt ze even naar buiten. Dan richt ze haar blik weer op mij en zegt: 'Er hangt een spiegel in de douchecabine, maar die beslaat steeds.'

We zijn weer terug bij af.

'Je moet de ingebouwde ventilatie ook aanzetten.'

'Ik wil mijn oude douche terug.'

Het is alsof ze beiden lijden aan dementie. Hun kleinzoon is in

Centraal-Amerika en heeft al twee maanden niets van zich laten horen en ze praten over een douchecabine en een heimachine.

We wachten tot de koffie klaar is, de lege kopjes voor ons op tafel. Als de percolator begint te pruttelen, valt de stilte pas op. De geur van espresso vult de keuken en vindt de weg naar onze neusgaten. Uit die van mijn vader steken zwarte haren die hij vroeger inkortte met een nagelschaartje, iets wat mijn kapper tegenwoordig ongevraagd bij mij doet met een minitondeuse.

Zoals je aan het schraapmes kunt horen wanneer het ijs uit de machine moet en je aan poëzie kunt horen of een dichter de top van de Parnassus heeft bereikt, zo kun je horen dat de koffie klaar is. Alsof het deksel van de percolator probeert te klapwieken.

Soms, als ik heel ver weg ben, kruipt in mijn neus ineens de herinnering op aan het fijne, warme aroma uit deze blinkende koffiepot met zijn zwarte greep die vreselijk warm kan worden. Vreemd genoeg overkomt me dit juist op grote, moderne luchthavens, airconditioned en steriel. Terwijl ik over de gladde, vierkante tegels van een terminal loop, verschijnt de keuken in Venas in mijn geheugen: plafond en vloer, keukenkastjes en tafel, stoelen en hanglamp, kruidenrekje en kalender.

Mijn moeder pakt de percolator en schenkt ons in. Niets is zo vertrouwd als deze espresso, toch is alles anders.

'Nou,' zegt mijn vader als hij zijn kopje heeft leeggedronken. 'Ik ga maar weer eens naar beneden.'

Een aantal dagen later brengt Beppi mij terug naar Dobbiaco, waar ik de trein naar Verona zal nemen en vervolgens door zal reizen naar Bergamo. In de avond vertrekt mijn vliegtuig naar Rotterdam The Hague Airport. Net voor middernacht ben ik thuis.

We rijden langs de vervallen huizen en de bomen die steeds dichterbij komen. Ik wacht op de weemoed van mijn vader, de schimmen die hij tevoorschijn zal laten komen. Maar er volgen geen namen van families, geen ijsmakers die in zijn geheugen nog lachen en lopen. In plaats daarvan roept hij naar een automobilist die de weg op schiet: 'Salami!' Even later mompelt hij: 'Vrouwen brengen ongeluk.'

Ik vrees een moment dat het een heel lange autorit wordt, vol afgunst en rancune, maar nadat Beppi de beer onder de motorkap heeft laten grommen, lijkt hij met elke kilometer die we afleggen rustiger te worden. Als we de vallei van de ijsmakers uit rijden, zegt hij: 'We wonen op goud, maar we kunnen er niet bij.'

'Ja,' antwoord ik. 'Dat zeggen ze.'

Ik kijk naar buiten, naar de steile hellingen waar over een maand de eerste mensen op ski's naar beneden zullen gaan. Ook als de sneeuw niet komt. Hypermoderne sneeuwmachines zullen dan voor witte pistes zorgen.

'Het is echt zo,' zegt mijn vader. 'Venas komt van *vena*, van ader.'

'Volgens mij is het een verhaal.'

'Het goud zit heel diep onder de grond, het is te duur om naar boven te halen.'

We hadden op school de geologie van de Dolomieten geleerd, ook van de rotsen onder Venas, de verschillende gesteentelagen met miljoenen jaren oude fossielen van schelpen en zee-egels, maar er was nooit iets gezegd over een goudader diep onder ons dorp.

'Heeft iemand ooit geprobeerd om het omhoog te halen?'

Mijn vader reageert niet, maar na een tijdje zegt hij: 'Ik woon mijn hele leven al op goud.' Hij begint te grinniken. 'Geweldig,' roept hij. 'Wat een grap!'

Zijn vader had zijn hele leven op goud gewoond, vervolgt Beppi als hij gestopt is met lachen. Zijn grootvader ook. Ze hadden geploeterd en gezwoegd, ze hadden hun wervels en gewrichten kapotgewerkt en al die tijd hadden ze over een stukje aarde gelopen met diep onder hun voeten, verborgen als een groot geheim, een ader van zuiver goud.

Wij hebben er dan allemaal over gelopen. Luca en ik. In onze jeugd, in de vele winters, in de sneeuw met Sophia.

Als we door Dobbiaco rijden, doemt het huis op van de man die de loterij had gewonnen. De gordijnen zijn gesloten, in de tuin staat een verroest droogrek. Mijn vader mindert vaart. 'Het blijft ongelofelijk,' zegt hij. 'Een miljoen winnen en dan doodgaan. Misschien heeft hij het geld niet eens op zijn rekening gezien.'

Ik moet denken aan de Duitse lyrische dichter Friedrich Hölderlin, niet als ik met mijn vader op het verlaten perron sta en we zwijgzaam naar de rails in de verte kijken, ook niet als ik te midden van talloze andere reizigers in Verona op de trein wacht naar Milaan. Niet op de luchthaven, waar continu namen van passagiers worden omgeroepen. Maar uren later, hoog in de duistere hemel, ver boven het stukje aarde met goud.

Er zijn dichters die afdalen naar de donkerste regionen van hun ziel en niet meer terugkomen, er zijn ook dichters die streven naar het licht, het ware geluk.

Het vliegtuig boort zich door de nacht, maar komt dan in turbulentie terecht. We worden heen en weer geschud in onze stoelen. De vrouw naast mij houdt haar handtas vast, ze knijpt in de hengsels alsof het de teugels van een paard zijn. In de verte is onweer te zien, lagergelegen wolken die kort oplichten.

Friedrich Hölderlin schreef in een brief aan een droevige vriend dat het slechts weinigen is gegeven om de bliksem met hun blote handen te vangen.

De nacht waarin mijn broer ijs van grappa maakte en ik mijn neef verwekte

Nadat Luca mij had gevraagd om Sophia zwanger te maken, moest ik afreizen naar het internationale festival Struga Poetry Evenings in Macedonië. Larssen ging niet mee, hij zeilde met zijn vrouw over de golven van de Middellandse Zee, niet ver van de plek waar Shelley was verdronken met in zijn zakken de gedichten van Keats. Xenia vergezelde mij. Het was de eerste keer dat ze meeging naar een festival in het buitenland.

De directeur van Struga Poetry Evenings haalde ons op van de luchthaven van Skopje. Een dikke man in een te krap pak, de knopen van zijn jasje open. Hij stond onder aan de trap waar de passagiers naar beneden kwamen en gaf mij een stevige hand. 'How many poets died at your festival?' was het eerste wat hij mij vroeg.

Er was ooit een dichter uit Nigeria verdwaald in de stad en drie dagen later opgedoken. Een Poolse dichter was te dronken geweest om voor te lezen. Een dichteres uit Chili was nooit aangekomen. Maar er was nooit een dichter doodgegaan in Rotterdam.

In zijn auto met chauffeur vertelde de directeur dat hij al twee keer met een kist naar Rusland had moeten vliegen. Dichters die te vroeg van de boot waren gestapt tijdens een rondvaart op het meer van Ohrid. 'Russische dichters houden erg van drinken,' zei hij, 'maar ze kunnen niet goed zwemmen.' Xenia kon er niet om lachen.

De programmering van het festival was op z'n minst merkwaardig te noemen. De directeur nodigde elk jaar twintig Russische dichters uit. Meestal was het dezelfde groep drinkebroeders, soms zat er een nieuwe dichter bij. De Russen werden uitgenodigd omdat de directeur daar geld voor kreeg van zijn vrienden. De onafhankelijkheid waar World Poetry zich op liet voorstaan was ver te zoeken in Struga, maar het programma werd gecompenseerd door tien internationale topdichters die door een programmeur werden uitgenodigd. Zijn naam was Clive Farrow. Hij doceerde Engels op de universiteit en werkte al jaren voor het festival, een dinosauriër omsingeld door boeken. Er werd gezegd dat hij als een kluizenaar leefde, maar op de openingsavond schreed hij met een beeldschone vrouw aan zijn arm over de uitgelichte trap van het Culturele Centrum. Hij had ze allemaal naar Struga gekregen: W.H. Auden, Ginsberg, Enzensberger, Neruda, Hughes.

De twintig Russen mengden niet met de andere dichters die waren uitgenodigd. Ze bewogen zich anders over het festival, alsof ze een autonoom onderdeel waren. Een verdwaalde karavaan, verweerd en vuil, altijd dorstig.

Xenia werd de eerste avond meteen lastiggevallen. Ze had een douche genomen en was in een lange jurk naar beneden gekomen. Je kon niet meer zien dan haar enkels en een klein deel van haar kuiten, maar haar benen waren bloot. De Russen vatten meteen vlam. Ze sloten haar in en vochten om haar aandacht.

De meeste dichters waren in de loop van de middag aangekomen in Struga en troffen elkaar in de bar van Hotel Drim, een enkeling zou de volgende ochtend arriveren, de dag van de openingsceremonie. De directeur had iedereen de hand geschud, maar werd nu omringd door een groep mannen die waarschijnlijk het festival sponsorden. Ze waren groot van postuur en rookten de ene sigaret na de andere. Buiten stond een rij auto's, sommige met getinte ruiten.

Ik was in gesprek met de Israëlische dichter Yehuda Amichai, die de eregast van het festival was en gelauwerd zou worden met de Gouden Krans, een prijs die in 1966 voor het eerst was uitgereikt. De eregasten van Struga Poetry Evenings kregen ook een gedenksteen in het Park of Poetry en ze mochten in ditzelfde park een boom planten. Yehuda Amichai was met zijn vrouw afgereisd, nog een voorrecht dat andere dichters niet hadden: alleen voor de partner van de eregast werd het vliegticket betaald.

Het was een zorgzame vrouw die een kop groter was dan haar echtgenoot. Ze haalde zijn drankjes en gaf soms ook antwoord op een vraag die ik aan hem stelde. Ik was het gewend van het World Poetry Festival. De vrouwen van grote, internationale dichters waren zeer toegewijd. Ze deden alles voor hun man, zodat hij zich alleen hoefde te concentreren op zijn poëzie, het heilige. De vrouwen liepen voor hen uit. Naar de receptie van het hotel, naar het buffet, naar de presentator in de zaal waar voorgelezen moest worden.

Zo ook in Struga. De echtgenote van de eregast liep op een gegeven moment naar de lift. Morgen was een drukke dag, had ze gezegd. De dichter verdween zonder een geluid en werd even later opgeslokt door de ineenschuivende glanzende deuren.

'Ik heb gezegd dat je mijn verloofde bent,' zei Xenia. Ze had haar hand op mijn schouder gelegd. Ik voelde haar bovenlichaam tegen dat van mij, maar meer nog voelde ik de hete adem van twintig dronken Russische dichters. Ze keken naar mij met hun glazige ogen. Het was me opgevallen dat ze al enige tijd luider waren gaan praten.

'Volgens mij zouden ze hun leven voor jou geven.'

'Je moet me beschermen.'

'Ze zijn met twintig.'

'Mijn vriendje zou niet bang zijn.'

De jongen met de zwarte handen, de automonteur. Xenia had

verteld dat hij de mannen van haar lijf moest houden in de kroeg. Eén keer had hij een Engelse sleutel uit zijn werkbroek gehaald en daarmee gedreigd. Ik had alleen een dichtbundel in mijn tas zitten.

'Kun je niet zeggen dat je met de sterkste de nacht doorbrengt?'

'Ik heb gezegd dat ik de nacht met jou doorbreng.'

'Ze zullen me lynchen.'

'Dat doen ze niet.'

'Het zijn Russen,' zei ik. 'En ze hebben gedronken.'

'Volgens mij zijn Russische dichters helemaal niet gewelddadig. Mij schiet op dit moment alleen Sukhovo-Kobylin te binnen, maar dat was een toneelschrijver.'

'Wat had hij gedaan?'

'Zijn minnares vermoord.'

Het stelde me niet gerust. De Russen aan de bar bleven kijken. Hongerig als wolven. Ze hadden zicht op de achterkant van Xenia, de jurk die strak om haar heupen sloot.

'Andersom komt veel vaker voor,' zei Xenia. 'De lijst van vermoorde schrijvers is lang. Hetzelfde geldt voor dichters die zelfmoord hebben gepleegd.' Ze bracht het wijnglas dat ze in haar hand hield naar haar mond. 'Alleen de lijst van Russen die in een meer stappen en in een kist naar huis moeten is kort,' zei ze. 'Tenminste, tot nu toe.'

De meeste dichters waren naar boven gegaan, naar hun hotelkamer. Ook het gevolg van de directeur was gehalveerd.

'Zullen we gaan?' zei ik.

'O, ja, we brengen samen de nacht door.'

In de lift waren we alleen, maar zeiden niets tegen elkaar. Het was de stilte die in de meeste liften hing. Zoals er bijna altijd een telefoon was, en een spiegel die de achterwand vormde. In Hotel Rinno in Vilnius stond een vaas met plastic lelies in de lift, in het Jianguo Hotel in Peking stroomde er mierzoete muziek uit onzichtbare speakers. De lift van het Ramada Hotel in Berlijn rook naar appel.

Xenia keek een moment opzij, vlak voordat de deuren opengingen met een ping. We liepen door de gang die leek op alle andere gangen in hotels. De dikke vloerbedekking absorbeerde alle geluiden. De hoge hakken van Xenia waren onhoorbaar, een ree die sierlijk en snel bewoog. In deze vleugel keken de kamers uit op het meer van Ohrid. 's Ochtends scheen het witte licht van de zon op de balkons en lag er een rimpeling op het water.

'Zullen we even luisteren?' zei ik.

'Waarnaar?'

'Naar de dichters in de nacht.'

Het was iets wat Richard Heiman jaren had gedaan, dat had hij me op een keer bekend. Als iedereen op bed lag, struinde hij over de lange gangen van het Hilton Hotel in Rotterdam en legde zijn oor te luisteren. Hij had ze horen hoesten en snurken, horen draaien en mompelen in hun slaap. Er waren ook dichters die de halve nacht wakker lagen; het geluid van de televisie vulde hun kamer, of ze telefoneerden met het thuisfront, een vrouw in Roemenië die klaagde over rekeningen die betaald moesten worden en kinderen die niet uit hun bed te branden waren.

Ik drukte mijn oor tegen een deur.

'En?' vroeg Xenia.

'Niets.'

Ze liep naar de volgende hotelkamer en luisterde. 'Een os,' giechelde ze. 'Of is het een beer?'

Ik ging achter haar staan, maar hoefde mijn oor niet tegen de deur te drukken. 'Jezus, wat een geluid.'

'Wie zou het zijn?'

'Misschien Yehuda Amichai.'

'Of zijn vrouw?'

Richard Heiman wist waarschijnlijk wie er in welke kamer

sliep en welke geluiden bij de verschillende dichters hoorden. Wie er 's nachts bezoek ontving.

'Slaap lekker,' zei ik toen we allebei voor onze deur stonden.

'Slaap lekker, verloofde.'

Ze lachte ondeugend, zoals een vrouw lacht die het heft in handen heeft. Ik deed geen tegenzet, ik wilde niet afgewezen worden. Maar nog geen minuut later werd er op de deur geklopt, niet de deur bij de gang, maar een andere, in de zijmuur van de kamer. Ik moest het slot opendraaien om hem te openen. Erachter stond Xenia.

'Een geheime doorgang,' zei ze en ze liep zo mijn kamer binnen.

Ik had vaker in hotelkamers geslapen die gekoppeld konden worden, maar had nog nooit op de andere deur geklopt. Ik heb de kans altijd nihil geacht dat een jonge, blonde vrouw die alles van poëzie wist mijn kamer binnen zou lopen.

'In de minibar staat een fles wodka,' zei Xenia.

Ik opende de kleine, vierkante koelkast en zag enkele flesjes frisdrank en een halve liter wodka. De glazen stonden op het bureau met de waterkoker.

Xenia schoof de balkondeur open en ging zitten op een van de plastic tuinstoelen. Ze had haar hakken uitgedaan en liet haar voeten rusten op de reling van het balkon. Haar lange jurk gleed naar haar knieën.

We nipten van onze glazen en keken naar het donkere meer. De lijnen van de oever waren bij de kade te zien, maar verder weg werd het een zwarte vlek. Het was een warme augustusnacht, ergens klonk muziek.

'Lekker,' zei Xenia.

'Ja.'

Ze deed niet erg haar best om een gesprek op gang te brengen. Misschien zag ze het als mijn taak, of vond ze het genoeg om hier te zitten na de lange dag, buiten, met haar blote voeten op de reling en een koud glas wodka in haar handen.

'Wat wilden de Russische dichters van je weten?' zei ik na een tijdje.

'Gewoon,' antwoordde ze. 'Dat wat mannen willen weten als ze drinken.'

'Waren ze zo impertinent?'

'Ze vroegen eerst waar ik vandaan kwam. Toen probeerden ze me een voor een af te troeven met Russische dichters. De grote namen, Poesjkin, Lermontov, Tjoettsjev, maar ook met dichters uit de twintigste eeuw. Ze dachten dat ik een jong, dom meisje was. Ze citeerden gedichten en ik moest zeggen wie ze geschreven had. Het waren klassieke regels van Blok en Boenin. Je kunt ze in elke bloemlezing vinden. Ik sloeg terug met een gedicht van Sergej Jesenin, een dichter die aan het einde van zijn leven nog maar één uur per etmaal nuchter was, maar in dat uur nog steeds briljante poëzie schreef. Zijn laatste gedicht had hij met zijn eigen bloed geschreven, omdat hij geen inkt had.'

'Heb je dat gedicht geciteerd?'

'Ik wist zeker dat ze het niet kenden. Ze dronken verder, maar ik had ze ontmaskerd.' Ze wreef met haar ene been tegen haar andere, kuit tegen scheen. 'Toen vroeg een van hen met hoeveel mannen ik had geslapen. Zijn vrienden moesten er allemaal om lachen.'

'Wat heb je gezegd?'

'Ze noemden eerst zelf allemaal een getal. Meerdere dichters beweerden natuurlijk dat ik nog maagd was. Ik heb gezegd dat het getal gelijkstond aan het aantal bundels dat Boris Pasternak tijdens zijn leven had gepubliceerd.'

Ik had geen flauw idee hoeveel dichtbundels Pasternak had geschreven. Het konden er niet veel zijn. Geen enkele dichter publiceerde in die tijd veel bundels.

'Acht,' zei Xenia. 'Maar dat heb ik hun niet verteld. Daar mochten ze eerst hun hoofd over breken.'

We zwegen. Ik keek naar haar witte enkels, naar de nagels van haar tenen die ze paars had gelakt, de kleur van haar jurk. Ze had haar glas eerder leeg dan ik en schonk zichzelf bij.

'En wat willen vrouwen weten als ze drinken?'

'Alles.'

En toen ze een grote slok had genomen, zei ze: 'Nou, hoeveel?'

'Ik weet het niet,' antwoordde ik.

'Ben je de tel kwijtgeraakt?'

'Nee, ik heb ze gewoon niet geteld. Ik vind het niet belangrijk.'

'Poesjkin was met zijn honderddertiende liefde getrouwd. Althans, dat was wat hij zelf beweerde.'

'Zoveel zijn het er niet geweest, bij lange na niet. Ik ben net dertig.'

'Dat was Poesjkin ook toen hij ging trouwen.'

Ze keek naar mijn glas en schonk me bij.

'Volgens mij ben jij iemand die nooit zal trouwen en geen kinderen zal krijgen,' zei ze toen.

'Het klinkt als een diskwalificatie.'

'Zo bedoel ik het niet,' antwoordde ze. 'Maar het lijkt me wel... saai.' Het was alsof ze tussen een aantal woorden had moeten kiezen – eenzaam, oppervlakkig – en ze het minst ongemakkelijke had uitgesproken.

Het was wat ik vaker merkte bij mensen. Als er geen partner was, dachten ze dat er verder geen leven achter je naam schuilde. Geen verhaal.

'Ik kan het me ook niet voorstellen bij jou,' zei Xenia. 'Je bent altijd op reis en bij elke kans die je krijgt, verstop je je achter een dichtbundel.'

Ik kon het me ook niet voorstellen, maar toch zou het gebeuren. Niet het huwelijk, wel het kind. Tenminste, als ik niet net als Luca onvruchtbaar zou zijn.

'Waar komt het vandaan?'

'Waar komt wat vandaan?'

'Al dat reizen, de liefde voor poëzie.'

'Niet van mijn familie. Hoewel, mijn overgrootvader is ooit op de boot gestapt naar Amerika. Hij was betrokken bij de bouw van een wolkenkrabber en heeft op buffels gejaagd. Maar of hij ook gedichten las, betwijfel ik.'

'De overgrootvader van Poesjkin was de geadopteerde zoon van tsaar Peter de Grote. Hij had hem als geschenk gekregen, een Ethiopisch jongetje van nog geen tien jaar oud.'

'Dat wist ik niet.'

'Ze dichten de hartstocht van Poesjkin aan deze donkere voorvader toe.'

Het klonk alsof het verzonnen was, een magisch verhaal, lang geleden, in een tijd van paleizen en kostuums van zijdebrokaat, van koetsen en spierwitte paarden, een verhaal dat door elke generatie was verdraaid, groter gemaakt, rijker. Het verhaal over een Moor en een tsaar en de grootste dichter van allemaal.

Het verhaal dat achter een naam kan schuilen.

Twee dagen nadat de afsluitende ceremonie had plaatsgevonden en ruim tweeduizend mensen hadden geluisterd naar de voordrachten van dichters op de houten brug over de Drim, moest ik Sophia zwanger maken. Yehuda Amichai had toen al met hulp van zijn vrouw een boom geplant, 'zoals Russische astronauten doen voordat ze de ruimte in gaan', had Xenia gezegd. Er was een steen gelegd tijdens een plechtig programma in het Park of Poetry en we waren met een bootje naar het eiland recht tegenover Struga gevaren. Op het eiland stond een oud klooster en er was een put waarin een eeuwige ruis te horen was. De festivaldichters bogen zich een voor een over de rand en luisterden naar het geluid, alsof het de bron van Castalia was, waaruit de dichters van de Parnassus hun inspiratie putten. Hoewel de Russen gedronken hadden, stapte niemand te vroeg van boord. Iedereen was veilig en wel naar huis teruggevlogen.

Xenia werd op Schiphol opgehaald door haar vriendje. Ze vroeg of ik mee wilde rijden, maar ik besloot met de trein te gaan. De jongen met de zwarte handen keek me wantrouwig aan, zoals mannen kijken naar iemand die een aantal dagen met hun vrouw heeft doorgebracht. (Xenia had op het balkon, in een andere nacht, bij een nieuwe fles, opgebiecht dat ze een keertje vreemd was gegaan. 'Heeft Pasternak dan negen bundels op zijn naam staan?' vroeg ik. 'Sommigen zeggen dat het er zelfs tien zijn,' antwoordde ze met een schalks lachje.)

In de trein naar Rotterdam las ik de prozagedichten van Charles Simic die ik in Struga had gekregen van Clive Farrow. Het was een Servisch-Amerikaanse dichter die de Pulitzerprijs had gewonnen, maar verguisd werd door literatuurcritici. Niet iedereen was gecharmeerd van poëzie in de vorm van proza, hoewel het genre door niet de minsten was beoefend: Baudelaire, Lautréamont, Rimbaud.

Ter hoogte van Delft sloeg ik een pagina om en las: 'Ik werd gestolen door de zigeuners. Mijn ouders stalen me weer terug. Toen stalen de zigeuners me nog eens. Dit ging een tijdje zo door.' Het kind dronk de ene dag van de donkere borst van zijn nieuwe moeder, de volgende dag zat hij aan een lange tafel en at hij zijn ontbijt met een zilveren lepel. 'En nu was het de eerste dag van de lente. Een van mijn vaders zat in de badkuip te zingen; de andere was een levende mus aan het beschilderen in de kleuren van een tropische vogel.'

Het was een kort gedicht, twee alinea's, maar ik ontwaakte pas uit de regels toen de trein allang stilstond op Rotterdam Centraal en de coupé verlaten was.

Ik liep met de mensenmassa de stad in, langs de honderden

geparkeerde fietsen en de klingelende trams. Tegenover het station stond toen nog een oude scheepsbrug waar een jongenskoor repeteerde. Als je erlangs liep, kon je soms de hoge stemmen van de jongetjes in matrozenpakken horen. *O Lamm Gottes, unschuldig. Am Stamm des Kreuzes geschlachtet.*

Ik kende elke straat en iedere steen, maar de stad was onophoudelijk in ontwikkeling. Je kon terugkomen uit Zuid-Afrika en een heel gebouw was verdwenen, een gebouw waar je altijd naar had gekeken als je erlangs fietste. Nieuwe torens herrezen, pleinen ondergingen metamorfoses, een spoorlijn verdween onder de grond. Het was de tweede keer geweest dat ik in Struga was, en tussen de bezoeken had zes jaar gezeten, maar ik had geen grote veranderingen gezien, geen fonkelende flats die uit de grond waren gestampt. De stad voelde vertrouwd. Het enige wat in Rotterdam vertrouwd was, was het gebonk van heimachines.

Op de keukentafel van mijn appartement lag een aantal enveloppen. De huishoudster was geweest, de gootsteen blonk, het aanrecht was leeg. In hotels ging ik altijd even liggen op het bed, met mijn schoenen op de lakens. Kijken naar het patroon van het behang, naar de vliegenpoep op de lamp aan het plafond. In mijn appartement moest ik de aanvechting bedwingen om niet hetzelfde te doen.

's Avonds liep ik naar de ijssalon, maar ik maakte op de hoek van de straat rechtsomkeert. Er stond een lange rij voor de vitrine. Misschien was het beter om een dag later langs te gaan. In het vliegtuig had ik gehoord dat het kouder zou worden, en dat het zou gaan regenen. Toeristen die naar huis vliegen zijn net zo geobsedeerd door het weer als ijsmakers.

Het bleek de laatste mooie dag van de zomer te zijn. Toen ik de volgende avond naar de ijssalon liep, lagen er grote plassen op straat. Het was tegen tienen en stil. Mijn moeder stond alleen achter het ijs, mijn vader wachtte bij het espressoapparaat. Er zaten drie Somalische mannen aan een tafeltje. Ze kwamen wel vaker, dronken koffie en spraken in hun moedertaal over onderwerpen waar we alleen naar konden gissen. Luca stond in de keuken. Hij bereidde ijs.

Ik begroette mijn ouders, liep voorbij de vitrines en achter de kassa langs, door de deur die leidde naar de trap die ik al maanden niet had beklommen. Niemand vroeg iets, Beppi niet, mijn moeder niet. Het was alsof ze me hadden verwacht, alsof ze wisten wat ik ging doen. Toen ik Luca daar jaren later naar vroeg en hem ervan beschuldigde dat hij hun alles had verteld, reageerde hij woedend. 'Ja, ik heb verteld dat je zou komen!' riep hij. 'En nee, natuurlijk heb ik niet gezegd dat je kwam om met Sophia naar bed te gaan. Wat denk je nou? Ik ben toch niet achterlijk!' Hij had verteld dat ik poëzie zou voorlezen, in de hoop dat Sophia zich weer iets beter zou voelen, wat zou opvrolijken. Mijn moeder had niks gezegd, mijn vader had zijn hoofd geschud: 'Het zal me niet verbazen als ze dan nooit meer uit bed komt.'

Ik had verwacht dat het donker zou zijn op zolder en dat het er muf zou ruiken, dat Sophia met haar ogen dicht onder de lakens zou liggen en dat ze niets zou zeggen. Ik had gedacht dat ze zich niet gewassen zou hebben en dat ze vermoeid zou zijn, uitgeput. Ik had een droevig gezicht verwacht, kurkdroge lippen en kringen om haar ogen; de strengen van haar lange haar als de tentakels van een inktvis op haar kussen. Maar Sophia had de deur opengedaan voordat ik de laatste trede had beklommen en verwelkomde mij met gevlochten haren en een blos op haar wangen. Ze zag er betoverend uit, in een jurk met pioenrozen, roze, paars en wit.

We bleven een moment tegenover elkaar staan zonder iets te zeggen. 'Dag, zwager,' zei ze toen met een glimlach. Precies zoals ze had gedaan toen ik de ijssalon was binnengegaan toen zij er voor het eerst had gestaan. Met een dweil in haar handen. Het was onvoorstelbaar en tegelijk vanzelfsprekend geweest. Zo moest het nu ook zijn, even onvoorstelbaar als vanzelfsprekend.

Ik drukte een kus op haar wang en voelde dat ze mijn hand pakte. Ze voerde me niet naar de bedden waar Luca en ik ooit in hadden geslapen en die nu tegen elkaar stonden, maar naar het midden van de zolder, een kleedje onder het kleine vierkante dakraam. Als de hemel helder was geweest, hadden we kunnen kussen onder de sterren. Nu naderden onze lippen elkaar onder kolossale blauwe wolken. Haar ogen gingen dicht en ze kneep zachtjes in mijn hand, drukte haar lichaam tegen dat van mij. Ik keek naar haar strooien wenkbrauwen en de oneffenheden van haar huid, de pigmentvlekjes, de butsjes in haar voorhoofd.

Haar lippen maakten zich los van die van mij. 'Giovanni,' fluisterde ze. 'Sluit je ogen.'

Ik deed mijn ogen dicht en voelde haar hand op mijn gezicht. Haar zachte hand, de ronde kussens van haar vingers. Ze gleed ermee over mijn wangen, over mijn lippen. Ze kuste me zonder een geluid te maken op mijn oor.

Mijn rechterhand werd naar haar onderrug geleid. 'Raak me aan,' zei ze zachtjes en kuste me opnieuw op mijn mond. Haar lippen gingen uiteen. Ik dacht aan sneeuw, aan talloze vlokjes, miljoenen ijskristallen. Ik dacht ook aan mijn broer, aan Luca, als jongen, en hoe we betoverd waren door het meisje dat haar lange, smalle roze tong uitstak in de koude lucht.

Ze rook heerlijk. Ze had gedoucht, maar niet speciaal voor mij. Haar haren waren niet nat. Ik rook de geur van haar lichaam, het lichaam dat ik nooit had mogen aanraken, had mogen zien. Alleen haar blote armen en benen. De glans erop, het spel van het licht op haar huid. Haar decolleté.

Ik had gedroomd van haar borsten, ik had er honderden malen over gefantaseerd. Ze waren perfect, ze pasten in mijn handen. Haar tepels waren meisjesachtig, licht en klein, haast doorschijnend. Maar dit alles had ik nooit gezien. Het licht drong niet zo ver door, het spel stopte altijd, hoe ze ook voorovergebogen stond en glimlachte.

Ik hoorde de planken kraken toen we naar de bedden liepen. Ik dacht dat iedereen het kon horen, Beppi en mijn moeder twee verdiepingen lager, Luca in de keuken, de Somalische mannen aan hun tafeltje. Iedereen wist het. Nu waren we bij het bed, nu zou het gebeuren.

Sophia draaide zich om en tilde haar vlecht op. Er verschenen kuiltjes in haar schouders. Ze bleef zo even staan, als een model van een kunstenaar. Ik wist niet wat ze wilde, wat ze wilde dat ik zou doen.

'Mijn rits,' giechelde ze.

Het was als de eerste keer, dezelfde onzekerheid, dezelfde onhandigheid.

Ik pakte de koude sluiting en liet die helemaal naar beneden glijden. Haar lendenen waren wit als melk. Ze liet haar jurk op de vloer vallen en stapte uit de pioenrozen om haar voeten. Ze ging op het bed liggen, op haar zij, een hand onder haar hoofd.

'Kom,' zei ze.

'Vind je het niet gek?'

'Een beetje.'

'Alleen een beetje?'

Haar borst ging op en neer. 'Ja, een beetje.'

Ze kwam overeind en knoopte mijn overhemd open. Mijn kleding viel naast haar jurk op de vloer. Ik voelde haar handen over de stof van mijn boxershort gaan en toen haar vingers achter het elastiek. Ze drukte een kus op mijn pik.

'Je smaakt helemaal niet naar broccoli,' zei ze. 'En Luca niet naar aardbeienbavarois.' Ze moest luid lachen.

Hoe kon het dat ze er zo luchtig over deed? De mooie jonge vrouw die zo droevig en somber was geworden, die hele dagen stil kon zijn. De vrouw die tranen in haar ogen kreeg als er een jongetje ijs bij haar bestelde. Had ze in het donker een doorgang gevonden naar het verleden, naar het magische meisje dat ze was geweest, dat met haar tong het puntje van haar neus kon aanraken?

Ze begon me weer te strelen en ook mijn handen gingen over haar huid. Haar zijdezachte kuiten, haar heerlijke warme dijen. Waarom moest er zoveel tederheid bij komen kijken? Konden we het niet gewoon doen? Snel en hard. Sophia op haar buik, ik achter haar, stotend als een stier.

In plaats daarvan kusten we alsof de tijd geen reuzensprong had gemaakt en we jong en onschuldig waren. Ik maakte haar bh los. Borsten die groter zouden worden, tepels die donkerder zouden kleuren, maar nu waren ze nog klein en roze.

De luchtigheid was verdwenen. We beminden elkaar; lichamen die nog niet vertrouwd waren met elkaar, maar alles wilden weten. Elk plekje, elke millimeter huid.

Ze trok zelf haar slipje uit. Haar huid was witter eronder, haar schaamhaar krulde. Mijn vingers gleden er als vanzelf naartoe. *Nardusbloemen noch slakken hebben zulk een fijne huid*, dichtte Federico García Lorca, *en de ruiten in het maanlicht schitteren niet met die glans*.

'Gebruik je duim,' fluisterde ze. 'Ik wil je duim voelen.'

Ik wist niet wat ze bedoelde, niet meteen, niet op het moment dat ze het fluisterde. Maar toen ze het nogmaals zei, dwingend als een bevel, deed ik wat ze zei. Ik raakte haar aan met mijn gladde, gave duim. Niet de eeltige ijsmakersduim, maar de duim die ontelbare pagina's poëzie had omgeslagen. De duim die Luca niet had.

Ze kreunde en kronkelde, alsof er een schok door haar lichaam ging. Toen pas zag ik hoe bleek haar huid was en hoe dof en donker haar haren waren. Ik zag de vrouw van mijn broer. Ongelukkig, verstoken van zonlicht. De blos op haar wangen was rouge.

'Ga door,' zei ze.

'Het mag niet.'

'Hij vindt het goed.'

'Maar het is niet goed.'

Ze legde haar vinger op mijn mond. 'Hij komt niet, hij is ijs aan het maken.'

Ik kon hem een moment zien staan, in de betegelde witte keuken. De ijsmachines draaiden, lispelden in zijn oren. De volgende dag zou ik horen welke smaak hij had gemaakt terwijl ik met zijn vrouw naar bed was geweest. Er werd door iedereen over gesproken. Het was de eerste keer dat Luca ijs van een alcoholhoudende drank in de vitrine had. Grappa, op eikenhout gerijpt, 43 procent. Moeilijker ijs was er niet te maken.

Ondanks de regen stond er een rij voor de ijssalon. Het waren de vaste klanten van de bruine kroeg schuin tegenover Venezia. Ze hadden lucht gekregen van de nieuwe smaak en bestelden het ene na het andere ijsje van grappa. De structuur was fantastisch, wat een wonder was. Alcohol verlaagde het vriespunt; hoe hoger het percentage, hoe sneller het ijs kristalliseerde. Het werd korrelig, *slushy*. Maar het was Luca gelukt, het was perfect. Misschien had hij er de hele nacht over gedaan, had hij er wel tien flessen doorheen gewerkt. Toen ik 's ochtends door het raam van mijn kantoor keek, zag ik hem leunen op de vitrine, alsof hij een zware kater had.

Maar Sophia straalde en glimlachte en fladderde als een vlinder door de ijssalon. Ze zeggen dat sommige vrouwen hun lichaam zo goed kennen dat ze de bevruchting van de eicel kunnen voelen. Sophia had het gevoeld en ze was zielsgelukkig.

Ze kuste me. De frisse smaak van haar mond trok me weg uit mijn gedachten. Haar handen gleden over mijn benen, mijn liezen, mijn ballen. Ze trok me af.

'Wil je olie?'

Ik kreeg geen kans om antwoord te geven. Sophia was al bij het nachtkastje en haalde er een klein flesje uit. Ze druppelde de olie op haar handpalm en begon me te masseren. Haar rechterhand ging langzaam op en neer, omvatte mijn eikel in haar vuist.

'Lekker?'

Ja, godverdomde lekker. Dit mocht echt niet.

'Heb je nog andere verzoekjes?'

Ze lachte en ging door met de massage. Ze gebruikte twee handen, haar vingers waren in elkaar verstrengeld. Het was een bepaalde techniek, een golvende beweging. Ik voelde een continue druk op mijn pik. Het was goddelijk.

'Je mag nog niet komen,' zei ze en kneep toen hard in mijn geslacht.

Mijn ogen gingen open. Het is ongelofelijk waar je oog op kan vallen. Ik zag de afgebladderde verf van de spijlen. Het was het bed van Luca, we lagen in zijn bed. Hij had de verf er als jongetje afgekrabd toen hij boos was omdat we niet buiten mochten spelen. Ik herinnerde me het nog goed.

Waarom had ik geen hotel genomen? De executive kamers in het Bilderberg Parkhotel waren ruim en licht. We brachten de dichters van het World Poetry Festival er sinds enkele jaren onder. Het uitzicht op de binnenstad was prachtig.

Haar handen waren overal. Haar hele lichaam; haar benen, haar mond, haar haren. Alles duizelde om me heen, de lakens, het kussen, haar blote voeten. Of was het de gedachte aan mijn broer, die ijs aan het maken was? Draaien, draaien, draaien.

Ik voelde haar nagels in mijn rug. Ze was op mij gaan zitten. Terwijl ze me aankeek, begon ze langzaam te bewegen. Ze vond een ritme, beheerst, oneindig geduldig.

'Giovanni,' hoorde ik haar toen zeggen. 'Waar ben je met je hoofd?'

'Nergens.'

'Niet waar.'

Ik was in Venas di Cadore. De dag van hun huwelijk.

Ze stopte met bewegen.

'Niet stoppen,' zei ik.

'Jullie houden alles graag binnen.'

'Wat?'

'Jij en je broer. Jullie hele familie.' Ze stopte met de heerlijke beweging, haar kut om mijn pik.

Ik was met haar moeder naar bed geweest. Ik had haar verleid na het huwelijksfeest. Haar man was al naar huis gegaan. Ze had te veel gedronken en we waren zonder afscheid te nemen weggegaan. We hadden het op straat gedaan, staand, op het pleintje achter de bakkerij. De bonten stola om haar schouders, haar donkerblauwe rok opgestroopt tot haar middel. Haar handen tegen de gepleisterde muur. Haar moeder.

In één beweging had ik haar op de matras geduwd, op haar buik. Ze keek even verschrikt naar achteren, maar ontspande toen ik mijn vingers over haar rug liet gaan. Ze was smetteloos, haar witte lendenen, de rondingen van haar heupen. Ik ging bij haar naar binnen en begon te stoten, in en uit, steeds harder. Ik steunde op mijn handen. Ze beet in mijn vingers.

Ik moest niet denken aan mijn broer, ik moest niet denken aan het ijs dat draaide in de machines. Ik moest niet denken aan de afgebladderde verf van de spijlen van het bed waarin we lagen. Ik moest niet aan haar moeder denken. Dichtregels buitelden over elkaar in mijn hoofd, stortten in mijn geest als water van een grote hoogte, en zuiverden alles.

Zo was het alsof ik die nacht, net als in het gedicht van Lorca, reed over de allerbeste weg, gezeten op een paarlemoeren merrie zonder teugels of beugels.

'Een ademhalen van dons'

Mijn zoon werd geboren op een koude ochtend in mei. Het had geregend toen Sophia en Luca naar het ziekenhuis waren gereden, gehaast en nerveus, een kleine koffer met babykleren op de achterbank. Het was nacht, stil op straat, de verkeerslichten knipperden. Het duurde uren. Luca stond achter Sophia en hield haar handen vast. Niet eerder had hij zich zo verbonden gevoeld met zijn vrouw, niet voor het altaar, niet in bed. Hij streelde haar voorhoofd en sprak haar moed in. Toen de weeën elkaar steeds sneller opvolgden, waren de wolken weggedreven naar het noorden. De zon kwam op boven de rivier, de hemel kleurde bleek en blauw, containerschepen zetten koers naar zee. Giuseppe Talamini, verfrommeld en nat, spoelde aan in de armen van de verloskundige. Hij woog een schamele vijf pond; toegeknepen ogen, glanzende lippen, bijna geen haar op zijn hoofd. De vogels floten in de bloeiende bomen.

Ik was in Barcelona. De nacht was helder geweest, de ochtend warm en levendig. Mannen in pak dronken staand hun koffie in barretjes, auto's reden dicht op elkaar over de brede avenues. In de metro was het benauwd. Het bericht uit Rotterdam had mij pas in de avond bereikt. Ik had de hele dag geluisterd naar dichters en geluidskunstenaars. Ze waren samengekomen op het Festival Internacional de Poesia de Barcelona en experimenteerden met woorden en klanken. Een Franse dichter werd begeleid door het geluid van zingende zandduinen, een andere dichter was niet te verstaan, maar dat leek erbij te horen.

De receptioniste van Hotel Catalunya overhandigde mij tegelijk met mijn sleutel een dubbelgevouwen briefje. Het telefoonnummer van de ijssalon stond erop. Ik wist meteen dat Sophia een kind had gekregen. Een jongetje, zoals ze me had toevertrouwd op de dag dat de ijssalon open was gegaan.

'Kom eens,' had ze gezegd. 'Ik wil je wat vertellen.'

Ik stond voor de vitrine, zij erachter, een spatola in haar hand. We bogen naar elkaar toe, over het eerste ijs van het seizoen. 'Het is een jongetje,' fluisterde ze.

Ik wist niet hoe ik moest reageren, wat ik moest zeggen.

'We krijgen een zoon,' zei ze.

Ik kon alleen maar kijken. Haar wangen waren dikker geworden, haar wenkbrauwen leken grover. De blauwe schort verhulde haar buik niet, haar gegroeide borsten.

'Tegen niemand zeggen,' zei ze. 'Beppi en je moeder weten het nog niet.' Toen ging ze weer rechtop staan.

'Ben je blij?'

'Ja, heel erg blij.'

Ze glunderde. Het was alsof ze het nieuws net had gehoord en het mij als eerste had verteld. In haar groeide een jongetje, een krom wezentje met handen en voeten, nagels en haren. De zoon van mijn broer en mij.

'Ik denk dat hij nu slaapt,' zei Sophia, nog steeds op fluistertoon. 'Maar als hij wakker is, kun je hem voelen bewegen.'

Ze liet het mij enkele dagen later voelen. Ik stond voor de deur van het kantoor van World Poetry, de sleutel in mijn hand. Ze kwam de straat op gerend. Het was ochtend, de ijssalon was nog niet open. Sophia had haar schort niet om, maar het was alsof ze helemaal niets aanhad. Haar lichaam barstte door haar kleren heen. Ik zag alles: heupen, billen, borsten. En haar buik. Ze pakte mijn hand en legde die op de strakgespannen stof van haar shirt.

'Voel je hem?'

Ik voelde niet meteen iets. Het duurde enkele seconden, maar toen voelde ik duidelijk een kleine beweging onder mijn handpalm.

Sophia legde haar hand naast die van mij. Ik kon haar vingers voelen. Zo was het dus om vader en moeder te worden. Wij stonden stil en alles om ons heen bewoog. De wolken, de bladeren van de bomen, de trams op de Westersingel, de auto's, de scholieren op de fiets, het tollende mes van de slager die plakjes ham snijdt.

Luca was naar buiten gekomen. Ik haalde mijn hand weg, het ging vanzelf, een reflex.

'Goedemorgen oom,' zei hij.

Ja, dat was mijn rol, mijn functie.

'Hij heeft hem gevoeld,' zei Sophia.

'Zijn handje,' zei Luca met een glimlach. 'Hij droomt dat hij ijs draait.'

We hadden nauwelijks meer met elkaar gesproken. Ik was veel op reis geweest in het najaar en daarna was de winter gekomen. De hele familie zat in Venas en ik in Rotterdam.

Sophia liep terug naar de ijssalon. Ze ging aan het werk.

'Een jongetje,' zei ik tegen mijn broer.

'Ja, fantastisch.'

'Zit alles erop en eraan? Is hij helemaal gezond?'

'De gynaecoloog zegt dat hij zich goed ontwikkelt.'

'Fijn.'

'Hoe gaat het met je?'

Ik gaf niet direct antwoord. Hij had nog nooit gevraagd hoe het met mij ging.

'Druk,' antwoordde ik.

Luca reageerde niet.

'Veel leeswerk,' zei ik.

'Blijf je even in Rotterdam?'

'Over twee weken ga ik naar Schotland.'

Misschien hadden we elkaar wel gewoon ontweken. Ik was met zijn vrouw naar bed geweest.

'Welke naam zou jij hem geven?' vroeg hij.

'Daar heb ik helemaal nog niet over nagedacht.'

'Wat vind je een mooie naam?'

'Je overvalt me.'

'Er schiet je toch wel iets te binnen?'

Ik dacht even na.

'Otello.'

'Otello? Waar komt dat vandaan? Het is zeker een dichter.'

'Nee. Shakespeare heeft wel een stuk geschreven dat zo heet, een tragedie. Maar ik bedoel eigenlijk zonder h.' Ik wilde de zoon van Sophia en Luca niet opzadelen met de naam van een man die zijn vrouw vermoordt en daarna een einde aan zijn leven maakt.

'Het is de voornaam van de uitvinder van de mechanische ijsmachine,' zei ik. 'Otello Cattabriga.'

Luca knikte. Hij bracht meer uren door met de machines dan met mensen. Mijn vader had ze ooit tweedehands gekocht. Ze gingen langer mee dan een ijsmaker.

Ik vond het geweldig klinken, het ritme, de combinatie van korte en lange klinkers. De naam had iets groots. Als je zo heette, kon het niet anders dan dat je op een dag een belangrijke uitvinding deed. Toen Otello Cattabriga in 1927 patent aanvroeg op zijn mechanische systeem, ging zijn ijsmachine de hele wereld over. Otello Talamini. Als mijn vader die naam had gehad, dan zou hij misschien ook iets groots hebben uitgevonden.

'We denken aan Giuseppe,' zei mijn broer. 'De naam van zijn opa.'

'En van zijn betovergrootvader.'

'Ja.'

Een traditionele naam, de naam van een ijsmaker.

Mijn moeder sprak de naam uit toen ik in mijn hotelkamer het nummer van de ijssalon had ingetoetst op de draadloze telefoon. Het was het eerste wat ze had gezegd. 'Het is een jongetje,' riep ze uit. Ze wist niet dat ik het al wist, ze wist van niets.

Ik ging op het bed liggen, de telefoon tegen me aan gedrukt.

'Het is zo'n heerlijk mannetje,' zei ze. 'Zo'n prachtige baby. Hij heeft bijna geen haartjes op zijn hoofd.' De vreugde van een kersverse oma.

Ik kreeg mijn vader ook aan de lijn. 'Giovanni,' zei hij. 'Waar ben je? Je moet onmiddellijk hierheen komen. Je hebt nog nooit zo'n mooi kereltje gezien.'

'Ik vlieg overmorgen terug en kom dan meteen langs.'

'Hij glimlacht in zijn slaap. Het is ongelofelijk. Het is een wonder!'

Er zat ruis op de lijn. Of waren het de geluiden in de ijssalon? Ik keek naar de waterkoker op het bureau, naar de map met informatie. Het Museum van Hedendaagse Kunst lag op een steenworp van het hotel.

'Ben je er nog?' vroeg mijn vader.

'Ja. Hoe gaat het met Sophia?'

'Ze maakt het goed, ze heeft het fantastisch gedaan. Morgen mag ze naar huis.'

'Waar is Luca?'

'Hij staat in de keuken, hij is ijs aan het maken.'

Hij was meteen gaan werken, waarschijnlijk direct na de bevalling.

We hadden geen draadloze telefoon in de ijssalon, toen nog niet. 'Ik bel hem later,' zei ik. 'Hij zal wel veel ijs moeten maken.'

'Ja, de ijsmachines hebben nog nooit zo lang stilgestaan in de lente.'

Ik ging de volgende dag niet aan het werk. Ik meldde me af bij de organisatie van het Festival Internacional de Poesia en hing het *do not disturb*-bordje aan de deur van mijn kamer. Het zonlicht viel door een kier tussen de gordijnen naar binnen. In de felle streep dwarrelden stofdeeltjes. Ik dacht aan de handen van Sophia. Ik wilde er niet aan denken. Ik wilde denken aan het jongetje dat bij zijn moeder lag in het kraambed. Vredig, dromend van de fluwelen baarmoeder. Vandaag mochten ze naar huis. Maar de gedachte aan haar handen was sterker. Het was een film die steeds opnieuw werd afgespeeld. De olie, haar verstrengelde vingers, de golvende beweging. Was dit het genot dat mijn broer te beurt viel? Ik probeerde de film elke keer stil te zetten om te zien hoeveel olie er in het flesje zat dat ze uit het nachtkastje had gehaald. Het was goddelijk geweest, zo heerlijk dat ik er nu, negen maanden later, nog steeds aan dacht, haar handen wilde. Alleen haar handen. Het was puur verlangen.

Aan het einde van de ochtend werd een sleutel in het slot van mijn kamer gestoken en ging de deur open. Het was een kamermeisje, donkere opgestoken haren, een wit schort.

'Mi disculpa,' hoorde ik haar zeggen. 'Disculpa!' De deur ging met een klap dicht.

Het gemis kwam later. Nadat ik de kleine Giuseppe had gezien. Ik was vanuit het station meteen naar de ijssalon gegaan. Het was een wolkeloze meidag, de zon hoog aan de hemel. Ik kwam doorweekt van het zweet bij Venezia aan. Mijn moeder stond achter het ijs, Sophia was op zolder. Luca werkte in de keuken, mijn vader schuilde achter het espressoapparaat.

'Ze is aan het rusten,' zei mijn moeder. 'Ze komt zo wel naar beneden.'

Ik schudde mijn hoofd, ik wilde naar boven. Ik wilde de baby zien.

'Laat haar toch even slapen,' zei mijn vader. Maar ik liep langs hem heen, direct naar de trap. Ze hadden niks gezegd toen ik naar boven was gegaan om Sophia te bevruchten, maar nu keken ze me aan alsof ik een misdadiger was.

In het vliegtuig had op de rij voor mij een jonge moeder met een baby gezeten, een meisje van drie maanden. Ze had donkere ogen en vrijwel geen haar op haar hoofd. De moeder had met haar over het gangpad gelopen om haar in slaap te krijgen, maar ze had naar alle passagiers gekeken. Ook naar mij.

Ik zag overal baby's, in Barcelona, in de rij voor de incheckbalie, op Schiphol, en heel even had ik de hoop dat Sophia in de aankomsthal zou staan, met Giuseppe in haar armen, tussen de mensen met rozen en ballonnen, maar ik was nog nooit door iemand opgehaald in Nederland.

Giuseppe was ontzettend klein, zijn rompertje veel te groot. Hij lag op zijn zij te slapen, zijn armen naast hem, gebalde vuistjes. Daar was hij dan. Ik wilde hem optillen en tegen me aan drukken.

Sophia opende haar ogen. 'Ik wist niet dat je vandaag zou komen,' zei ze fluisterend, nog niet helemaal wakker. Ze lag in haar onderbroek op bed, de lakens van haar afgeslagen. Het was bloedheet op zolder. Ze dekte zich niet toe. Ze was niet geschrokken.

'Ik wilde hem zien.'

Ze keek met een glimlach naar Giuseppe. We keken samen naar hem, naar zijn platte oortjes, zijn zachte hoofd.

'Is hij niet mooi?'

Ik voelde tranen in mijn ogen, kon ze niet tegenhouden. Ze liepen over mijn wangen.

'Ik denk dat hij zo wakker wordt,' zei Sophia. 'Hij slaapt al twee uur.'

Het was als een wonder aanschouwen. Dit was het jongetje dat de ijsmachines in de lente tot stilstand had gebracht. Met zijn kleine handen en roze armpjes.

Ik boog me over hem heen en bestudeerde zijn gezicht. Het was alsof zijn wenkbrauwen met een penseel waren aangebracht. Heel even bewoog zijn handje, ging zijn vuistje open, maar hij bleef verzonken in zijn slaap. *Een ademhalen van dons*, zoals Ida Gerhardt had gedicht. Heel stil op en neer, bijna onmerkbaar.

Sophia draaide zich ook op haar zij, haar lichaam naar haar kind toe. 'Ik probeer nog even te rusten,' zei ze.

'Wil je dat ik wegga?'

Ze schudde haar hoofd.

'Dan blijf ik nog even.'

Ze humde.

Toen pas rook ik de geur uit het kleine gedicht van Ida Gerhardt, *geur van honing/ en jonge melk,/ van een nestdiertje/ dat slaapt.*

Sophia's tepels waren verbreed en donker van kleur, haar borsten waren gigantisch. Ze zag er sterk uit, beeldschoon. Niet alleen zij, samen zagen ze er prachtig uit. Een verbond, moeder en kind. Haar naaktheid was natuurlijk, beschermde hen.

Luca was beneden aan het werk, hij zou pas vanavond laat naar boven komen. Ik hoorde hier ook niet.

Sophia had haar ogen dicht. Ze leek te slapen, haar ene been over haar andere. Ik drukte voorzichtig een kus op het hoofd van Giuseppe en snoof de geur diep op. *De geur van wat gebeurd is:/ geboorte,/ geheim.* Hij leek niets van de kus gemerkt te hebben. De eerste aanraking was aan hem voorbijgegaan. Ik had hem gezien, hij mij niet, maar het was goed geweest.

Niet lang na de geboorte van Giuseppe reisde ik voor het eerst naar het Sha'ar International Poetry Festival in Tel Aviv. Ik was misschien een week in Rotterdam geweest, maar ik had Giuseppe vastgehouden en hij had met rimpels in zijn voorhoofd naar mijn gezicht gekeken. Het was alsof hij het niet kon bevatten, de glanzende tanden die mijn lach tevoorschijn toverde, de ontelbare stekelige haartjes van mijn baard van drie dagen. Ik had mijn neus tegen zijn neus aan gedrukt.

Luca werkte 's avonds en 's ochtends in de keuken en bereidde dertig verschillende ijssmaken. In de middag hielp hij mijn moeder met de verkoop. Hij was kortaf en groette zelfs de vaste bezoekers van de ijssalon niet. Ik heb hem in die week geen enkele keer met Giuseppe in zijn armen gezien. Sophia was onafgebroken bij haar kind. Als ik haar vanuit mijn kantoor op het terras zag zitten, ging ik snel naar beneden. Meestal sliep hij, zijn ene handje op de borst van zijn moeder.

Sophia vertelde me dat baby's vlak na hun geboorte lichter werden, maar dat ze daarna elke dag een beetje in gewicht toenamen. De kraamverzorgster vond dat Giuseppe het heel goed deed.

Ik heb in de zeven dagen dat ik in Rotterdam was geen veranderingen kunnen zien. Giuseppe bleef even klein en zijn rompertjes waren veel te groot. Misschien dat zijn haar iets lichter van kleur werd, maar zulke minieme verschillen vallen door de zeef van het geheugen.

Bij Luca kon je wel een verandering zien. Hij had kleine ogen en zijn wallen leken met de dag groter te worden.

'Jouw zoon houdt mij wakker,' zei hij op een middag, als grapje, maar er kon geen glimlach van af.

Misschien was dat wat Giuseppe zag als ik hem vasthield en er rimpels in zijn voorhoofd verschenen. Twee gezichten die op elkaar leken, maar het ene gladgeschoren en het andere met een glimlach. Het ene met een frons, het andere zongebruind.

In Tel Aviv bleek er een tolk uit Brussel voor mij te zijn ingevlogen. De dichters droegen in hun eigen taal voor, maar werden ook naar het Israëlisch vertaald. Ik had gevraagd om Engelse vertalingen en daarom werd ik op het festival begeleid door een kleine man met een sjaaltje om zijn nek. Hij werkte voor het Europees Parlement en had niets met poëzie. Overal waar ik ging zitten, ging hij achter mij zitten en bracht zijn mond naar mijn oor. Hij vertaalde de poëzie letterlijk simultaan, maar gaf ook commentaar op de gedichten die werden voorgedragen. 'Not again a fucking rose. No not again! Fuck the rose, fuck the rose.' Hij hield niet zoveel van beeldspraak.

In een van de programma's vertaalden Israëlische en Palestijnse dichters elkaars werk, maar alle poëzie ging over het conflict. Om de ander te kunnen vertalen moesten ze dus eerst begrijpen hoe hij naar de strijd keek. De dichters moesten in elkaars hoofd kruipen. Dat zorgde voor behoorlijk wat discussie; het was alsof de tolk in mijn rechteroor verslag gaf van een wedstrijd. De dichters waren het zelden met elkaar eens, maar tegelijkertijd hoorden ze de andere kant van het verhaal.

Terug in Rotterdam werd ik opgeslokt door de voorbereidingen op het World Poetry Festival dat half juni zou plaatsvinden. Ik had voorgesprekken met interviewers, corrigeerde Engelse vertalingen en overlegde met de andere redacteuren over het programmaschema. Soms zat ik tot tien uur 's avonds op kantoor. Het waren lange dagen, maar nooit zo lang als de dagen in de ijssalon. Luca zeulde met metalen bakken en bracht hoorntjes en milkshakes naar jongens en meisjes op het terras. Hij had pijn in zijn rug. Je kon het zien aan de manier waarop hij over de straatstenen liep. Hij liep als mijn vader.

Sophia zag er steeds beter uit. Ze maakte lange wandelingen met de kinderwagen langs de kade van de Nieuwe Maas. Soms zat ze op een bankje en keek naar de schepen die naar het achterland voeren, terwijl ze Giuseppe de borst gaf. Hij giechelde als ze met haar wijsvinger zijn bovenlip streelde.

Ze had haar slanke figuur snel terug en droeg zomerjurken.

Het was een genot om haar te zien. De strakke lijnen van haar lichaam, haar geweldige boezem. Ik kwam haar per toeval tegen op de Parklaan, waar ik had gesproken met een sponsor van het festival. Het waren de dagen waarop de populieren hun pluisjes verloren. Op sommige plekken in de stad was het alsof het zachtjes sneeuwde, ontelbare zaadjes zweefden door de lucht.

'Giovanni!'

Ik draaide me om en zag haar lopen door de junisneeuw. Ze kwam naar mij toe met de kinderwagen. Er zaten witte pluisjes in haar haren.

Giuseppe was klaarwakker. Hij lag op zijn rug en keek met twinkelende ogen naar onze gezichten. Alles was verwondering. Hij spartelde met zijn armpjes en maakte vrolijke geluiden.

Er was iets blijven liggen op de zeef van het geheugen. Ik zag dat zijn wangen dikker waren geworden, iets boller. Het was de eerste keer dat ik een verschil zag, dat ik kon zien dat hij een stukje was gegroeid.

'Ben je al verliefd?' vroeg Sophia.

'Ja.'

Ik was verliefd, zoals ik ooit op haar verliefd was geweest.

Giuseppe trappelde met zijn beentjes. Sophia kriebelde hem in zijn buik en hij begon luid te kraaien.

'Hoe zijn de nachten?' vroeg ik.

'Luca wordt wakker van elk geluidje.'

'Huilt hij vaak?'

'Gewoon, als hij honger heeft.'

Ze dacht even na.

'Hij zegt dat Giuseppe hem de hele nacht trapt.'

'Beweegt hij zoveel?'

'Het is een druk mannetje, en hij slaapt meestal tussen ons in. Ik wil niet dat hij uit bed valt.'

Ze keek naar de dwarrelende pluisjes. Het was als de sneeuw

van weleer, de sneeuw waarin we haar voor het eerst hadden zien staan, haar hoofd achterovergekanteld en haar mond wijd open. Maar alles was anders.

'Je kunt ze ook met je tong opvangen,' zei Sophia, 'maar ze smaken nergens naar en ze zijn heel stoffig.'

We liepen samen naar de ijssalon, zonder al te veel te zeggen. Soms kwam er een geluidje uit de kinderwagen en keken we allebei naar Giuseppe, zoals jonge ouders doen. Zijn donkere oogjes schoten steeds blij heen en weer.

Twee dagen voor het World Poetry Festival trof ik Sophia op het terras van Venezia. Het was een frisse ochtend, maar de zon scheen. Ze droeg een jurk zo rood als papaver.

'Drink je een espresso met me?'

'Ik moet eigenlijk werken.'

'Eén espresso.'

Ik gaf toe en ging tegenover haar zitten aan het tafeltje.

'Moet je nog veel doen?' vroeg ze.

'Vandaag komen de eerste dichters aan.'

Ik zag kippenvel op haar armen. Net als haar moeder in de bergen trok ze zich niks aan van de kou.

'Ga je naar Schiphol?'

'Ja, in de middag en ook nog een keer in de avond.'

Beppi kwam naar buiten en strekte zijn armen uit naar zijn kleinkind. 'Alleen in ruil voor dit lieve mannetje krijgen jullie koffie,' zei hij tegen ons.

'Zachtjes,' zei Sophia. 'Hij heeft net gedronken.'

Giuseppe kraaide het uit in de handen van zijn naamgenoot.

'Zullen we weer in elkaars neus knijpen?' zei mijn vader en liep trots met hem naar binnen. Hij was leuker als opa dan als ijsmaker.

We keken een moment naar de mensen die over straat liepen. Verkoopsters op weg naar winkels, hun hakken die een regelmatig geluid maakten.

'Ik word gek van mijn borsten,' zei Sophia toen. 'Ze zijn al een paar dagen keihard. Het lijkt wel of ze ieder moment kunnen ontploffen.'

Het lukte me niet om niet te kijken, en ik vroeg me af of dit een beeld was dat ik later met mijn ogen dicht zou blijven zien, dat nooit meer weggaat. Haar borsten vol melk in een rode jurk. Ik hoopte dat het beeld door de zeef zou vallen, maar vreesde het ergste.

Mijn vader kwam terug met twee kopjes espresso, Giuseppe werd door mijn moeder vastgehouden. Ze keek met hem naar de kleuren van het ijs. Het lichtgroen van pistache, het geel van mango-citroen, de fantastische kleur van granaatappel-rodebiet. Luca stond even later naast hen. Hij drukte een kus op het kleine hoofdje en zwaaide toen naar ons.

Sophia zwaaide meteen terug. 'Kom je er ook bij?' riep ze.

'Heel eventjes,' zei Luca toen hij ging zitten. 'Ik moet nog zoveel doen.'

Giuseppe zat op zijn schoot, hij sabbelde ietwat onhandig op een vinger. Het kwijl droop uit zijn mond.

'Het wordt warm weer,' zei Luca. 'Ik ben benieuwd of je net zoveel mensen als de ijssalon zal trekken.'

Hij doelde op het festival. We hadden gemiddeld vijfhonderd bezoekers per dag, maar op tropische dagen was dat veel minder. Zomerhitte was de achilleshiel van het festival. Voor de ijssalon stonden dan juist tientallen mensen in de rij, een kronkelende slang in de straat. Ze hadden de klanten nooit geteld. Daar was geen tijd voor.

Luca glimlachte. Het was een wedstrijd die hij had gewonnen, zoals hij misschien alles gewonnen had. Ik had als achttienjarige een keuze gemaakt, geen ondoordachte, maar ik had niet kunnen weten dat de implicaties zo groot waren, almaar groter werden.

Giuseppe bewoog onrustig. Hij kon zijn vinger niet meer vinden en begon te huilen. Luca probeerde hem te troosten door hem over zijn hoofd te aaien, maar het had weinig effect.

Ik zag de radeloosheid in de ogen van mijn broer, een jonge, onervaren vader met een baby in zijn armen, en precies op dat moment tilde ik Giuseppe van zijn schoot en drukte ik hem tegen mijn borst.

Luca keek verschrikkelijk nijdig.

Ik wiegde Giuseppe en klopte zachtjes op zijn billen, en heel even werd het huilen zachter, liet hij zich kalmeren in mijn armen. Maar toen begon hij onrustig met zijn hoofdje te bewegen en krijste hij weer op volle sterkte.

Sophia pakte Giuseppe van mij over. 'Hij heeft volgens mij nog steeds honger,' zei ze en schoof het bandje van haar jurk van haar linkerschouder. Ze ontblootte haar witte borst en drukte Giuseppe ertegenaan. Hij zoog en dronk en raakte bedwelmd.

Zijn vaders stonden op en gingen aan het werk.

Die avond was ik voor de tweede keer op Schiphol om een dichter op te halen, ditmaal helemaal uit Zimbabwe. Hij was ons getipt door de programmeur van een Afrikaans festival. Die had geschreven dat de dichter in een klein dorpje woonde. Hij was er pastoor, maar werkte ook als dynamietspecialist in de mijnen. 's Avonds las hij bij het vuur gedichten voor die hij zelf had geschreven. Het was onopgesmukte poëzie, zoals zijn eigen leven ook sober was. Een van de gedichten die we opgestuurd hadden gekregen vertelde over een man die op het drukste moment van de dag op zijn hurken ging zitten bij een kruising. Hij wachtte totdat een auto een wieldop verloor, en nog een, en nog een, net zo lang tot hij er vijf had. Vijf borden om van te eten.

De dichter had niet meer bij zich dan een kleine weekendtas en keek voortdurend om zich heen toen we door de aankomsthal liepen. In de auto probeerde ik een gesprek met hem aan te knopen. Hij sprak in rudimentair Engels over zijn reis die twee dagen eerder was begonnen in een dorpje in het zuiden van Zimbabwe. Hij was nog nooit zijn land uit geweest.

We hadden eerder dichters uit afgelegen gebieden op World Poetry gehad. Ze leefden in een lemen hut in de Sahel of op het platteland van Chili, te midden van een enorme kudde schapen. Ook hadden we dichters op het festival gehad die in zelfverkozen eenzaamheid woonden, ver weg van de beschaving. Ze schreven hun poëzie midden in de natuur, omringd door de elementen, zoals de Chinese dichter Hanshan, die op een berg had gewoond en zijn gedichten op rotswanden, stenen en bomen had geschreven.

Soms was het alsof we een dichter met een grijparm uit zijn omgeving haalden. In Rotterdam moesten ze wennen aan het licht in de avond en de wind die langs de hoge gebouwen blies.

De pastoor en dynamietspecialist uit Zimbabwe moest ik uitleggen wat consumptiebonnen waren. In zijn dorp werkten mensen soms een hele dag om aan water te komen. Toen hij begreep wat je met de bonnen kon doen, liep hij naar de bar en bekeek de flessen. Hij had nog nooit alcohol gedronken, hij had er wel veel over gehoord.

Het was als de eerste keer ijs eten, maar dan minder onschuldig. De dichter begon al zijn bonnen op te drinken en was tegen de tijd dat de zaaldeuren opengingen behoorlijk dronken. Tijdens het programma viel hij in slaap en snurkte hij door de voordracht van een Georgische dichter heen. De productieleidster moest hem helpen bij het beklimmen van het podium.

We vragen alle dichters om op de eerste avond één gedicht voor te lezen. Sommige bezoekers vinden het veel te weinig en genodigden die alleen de opening bijwonen, denken wel eens dat we een dichter van de andere kant van de wereld laten overkomen voor één gedicht, maar voor de dronken dynamietspecialist was het al bijna een onmogelijke opgave om twee woorden achter elkaar door de microfoon te spreken.

Toen hij op de derde dag van het festival de whisky ontdekte en een kwade dronk ontwikkelde, heb ik hem naar zijn hotel gebracht en huisarrest gegeven.

Je moest soms streng zijn, maar vooral heel duidelijk. In alle jaren dat ik voor World Poetry werk, heb ik misschien vijfhonderd internationale dichters gezien. Elk jaar zitten er wel een aantal lastige types tussen. Dichters die een betere hotelkamer willen dan de rest, die alleen met de directeur willen dineren, die de vrouwen van de productie geen hand willen geven.

In Struga dineerde de eregast elke avond met de directeur van het festival aan een aparte tafel in het restaurant van Hotel Drim. En jaren later zou ik in de artiestenfoyer van de Akademie der Künste in Berlijn het verhaal horen van twee dichters die erachter waren gekomen dat ze op hetzelfde festival in Dubai waren geweest, maar elkaar niet hadden gezien. De ene dichter had in het penthouse van het hotel geslapen en had een honorarium van tienduizend dollar gekregen, de andere dichter had in een hotelkamer zonder ramen geslapen en had in kleine zaaltjes met nauwelijks publiek voorgelezen.

Op het World Poetry Festival betaalden we elke dichter hetzelfde bedrag en kreeg niemand een voorkeursbehandeling. Dat was wat Richard Heiman al vanaf het begin had gedaan, wat Victor Larssen had overgenomen en ik op een dag zou voortzetten.

Nadat de dichter uit Zimbabwe zijn roes had uitgeslapen, haalde ik hem op in zijn hotel. Hij omhelsde me in de deuropening van zijn kamer en weigerde de strook consumptiebonnen die in de artiestenfoyer voor hem klaarlag. 's Avonds trad hij op in een programma met de Koreaanse dichter Ko Un. Het was een zeldzaam goede avond. Buiten was het warm, zaten de terrassen vol en stonden mensen in de rij voor de ijssalon. Iedereen praatte, bestelde en vertelde. Binnen, in de kleine zaal van de schouwburg, in de koele duisternis, werd er geluisterd. De stoelen waren voor de helft gevuld, een grote groep vaste bezoekers, liefhebbers, maar ook mensen die op het laatste moment een kaartje hadden gekocht, nieuwsgierig naar wat er op de dichtregels volgde die overal in de stad op reclameborden te lezen waren.

De dichter stond achter de katheder en las zijn gedichten met aandacht voor ieder woord voor, zoals ze ooit waren opgeschreven. Ko Un fluisterde zijn verzen. Het was alsof zijn poëzie van adem was gemaakt. Soms werd er geapplaudisseerd, maar na sommige gedichten bleef het ook stil, dezelfde stilte als de seconden na het slotakkoord van een symfonie, de dichter onbewogen. Het was onvergetelijk. Een monument duurzamer dan brons, zoals Horatius zijn poëzie noemde.

Het was de vierde dag van het festival, die ergens in de nacht overging in de vijfde dag. We aten met een kleine groep inktvis met peper en zout bij de chinees op de Witte de Withstraat. Het was al licht buiten. Naast mij zat een vertaalster wier roze nagellak afgebladderd was. Ze vertelde dat haar man ervandoor was gegaan met een dichteres aan wie ze hem had voorgesteld. Een Oekraïense dichter staarde naar zijn stokjes en besloot toen met zijn handen te eten.

Festivaldagen vliegen voorbij. Ze zijn nauwelijks bij te houden. We verdeelden ons over de verschillende zalen, maar soms moest je ook een programmaonderdeel laten schieten omdat je in gesprek was met een dichter of een programmeur van een ander festival. Altijd waren er suggesties, bundels die gelezen moesten worden, namen die een grote belofte inhielden. Nachten van drie, vier uur slaap. De hemel die lichtblauw was als je naar huis fietste.

Toen het festival voorbij was, de decorstukken opgeruimd, de grote banner voor de ingang naar beneden gehaald, de dichters in het vliegtuig, was Giuseppe tien dagen ouder.

Ik zag hem voor het eerst weer in de ijssalon. Hij sliep in de kinderwagen, die bij de kassa geparkeerd was. Sophia stond achter het ijs, ze had een schort om en hield de spatola in haar hand.

Ik was even bang dat Giuseppe langer zou zijn geworden en dat hij een flinke bos haar op zijn hoofd had gekregen, maar hij was even klein en kaal als de vorige keer.

'Slaapt hij nog?' hoorde ik Sophia zeggen.

Hij sliep nog, zijn mond open, zijn linkerhand als een zeester op zijn borst. Ik probeerde verschillen te ontdekken. Waren zijn vingers dikker? Was het dons bij zijn wenkbrauwen verdwenen? Had hij een pukkeltje gekregen op zijn wang? Ik had tien dagen van zijn leven gemist, een derde van zijn bestaan.

'Waar kijk je naar?' vroeg Sophia. Ze was naast me komen staan.

'Naar alles, naar zijn neusje, naar zijn oren, naar zijn wimpers, naar de lijnen op zijn knokkels.'

'Hij heeft prachtige, lange wimpers.'

Ik keek en zocht tegelijk naar beelden in mijn geheugen.

'Is hij gegroeid?'

'Natuurlijk.'

Giuseppe bewoog zijn handjes, een schok; zijn ogen gingen open. Heel even waren zijn donkere irissen te zien, toen zakten ze weg. Misschien had hij onze stemmen gehoord.

'Als je hem in je armen houdt, dan kun je het voelen,' fluisterde Sophia na een tijdje.

Het liefst had ik Giuseppe meteen opgetild. Ik wilde voelen wat ik niet kon zien, maar ik was bang dat ik hem dan zou wekken.

Ik boog me over hem heen om zijn geur te ruiken, de geur die niet veranderd was, die nog steeds zoet als honing rook. Hoe moest het zijn om naast hem wakker te worden? Naar hem te kijken, hem te besnuffelen terwijl hij nog sliep? Luca had er waarschijnlijk geen tijd voor in de ochtend. Hij stond om halfzes op, soms nog eerder.

'Wanneer ben je begonnen met werken?' vroeg ik aan Sophia.

'Vorige week woensdag, toen het zo warm was.'

'Hoe ging het?'

'Hij heeft bijna drie uur achter elkaar geslapen.'

'Wat doe je als hij wakker wordt?'

'Dan neem ik hem even in mijn armen en vertel ik dat mama moet werken.'

'En dat gaat goed?'

'Het moet goed gaan.'

'Huilt hij niet?'

'Zo heeft jouw moeder het ook gedaan met jullie.' Ze fluisterde nog steeds, maar alle zachtheid was weg. 'Het zijn de drukste dagen van het jaar. Dan kan ik niet als enige niets doen.'

Ik was even vergeten dat ze deel uitmaakte van de ijssalon, dat ze tot het andere kamp behoorde. Het kwam door haar huid die door de zon was beschenen en donkerder van kleur was geworden, haar blonde haren die weer glansden. Het was een vergissing. Ik was de enige die er niet bij hoorde, en misschien Giuseppe ook, nu, voor een aantal jaren. Wij hadden een zomer en konden naar buiten gaan. In de ogen van mijn familie had ik tien dagen gewerkt en was ik nu vrij. Ze waren nog nooit op het World Poetry Festival geweest, ze hadden in al die jaren niet één dichter horen voordragen. Het kon ook niet, het was juni. Iedereen was in de stad.

'Je mag wel met hem gaan wandelen,' zei Sophia.

'Ik moet zo weer terug naar kantoor,' antwoordde ik. 'Ik heb alleen even lunchpauze.'

Het was de waarheid, op mijn bureau lagen stapels papieren. Brieven die beantwoord moesten worden, uitnodigingen voor festivals in Bretagne, Turkije en Tasmanië.

Sophia keek me aan. Ze glimlachte niet.

'In het weekend heb ik tijd,' zei ik. 'Dan ga ik graag met hem wandelen.'

Het klonk verschrikkelijk, ik had een kind verwekt en ik kon alleen in het weekend een wandeling met hem maken. Maar dat was alleen de analyse, de feiten ontdaan van de samenhang, de ingewikkelde en onverbrekelijke verbanden.

Sophia liep terug naar de vitrine met ijs. Ik wist niet of ze boos was of dat ze gewoon weer aan het werk ging. Ze zei geen woord, maar toen ik in de avond het kantoor van World Poetry uit stapte, riep ze mijn naam. Ik moest snel komen, Giuseppe was wakker.

Ze had hem uit de kinderwagen getild en gaf hem aan mij.

'En?' vroeg ze. 'Voel je dat hij zwaarder is, dat hij is gegroeid?'

Giuseppe keek me met verbazing aan, zijn tong stak een stukje uit zijn mond, en toen moest hij lachen, heel kort, zonder geluid. Het was een ovale lach, rozerood. Ik vroeg me af of hij me herkende, of dat hij het gezicht van Luca in dat van mij zag.

'Ze nemen in de eerste maand honderdvijftig gram per week in gewicht toe,' zei Sophia. 'Tenminste, dat is wat de kraamverzorgster heeft gezegd.'

Giuseppe moest dan ongeveer tweehonderd gram zwaarder zijn dan de vorige keer dat ik hem in mijn armen had gehad. Het was niks, vier bolletjes ijs. Ik probeerde het te voelen, maar hij was zo licht dat het was alsof hij zweefde in mijn armen.

'Hebben ze niet gezegd dat hij te klein is?'

Sophia schudde haar hoofd. 'Luca was ook een kleine baby,' zei ze. 'Volgens je moeder woog hij ook maar tweeënhalve kilo bij zijn geboorte.'

En ik? wilde ik zeggen. Hoeveel woog ik? Het was logisch dat mijn moeder een parallel trok tussen Giuseppe en Luca, maar ik begreep niet dat Sophia het ook deed.

Ik drukte Giuseppe tegen me aan, zijn zachte wang tegen mijn neus. Ik sloot mijn ogen een moment. We stonden midden in de ijssalon, tussen de tafeltjes en klanten. Ik wist zeker dat Beppi en mijn moeder naar mij keken, Luca waarschijnlijk ook, vanuit de keuken. Wat zou hij denken? Wie zou hij zien? Zijn kind met zijn oom? Zijn broer met zijn zoontje?

Ik voelde een hand op mijn schouder, niet de zeester van Giuseppe, niet de ranke hand van Sophia, maar de ijsmakersklauw van mijn vader. Hij wreef met zijn duim over de stof van mijn overhemd. Hij zei niets, maar ik kon hem wel horen denken. *Giovanni, zie je nu dat je de verkeerde beslissing hebt genomen?* Dit alles had van mij kunnen zijn: de ijssalon, Sophia, een zoon zo zuiver als een engel. *Zie je het nu?* Zijn duim drukte diep in mijn vlees, in mijn spieren.

Ik keek naar de kleine Giuseppe en hij keek naar mij. Hij lachte opnieuw; zijn lippen trilden, het was alsof zijn mond niet groot genoeg was voor zijn glimlach.

De afstand zou vanzelf komen, die was er al. Ik hoefde hem alleen terug te geven aan zijn moeder, me om te draaien en onder de rood-wit gestreepte luifel door te lopen, naar het Eendrachtsplein, en dan richting Veerhaven, naar het restaurant waar mijn afspraak wachtte aan een houten tafel met linnen servetten.

Sophia nam hem van mij over, maar het lukte me niet om weg te gaan. Ik moest nog even kijken, heel eventjes. Naar zijn babybenen, mollig en rond. Geen schrammen, geen littekens. Ongeschonden.

Twee weken na het World Poetry Festival vloog ik naar Argentinië. Victor Larssen was uitgenodigd voor een klein festival in Buenos Aires, maar drie dagen voor zijn vertrek was hij ziek geworden. Hij had hoge koorts en overal op zijn huid rode vlekjes. Het bleken waterpokken te zijn. Als kind had hij ze nooit gehad. Larssen werd opgenomen in het ziekenhuis en moest daar de hele zomer blijven. Ik pakte mijn koffer en bekeek het programma in het vliegtuig. Er traden dichters op uit vrijwel elk land in Latijns-Amerika. Een aantal grootheden zoals Lêdo Ivo, maar de meeste dichters waren onbekend, althans over hun landsgrens heen.

Ik werd door een zwijgende vrijwilliger van de luchthaven opgehaald en naar mijn hotel gereden. Holiday Inn, kamer 217. Grijze gordijnen, grijze handdoeken, grijze waterkoker. Geen kunst aan de muur, maar het bericht op de televisie verwelkomde mij in vier talen: Spaans, Portugees, Engels en Frans. Ik ging liggen op het bed en staarde een halfuur naar een gele vlek op het plafond.

De openingsavond van het festival bestond uit een diner voor alle dichters en genodigden in een oud theater. Over de lengte van het podium was een grote tafel gedekt. Ik zat tussen de directeur van het festival en een naaste medewerker van de burgemeester, die op het laatste moment had afgezegd. Er werd geen poëzie voorgedragen, alleen gegeten en gedronken. Er was nog genoeg tijd voor poëzie, die op verschillende locaties in de stad zou worden voorgelezen door de achttien aanwezige dichters. Het festival duurde zes dagen.

Na afloop van het diner sprak ik met een aantal jonge dichters uit Buenos Aires. Ze waren allen in shirts met korte mouwen gekleed en de vrouwen droegen katoenen jurken. Hun gezichten waren fris als appels. Ze dronken witte wijn en staken hun sigaretten aan met lucifers die ze achteloos op de vloer gooiden. Het was hun tijd. Ze traden veelvuldig op, publiceerden in tijdschriften en hadden een druk liefdesleven. Poëzie was niet iets waar laconiek over werd gedaan, zoals in Europa. Het vervulde een belangrijke rol in de nationale cultuur. De kracht ervan was onaangetast. Er werd over Borges gesproken alsof hij nog leefde. Macedonio Fernández werd aanbeden. Hun regels stroomden door hun bloedvaten, hun ritme was hun hartenklop. *De smaak van een vrucht, de smaak van water,/ het gezicht dat ons wordt teruggeven door een droom, de eerste jasmijnen in november,/ het oneindige verlangen van het kompas.*

Rond middernacht verplaatste de groep zich naar een nabijgelegen bar waar cocktails werden geschonken. Er stonden twee hoge tafels op de stoep, geen barkrukken. Anderen sloten zich aan, vrienden, nachtbrakers. Boven de bar woonden mensen, maar de lichten brandden en de ramen stonden open. Het was alsof de hele stad wakker was.

Tegenover me, met één arm leunend op de statafel, rookte een jonge vrouw een sigaret. Ze was slank als een model en vertelde over een feestje waar ze vandaan kwam, alsof we elkaar kenden. Pas na een tijdje noemde ze haar naam. Elvira. Ze was fotografe en had Italiaanse voorouders.

'Waar in Italië?'

'Het noorden,' zei ze. 'In de buurt van Venetië.'

Meer wist ze niet. Ze was nooit in Italië geweest, nog nooit in Europa.

Ik vertelde dat ik uit de provincie Belluno kwam, ten noorden van Venetië, en dat de eerste golf Italiaanse emigranten uit dit gebied afkomstig was. 'Ze gingen naar Noord- en Zuid-Amerika in de hoop op een betere toekomst,' zei ik. 'Maar er zaten ook gewoon avonturiers tussen die alles achterlieten, sommigen ook hun vrouw en kinderen.'

Elvira wist zeker dat haar voorvader een avonturier was geweest. 'Misschien zijn we wel familie,' zei ze met een glimlach.

'Mijn overgrootvader ging naar Amerika, maar hij is niet gebleven.'

'Een halve avonturier.'

'Zoiets. Hij kwam terug met een indianentooi.'

'Met wat?'

'Een verentooi. Hij droeg hem op zijn hoofd, alsof hij een indiaan was.'

Elvira reageerde niet. Ze dacht dat ik haar in de maling nam.

'Niemand gelooft het verhaal,' zei ik, 'maar hij zou bij de zwartvoetindianen hebben geleefd en hun gebruiken hebben overgenomen. Bij ons thuis hangt nog steeds een tooi met witte veren.'

'Het klinkt als een mythe.'

'Ik weet het.'

'Is er nog meer over hem bekend?'

'Weinig. Dat hij nooit heeft kunnen wennen.'

Ze stak een nieuwe sigaret op en bood mij er ook een aan. Ik schudde mijn hoofd.

'Ken je de dichters die hier zijn?' vroeg ik.

'Bijna allemaal. Een aantal heb ik gefotografeerd.'

'Heb je ze ook gelezen?'

Ze lachte. 'Ze hebben me voorgelezen.'

In haar voorhoofd zat een deukje, net onder haar haargrens. Verder was haar gezicht gaaf, met mooie wenkbrauwen, dun als de steel van een blad.

'Hij heeft een gedicht voor mij geschreven.' Ze wees een van de dichters aan met wie ik na het diner had gesproken. 'En hij ook, meerdere zelfs.'

'Ben je een muze?'

Ze blies de rook van haar sigaret uit, bijna tot mijn gezicht. Bedwelmen was niet nodig, dat gebeurde vanzelf.

Ik dacht aan Apollonie Sabatier, de muze van Charles Baudelaire, maar ook van Théophile Gautier en Gustave Flaubert. Ze hadden haar erotische brieven gestuurd, maar alleen de brieven van Baudelaire waren intens en gekweld, van de hoogste romantiek. Hij zou zeven gedichten voor haar schrijven, Gautier vier, en Flaubert baseerde een romanpersonage op haar. Baudelaire was de enige die het bed met haar zou delen, één nacht. Daarna had hij haar geschreven: 'U hebt een mooie ziel, maar uiteindelijk is het de ziel van een vrouw.'

Elvira lachte. 'Het lijkt me helemaal niks om een muze te zijn,' zei ze.

Haar vader was schilder. Zijn werk hing in verschillende galerieën in de stad, en in de grote vertrekken van de huizen in Recoleta. Maar thuis lekten de kranen en was de vloer altijd vuil. Voetafdrukken, verfklodders, hard geworden kwasten. Haar moeder was een ongecompliceerde vrouw. Ze deed alles voor haar man en poseerde naakt voor hem op de koude betegelde vloer. Ze had zelf geen dromen. Hij was haar eerste liefde geweest. Ze was zestien toen ze hem leerde kennen in een café; hij droeg een besmeurd overhemd en was twintig jaar ouder. Hij had haar talloze malen bedrogen, maar ze kon hem niet verlaten. Het zou als verraad zijn. Elvira wilde een eigen leven hebben, onafhankelijk, autonoom. Zo bewoog ze zich ook door de levens van de jongens die haar aanbaden, niet alleen dichters. Ze was geen muze, ze was moeilijk te vergeten.

'Hoe oud ben je?'

Ze was tweeëntwintig, haar lichaam een godendrank.

Ze vroeg niet naar mijn leeftijd, zoals ze ook niet naar mijn werk had gevraagd. Misschien was ze er niet in geïnteresseerd, zoals sommige vrouwen alles al weten door naar je te kijken.

In de bar aan de overkant van de straat werd de muziek harder gezet. Een donkere vrouw begon op straat te dansen, ze draaide verleidelijk met haar heupen.

We keken er allebei naar. Het was alsof we uitgepraat waren, maar toen zei Elvira opeens: 'Je hebt een vrouw.'

'Waarom denk je dat?'

'Is het zo?'

'Nee, het is niet zo.'

'Ik geloof je niet. Je trouwring ligt in het hotel, op het nachtkastje.'

'Ik ben ongehuwd en ongebonden.'

Ze bleef me aankijken, terwijl ze inhaleerde en de rook seconden later uitblies.

'Ik heb een zoon,' zei ik. 'Hij is twee maanden oud.'

Het was de eerste keer dat ik het aan iemand vertelde. Het voelde als biechten. Het deed meteen goed.

Elvira zei eerst niets. Misschien wachtte ze totdat ik meer zou vertellen.

'Hoe heet hij?' vroeg ze ten slotte.

'Giuseppe.'

'Mis je hem?'

'Ja.' Ik kon het zeggen, ik kon het bekennen, in het donker, in Buenos Aires, aan een meisje dat ik nooit meer zou zien, dat ik één nacht zou kennen.

Er waren meer vrouwen gaan dansen, sommigen kwamen bij de cocktailbar vandaan. Ze waren met hun glas de straat overgestoken en bewogen nu met hun hele lijf op de opzwepende muziek. Bar Miami, zo heette de zaak. Het klonk beter dan ijssalon Venezia. Als mijn overgrootvader naar Argentinië was gegaan, dan zouden we misschien een bar hebben gehad waar voor de deur werd gedanst. Maar hij was naar Amerika gegaan en was na een aantal jaren teruggekeerd naar huis.

Ik was ook een halve avonturier.

Terug in Rotterdam gaf ik Giuseppe een knuffeldier dat ik op de luchthaven van Buenos Aires had gekocht. Het was een grijze dolfijn, zo zacht als een perzik. Hij pakte hem blij vast en kneep erin met zijn kleine handjes. De dolfijn werd zijn metgezel. Hij nam hem overal mee naartoe, sabbelde op zijn snuit en viel er vaak ook tegen in slaap.

Ik zou uit elk land dat ik bezocht steeds iets voor Giuseppe meenemen. Stenen olifantjes uit India, matroesjka's uit Rusland, een blikken auto uit Senegal. Volgens Luca verwende ik hem en hoefde ik niet na elke reis een cadeau te geven. Later, toen Giuseppe wat ouder was, zou ik dichtbundels vanuit alle delen van de wereld voor hem meenemen. Luca vond het helemaal niks, en ook mijn vader foeterde steeds als ik met een dun, rechthoekig pakketje de ijssalon binnenstapte. 'Dat zijn toch geen cadeaus voor een jongen van zijn leeftijd,' riep hij. 'Hij moet ijsmaker worden, geen dichter!' Maar Giuseppe begon er nieuwsgierig in te lezen.

Hij was gegroeid. Ik zag het meteen toen ik voor hem stond met de dolfijn in mijn handen. Het was ongelofelijk, alsof alle onzichtbare beetjes die hij was gegroeid nu een tastbaar stukje vormden.

'Je bent groter geworden,' zei ik. 'Je bent stiekem gegroeid, maar ik zie het wel.'

Hij spartelde met zijn armen en lachte.

'Hij vindt het leuk om je te zien,' zei Sophia.

'Ik vind het ook leuk om hem te zien.'

Toen hij even later in slaap viel, bestudeerde ik zijn gezicht en liet ik mijn vingers over zijn huid gaan. Ik ontdekte een schram bij zijn knie. Zijn eerste schrammetje, niet meer dan een stippellijn. Een paar dagen later was het weg.

Zijn haren werden dikker en lichter van kleur, de plooien in de huid van zijn armen en benen dieper. Hij keek elke dag meer om zich heen, maar kon ook minutenlang naar een voorwerp staren. De mouwen van zijn rompertjes hoefden niet langer omgeslagen te worden. Toen was de laatste dag van het seizoen aangebroken. Iets na middernacht hing mijn moeder het velletje voor de deur met daarop de tekst: 'Tot ziens in maart!'

De volgende ochtend zou de ijssalon worden ontmanteld. De vriezers zouden worden leeggehaald, de koelingen schoongemaakt, de kasten opgeruimd. De ijsmachines werden door mijn vader uit elkaar gehaald en gecontroleerd. De vitrine werd in het sop gezet. Alles moest worden afgesloten, gas, water en licht. Daarna zou de luifel worden opgevouwen en de sleutel in het slot gestoken, en als deze driemaal om zijn as had gedraaid, zouden ze naar Italië rijden, via Duitsland en Oostenrijk, over de Brennerpas, via Dobbiaco en Cortina d'Ampezzo naar het Cadore-dal. Mijn vader zou net als andere ijsmakers in de hoofdstraat op zijn toeter drukken, mensen zouden hun hoofd uit het raam steken en zwaaien naar de auto's die het dorp binnenreden.

Het zou de eerste winter van Giuseppe worden, zijn eerste keer in Venas di Cadore.

In de keuken van Venezia

De dingen die glinsteren als goud op de zeef van het geheugen: zijn blonde haren, zijn tandjes, zijn eerste stapjes. Ik weet nog goed dat ik terugkwam van het International Istanbul Poetry Festival en dat Giuseppe zijn eerste woordje uitsprak. 'Mama.' Eerder had hij al voorwerpen verbonden aan bepaalde klanken, maar het waren geen woorden. Sophia was ontzettend trots en liet Giuseppe zijn eerste woordje talloze malen herhalen.

Ik probeerde hem het Italiaanse woord voor oom te leren. *Zio*. Maar hij had moeite met de letter z, en zei de hele tijd 'io', wat 'ik' betekent in het Italiaans. Als ik de ijssalon binnenkwam en Giuseppe mij zag, zei hij verheugd: 'Io!' Sophia moest er iedere keer weer om lachen. Ze prikte met haar wijsvinger op de borst van haar zoon en zei 'io', en daarna wees ze naar mij: 'Zio.' Het was te ingewikkeld.

Luca kan zich niets herinneren van de eerste woorden van Giuseppe. Het was in de zomer dat hij één jaar oud was. Hij kon al lopen, maar nog niet zo heel goed. Hij botste tegen stoelen aan of viel halverwege het terras op de straatstenen, gestruikeld over zijn eigen voeten. We liepen allemaal achter hem aan om hem op te vangen. Ook klanten stonden regelmatig op en ontfermden zich over de wandelende baby.

'Hij probeert te ontsnappen,' zei een man die regelmatig op het terras zat. 'Kijk, daar gaat hij weer.'

Ik moest lachen toen ik het hoorde en zei: 'Hij is de ijssalon nu al zat.'

'Nee, nee,' zei mijn vader. 'Hij oefent het terraslopen. Volgend jaar kan hij het met een dienblad in zijn handen.'

Ook dat kan Luca zich niet herinneren. 'Ik stond in de keuken en draaide ijs,' antwoordt hij als je hem ernaar vraagt. Het is zijn antwoord op de meeste vragen over Giuseppe. Alleen als het meerdere dagen achter elkaar regende en de ijsconsumptie afnam, had hij tijd voor zijn zoon. Maar een ijsmaker is nooit gelukkig op regenachtige dagen.

'Papa' was het zesde of zevende woordje dat Giuseppe kon zeggen.

'Herinner je je ook niet het eerste ijsje dat hij heeft gegeten?'

'Dat heb ik hem zelf gegeven,' vertelt mijn broer. 'Hij moest huilen, hij vond het te koud.'

Ik was er zelf niet bij geweest, maar had het verhaal later van mijn moeder gehoord. Luca had vanille-ijs gemaakt en was met de bak uit de keuken gekomen. Giuseppe zat in de kinderwagen en wilde aandacht, maar Sophia was aan het werk. Hij was tien maanden oud en had soms aan een uurtje slaap genoeg. Mijn broer had een lepel gepakt en hield hem die voor.

'Dit is het allerlekkerste vanille-ijs van de wereld, toevallig gemaakt door je vader.'

Giuseppe deed zijn mond open; twee tandjes kwamen tevoorschijn, allebei aan de onderkant. Mijn broer bracht de lepel naar binnen, de lippen van zijn zoon sloten zich eromheen. Kou verdooft de smaakpapillen, het dempt alles. Het duurt misschien een seconde, daarna is de suiker te proeven, een golf die aanzwelt. Het was te laat voor Giuseppe. Zijn ogen waren dichtgegaan, net als bij alle andere familieleden die voor de eerste keer ijs hadden geproefd, maar er schoten tegelijk tranen in. Hij krijste het uit, alsof iemand hem pijn had gedaan. Zijn eigen vader. De tongverdovende vanille stroomde alle kanten uit.

'Ik hoef het ook niet,' zei Beppi, die met een dienblad van buiten kwam. 'Maar de mensen zijn het ergst. De mensen die het kopen. Ze zijn ongeduldig, luidruchtig en heel erg lui. Ze gaan in een stoel zitten, krabben over hun dikke buik, laten scheten en verwachten dat er binnen drie tellen een ijsje op tafel staat.'

'Beppi,' riep mijn moeder. 'Wil je je verderfelijke ideeën niet opdringen aan je kleinkind?'

'Anita, kun je je man misschien met rust laten?' Mijn vader boog zich over de kinderwagen. 'Je oma is een heel moeilijk mens,' zei hij. 'Weet je nog dat ik die kleine kruiskopschroevendraaier voor je had gekocht en hoe lelijk ze toen deed?'

Giuseppe hoorde zijn grootvader niet. Hij huilde nog steeds hartstochtelijk. Het zou nog tot het volgende seizoen duren voordat hij opnieuw een hapje ijs durfde te nemen. Toen smolt het op zijn tong en genoot hij van de smaak die terugkwam in zijn papillen, de zoetigheid die hem overspoelde. 'Nog een hap,' riep hij. 'Meer!' Woordjes die hij allemaal al kende.

'Zo'n prachtig stuk gereedschap,' mompelde Beppi. 'En wat doet je oma? Ze pakt het af.'

Hij had op een rustige ochtend een wandeling met zijn kleinzoon gemaakt en was met de kinderwagen bij de Spijkermand naar binnen gegaan. Giuseppe had net als zijn grootvader zijn ogen uitgekeken. Ze hadden het langst voor een luchtbreekhamer stilgestaan.

'Die,' zei de kleine Giuseppe, 'die, die.'

'Die,' zei de grote Giuseppe, 'die is mooi, hè.'

Maar uiteindelijk had hij een vuistschroevendraaier voor hem gekocht, zo'n klein model waarmee je op moeilijke plekken kan komen. Van mijn moeder moest hij het ding onmiddellijk terugbrengen.

'Weet je wel hoe gevaarlijk zoiets is voor een baby?' had ze gezegd. 'Het is geen rammelaar.'

'Dat klopt,' antwoordde mijn vader. 'Het is een vuistschroevendraaier met kruiskop.'

'Wat moet Giuseppe daarmee?'

'Hij vond 'm mooi.'

'Hij vindt alles mooi! Ga je ook een racefiets voor hem kopen?'

'Nee, natuurlijk niet.'

'Je gaat die schroevendraaier nu terugbrengen.'

'Nee.'

'Jawel.'

'Nee.'

'Dan ga ik hem terugbrengen.'

'Goed, goed. Ik heb het al begrepen. We mogen niet van ons leven genieten. Niet als we jong zijn, niet als we oud zijn.'

Mijn vader ging met Giuseppe naar de Spijkermand en bracht de vuistschroevendraaier terug, maar hij kocht ook in een opwelling de luchtbreekhamer. 'Die,' zei hij tegen de verkoper. 'Die,' zei zijn kleinzoon.

Beppi reed met de luchtbreekhamer in de kinderwagen terug naar de ijssalon, Giuseppe had hij op zijn nek gezet. Die had een grote glimlach op zijn gezicht, geen notie van de donkere wolken die zich samenpakten boven Venezia.

Mijn moeder wilde haar spatola naar Beppi gooien, maar ze was bang dat ze haar kleinkind zou raken.

Sophia kende dit soort situaties, hoe absurd ze ook waren. Ze wist dat ze iets moest doen. 'Er zit op de Nieuwe Binnenweg een winkel met houten speelgoed,' zei ze. 'Ze hebben ook prachtig gereedschap. Zullen we daar vanmiddag gaan kijken?'

Ze had rustig gesproken, zachtjes, zonder gebaren, zo neutraal mogelijk.

Beppi keek naar de luchtbreekhamer in de kinderwagen, en misschien besefte hij een moment dat het een belachelijke aankoop was. Heel eventjes, maar lang genoeg. Die middag kreeg Giuseppe een grote rechthoekige doos met daarin een houten zaag en een houten boor. Zijn grootvader deed voor hoe je het gereedschap moest gebruiken.

Sophia bewaarde de vrede, zorgde voor verzoening en hield de hele familie bijeen.

'Weet je zeker dat het een luchtbreekhamer was?' vraagt mijn broer.

We staan in de keuken van Venezia. Eén ijsmachine draait. Het is elf uur 's avonds. Sophia ligt in bed, Beppi en mijn moeder zijn in Italië. Sara schept ijs. Ze komt uit Vodo di Cadore en werkt al enkele jaren in de ijssalon. Ze is gekomen toen mijn moeder Beppi niet langer alleen wilde laten in Venas, en misschien ook omdat ze zelf oud aan het worden was. Sara is begin twintig, niet knap, maar wel heel betrouwbaar. Ze blijft het hele seizoen en logeert op zolder. Luca en Sophia slapen een verdieping lager, in de kamer die vroeger van mijn ouders was.

'Mama heeft me het verhaal verteld,' zeg ik.

'Ik heb soms het idee dat je dingen verzint. Of dat je verhalen verdraait of verwisselt om gaten op te vullen.'

'Het was een hamer waarmee je door muren kunt breken. Een gigantisch apparaat, niets voor een kind van tien maanden. Zo heeft ze het me verteld.'

'Het gaat niet om die hamer,' zegt mijn broer.

We zwijgen. Het gezoem van de motor van de Cattabriga vult de keuken, het schraapmes draait haast geluidloos door de vloeibare massa. Het ijs is nog lang niet klaar.

Soms zitten we ook op het terras, alleen moet hij dan opstaan als er iemand voor de vitrine staat. Sara heeft twee avonden in de week vrij en Luca schept dan ijs. Maar de meeste tijd zit hij op het terras. Het is niet meer zo warm. Oktober, de laatste maand van het seizoen. Na tien uur komen er haast geen mensen.

We praten en we zwijgen, we kijken elkaar aan en we kijken weg. Giuseppe is bijna drie maanden weg. Na het eerste telefoontje hebben we niks meer van hem gehoord. Soms zijn we opgelucht als er een klant het terras op loopt en Luca naar binnen moet om een bekertje of hoorntje te pakken, of een milkshake te maken voor een eenzame man.

In de keuken worden we niet gestoord en kan Luca zich alleen achter de machines verbergen. Hij stuurt me nog steeds weg als het ijs klaar is. Dan wil hij alleen zijn en ga ik naar huis, en zien we elkaar de volgende avond weer.

We praten en we vertellen alles wat we weten. We proberen twee delen aan elkaar te weven. Wat ik me herinner, wat Luca zich herinnert.

'Ik heb soms het idee dat je dingen verdringt,' zeg ik. 'Dat je zegt dat je je iets niet kunt herinneren om ervanaf te zijn.'

'Wat zou ik me moeten herinneren? Kijk eens om je heen. Kijk naar de tegels, naar de kastjes, naar de ijsmachines, naar het werkblad.' Hij gaat steeds harder praten. Hij is boos, net als Beppi voelt hij zich verraden. Iedereen heeft zich tegen hem gekeerd. Zelfs zijn broer. 'Kijk naar de tl-lichten, naar de metalen bakken. Dit heb ik gezien, elke dag. Dit kan ik me herinneren.'

Hoeveel zomers heeft mijn broer inmiddels overgeslagen? Hoeveel heeft hij er opgeofferd?

'En als ik hier niet was, dan was ik op het terras of achter het espressoapparaat of schepte ik ijs.'

De eerste jaren dat mijn vader met pensioen was, moest Luca voor twee werken. Hij maakte 's ochtends en 's avonds ijs en liep de rest van de tijd het terras op en neer. Mijn moeder stond samen met Sophia achter de vitrine. Dit hield ze vijf jaar vol, toen bleef ze in de bergen, bij Beppi. Ze heeft bijna tot haar zeventigste in de ijssalon gewerkt. Haar haren hadden de kleur van het vijgen-amandelijs aangenomen. Het volgende seizoen kwam

Sara erbij, maar er was nog altijd één iemand te weinig. Totdat Giuseppe zestien werd en hij niet meer naar school hoefde.

'Jij denkt dat ik meer weet van hem dan jij, maar volgens mij is het andersom.'

Ik herinner me de eerste dag dat Giuseppe in de ijssalon stond. Het was half juni, de scholen waren dicht in Italië. Hij was in zijn eentje met de trein gekomen, een rugtas om zijn schouders, een koptelefoon op zijn hoofd. Een grote jongen, een puber. Zijn kleren roken naar de bedompte coupé waarin hij vanaf Milaan had gezeten. Meer dan duizend kilometer lang. Hij moest dezelfde avond nog werken.

Ik zag aan zijn gezicht dat hij er geen zin in had, een droevige frons tussen zijn wenkbrauwen. Zijn vrienden in Italië hadden vrij en genoten van de warme avond. De lucht was blauw en leeg als de lange dagen die voor hen lagen. Hij moest over de stenen van het terras lopen en bestellingen opnemen. Het was de eerste zomer die hem werd ontnomen.

Hij had vaker geholpen in de ijssalon. Toen hij klein was, had hij met mijn broer ijs gemaakt. Eieren scheiden, vruchten pureren, noten fijnstampen. Giuseppe had een nieuwe smaak verzonnen. Abrikozen, perziken, mango, pruimen en een vleugje sinaasappel, zijn eigen ijs. Hij schepte het samen met Luca uit de Cattabriga, hun duimen om de steel van de spatolone, die bijna twee keer zo groot was als Giuseppe. Later had hij de tafeltjes afgeruimd, het dienblad in allebei zijn handen, als het stuur van een vrachtauto. En toen hij eindelijk boven de vitrine uit kwam, had hij ook ijs geschept. Samen met zijn moeder. Zij aan zij, af en toe snoepend van de spikkeltjes.

Maar als hij geen zin meer had of wilde spelen, mocht hij altijd gaan. Meestal rende hij naar het pleintje aan de Schiedamse Vest waar hij met jongens uit de buurt voetbalde. Hij was razendsnel en schreeuwde hun naam als hij aangespeeld wilde worden.

Soms kwam hij met tien jongetjes naar de ijssalon, hun wangen rood, hun haren nat van het zweet. Ze kregen allemaal een hoorntje en likten van het ijs met de zon hoog boven hen. De zomer die nog zomer was.

Ik had met Giuseppe te doen toen hij in de ijssalon moest werken en niet meer weg kon. Hij keek moeilijk, gekweld. Maar Luca leek het niet te zien. Hij verdrong het en verdringt het nog steeds.

Halverwege de week zag ik hem opeens zitten in de grote zaal van de schouwburg. Ik dacht dat ik het niet goed had gezien, dat het een jongen was die als twee druppels water op hem leek, hetzelfde onschuldige gezicht, dezelfde lange, donkere haren. Maar het was hem wel. Hij was het eerste familielid dat het World Poetry Festival bezocht. Ik probeerde oogcontact met hem te maken, maar hij zag me niet. Hij keek naar het podium, waar de Zuid-Afrikaanse dichter Gert Vlok Nel stond voor te lezen. Een grote vent met sterke armen, zijn poëzie weemoedig en persoonlijk, net als de liedjes die hij op zijn gitaar zong in cafés. Een zeeman met een fluwelen stem. Hij keek naar het publiek alsof het een vrouw was die hij jaren niet had gezien.

Na afloop van het programma was ik Giuseppe kwijt. Ik zag hem nergens in de foyer en ook niet aan de bar. Ik had hem graag aan Gert Vlok Nel willen voorstellen. De dichter die rook naar zijn poëzie, naar warrelwinden en gombomen, naar een kano van zinkplaat. We hadden met z'n drieën een biertje kunnen drinken, of iets anders.

Hij had ruzie gehad met zijn vader en was weggelopen. Ik kreeg het verhaal niet van Giuseppe te horen maar van Luca. 'Hij wilde niet werken,' zei mijn broer, 'omdat hij de hele dag al had gewerkt. Hij vond dat hij recht had op een vrije avond.'

Luca kon het niet geloven. Zijn vader had zevenenvijftig jaar in de ijssalon gestaan, hijzelf zat op zo'n dertig jaar, en Giuseppe klaagde al na vier dagen. 'Je werkt acht maanden en daarna heb je vier maanden vrij,' zei hij tegen zijn zoon. 'Zo werkt het, dat is het leven van een ijsmaker.'

'Ik ben geen ijsmaker.'

'Jawel, dat ben je wel. We zijn allemaal ijsmakers.'

'Oom Giovanni niet.'

Mijn broer ontplofte. 'Oom Giovanni is een verrader!' riep hij.

'Dat is hij niet.'

'Dat is hij wel. Hij heeft ons in de steek gelaten.'

'Hij doet gewoon wat hij leuk vindt.'

'We kunnen niet allemaal doen wat we leuk vinden. Er moet ook gewerkt worden!'

Ze stonden in de keuken. De deur was dicht, maar iedereen kon ze horen. Sophia en Sara, de klanten die binnen zaten en lepelden van hun ijscoupes met vruchten en slagroom.

'Oom Giovanni werkt voor het World Poetry Festival.'

'Dat is geen werk. Tenminste, geen echt werk. Weet je wie dat festival betaalt? Niet de mensen die het bezoeken, maar de mensen die echt werken, die belasting betalen, en daarmee wordt het festival gesubsidieerd en ook het salaris van je oom. Ik werk voor hem.'

'Je bent gewoon jaloers.'

'Dat ben ik niet.'

'Jawel.'

'Jij bent zestien jaar en weet nog niet alles,' zei Luca. 'En nu hou je je kop en ga je aan de slag.' De vader had gesproken tegen zijn zoon.

Giuseppe was gaan werken, met die diepe frons in zijn voorhoofd, maar hij had om acht uur zijn schort afgedaan en was zonder een woord te zeggen onder de rood-wit gestreepte luifel door naar buiten gelopen.

'Sophia riep zijn naam, maar hij draaide zich niet om.'

'Ik heb hem gezien,' zei ik. 'Hij was bij mij op het festival. Ik zag hem in de zaal zitten.'

'Wat?'

'Hij luisterde naar een dichter.'

Nog altijd steekt het hem en komt het boven, praten we over deze avond.

'Hij deed het om mij te pesten,' zegt Luca.

'Hij deed het omdat hij nieuwsgierig was.'

'Nee. Hij deed het om mij te kwetsen. Hij wist hoe erg ik het vond, anders was hij wel naar de bioscoop gegaan, of naar het park.'

We kunnen het niet eens worden. Hij had niet gezien hoe Giuseppe had geluisterd naar de Zuid-Afrikaanse dichter. Geconcentreerd, aangeraakt. Niet uit wraak.

'Dronk hij toen al bier?'

'Waarom vraag je dat?'

'Omdat ik het wil weten.'

Luca weet niet hoe Giuseppe naar Gert Vlok Nel had gekeken, ik weet niet of hij al alcohol dronk. We vullen de gaten van het grote verhaal.

'Volgens mij wel. Hij was toen al een tijdje zestien. In de winter was ik met hem naar Bar Posta gegaan en waren we aangeschoten naar huis gelopen. Ja, nu herinner ik het me weer. Giuseppe was dronken van de twee biertjes die hij had gedronken, ik van het geluk om hem weer te zien, om samen met hem in een bar te zitten. Het was de eerste keer dat hij mee was gegaan.'

We luisteren aandachtig naar de ander als hij iets vertelt wat alleen hij weet, zoals Luca enkele dagen eerder in de keuken naar mij had geluisterd toen ik vertelde over de paar keer dat ik Giuseppe had zien voetballen op het pleintje aan de Schiedamse Vest.

'Hij was de beste van allemaal,' zei ik trots. 'Alle jongens wilden bij hem horen.'

'Heb je hem een doelpunt zien maken?'

'Ik heb hem zien juichen. De jongens die op hem afrenden en hem besprongen. Ze omhelsden hem alsof ze profvoetballers waren.'

'Wat deed je daar?'

Hij klonk opeens nijdig, zoals hij wel vaker midden in een gesprek kon zijn, maar hij moest het zelf hebben gehoord, want hij stelde meteen een andere vraag.

'Was je speciaal voor hem naar dat pleintje gegaan?'

Ik knikte. Ik was net terug uit Zweden, waar ik met een aantal Nederlandse dichters het Gotland Island Poetry Festival had bezocht. Tomas Tranströmer had naar hen geluisterd in zijn rolstoel. Ik was met mijn koffer direct naar de ijssalon gegaan, maar Giuseppe was er niet. Hij was voetballen op een pleintje. Sophia wees in de richting van de West-Blaak. 'Daarachter ergens,' zei ze. Ik kende het pleintje van vroeger, Luca en ik hadden er zelf ook gevoetbald toen we jong waren. Nu waren er witte lijnen op het plein geverfd, zijlijnen, doellijnen, een middencirkel. De goals waren gigantisch.

'Hij keek heel kort naar mij, hij was veel te druk met het spel. Maar toen hij scoorde, rende hij op me af en gaf me de vijf. "Oom, heb je het gezien?" riep hij. "Met mijn hak, oom! Heb je het gezien?" En daarna rende hij het plein weer op en besprongen ze hem. Hij was tweeënhalve maand per jaar in Nederland en toch was hij een van hen.'

'Ik heb ze nooit zien voetballen,' zei Luca. 'Ik heb ze wel op het terras zien zitten. Giuseppe kwam dan de keuken in gerend. Hij vertelde naar adem happend dat al zijn vriendjes buiten zaten en dat hij ze op een ijsje wilde trakteren, en dat mama had gezegd dat hij het aan mij moest vragen. Eigenlijk vond ik het niet goed. Maar ik wist dat hij dolgelukkig zou zijn als ik ja zou zeggen. Die glimlach, ik deed er alles voor.'

Het was de stralende jongenslach die ik had gezien in Venas di Cadore. Giuseppe was zes jaar en ik bezocht hem bij zijn oma, waar hij woonde. De eerste vijf jaar was hij net als Luca en ik elk seizoen meegereisd naar Nederland, maar toen hij naar school moest, bleef hij achter in Italië. Sophia had het er verschrikkelijk moeilijk mee. Ze miste haar zoontje iedere dag. Luca liet niks merken. Hij bereidde ijs, stond vroeg op en ging midden in de nacht naar bed. Zijn ouders hadden hem ook niet kunnen meenemen. Zo werkt het, dat is het leven van een ijsmaker.

Sophia kreeg het niet over haar hart om Giuseppe naar het internaat in Vellai di Feltre te sturen. Het internaat waar de nonnen ons hadden geslagen en waar Luca 's nachts bij mij in bed was gekropen. Haar moeder wilde de zorg voor Giuseppe op zich nemen. Ze bracht hem naar school, kookte voor hem en deed zijn was.

Het was lente toen ik hem voor het eerst bezocht. April, de hemel helder, de toppen van de bergen bedekt met oogverblindende sneeuw. Ik had een auto gehuurd op de luchthaven van Venetië, een metallic SUV die automatisch schakelde. Giuseppe kwam naar buiten gerend toen ik uitstapte. De moeder van Sophia stond in de deuropening, even later kwam haar man erbij. En toen sprong hij zomaar in mijn armen, die samen met de spieren in mijn rug schrokken van zijn gewicht.

'Zio! Zio!' riep hij.

Ik tilde Giuseppe in de lucht en hield hem voor me als een trofee. Je bent van mij, dacht ik. Je bent van mij. En de komende tijd zou hij ook van mij zijn, terwijl Sophia en Luca in de ijssalon werkten.

Giuseppe lachte, ook met zijn ogen en zijn wenkbrauwen, maar het meest met zijn mond. Hij was laat met wisselen en had al zijn melktanden nog. Ze waren maagdelijk wit.

Het is alsof deze lach dwars door de jaren heen blijft stralen. Hij vormt samen met de lak van de auto op de achtergrond en de zon op de sneeuw verder weg een echo van licht.

'Zio!'

Het zijn glinsterende herinneringen. We wonen op goud, maar we kunnen er niet bij.

'Natuurlijk heb ik hem wel gemist,' zegt mijn broer op een andere avond in de keuken. 'Het is niet zo dat een ijsmaker een hart van ijs heeft. Hij heeft ook armen die willen omhelzen, die een jongetje omhoog willen gooien om hem een seconde later op te vangen. Het is druk ja, en je bent altijd bezig, maar je gedachten gaan gewoon door. Als het ijs draait, als de cilinder moet worden leeggehaald, als de machine weer moet worden gevuld.'

Hij is even stil en kijkt naar het werkblad, dat vol staat met ananassen. Ze moeten worden geschild en gepureerd. Daarna moet de puree met suikerwater worden gekookt en moet alles worden gezeefd en gekoeld. Ik weet niet wat mijn broer aan de sorbetbasis zal toevoegen. Misschien slechts een beetje citroensap of een aantal geklopte eiwitten voor een romig mondgevoel, ijs als een wolk in je mond. Maar hij kan ook een ander ingrediënt toevoegen. Ik zie gember en een bosje munt liggen. Het is alchemie.

'Onder deze tl-balken dacht ik ook aan de tijd dat wij van onze ouders gescheiden waren,' zegt Luca. 'De nonnen die onze brieven lazen en boos werden als je schreef dat je je ouders miste.'

'Ze lieten ons de brieven opnieuw opstellen.'

'We moesten schrijven wat we geleerd hadden, dat we ons bord keurig leegaten en elke dag baden. De dagen in de ijssalon zijn lang, maar de dagen in het internaat waren oneindig.'

De dagen dat het gras groen werd en de paardenbloemen opkwamen. De zon die warmte bracht en het wit van de winter uit onze huid liet verdwijnen.

De dagen die ik met Giuseppe had doorgebracht toen hij bij zijn oma woonde. Iedereen was in Rotterdam. Beppi, mijn moeder, Sophia, Luca. Ik liep met Giuseppe door het dorp en hield zijn hand vast. We gingen naar de bakker en de slager, we kochten een krant of een tijdschrift voor de moeder van Sophia. Er waren weinig mensen op straat, nergens stond een rij. 's Avonds was het doodstil in het dorp. De pizzeria was alleen in het weekend open; in Bar Posta staarden oude versleten mannen voor zich uit. Hun vrouwen sliepen in het eenzame echtelijke bed. Lege waslijnen, gesloten raamluiken, her en der gloednieuwe geraniums op het balkon. Lente in Venas di Cadore.

Ik haalde Giuseppe uit school en speelde met hem in het bos. We zochten dennenappels en bouwden hutten, we deden gevechten met takken die eigenlijk levensgevaarlijke zwaarden waren. We rolden door de weilanden als de boeren het niet zagen.

Dagen van geluk en dagen van duizend vragen. 'Mag ik voorin zitten?' 'Mag ik sturen?' 'Wil je een pijl-en-boog voor me maken?' 'Wil je met me voetballen?' 'Wil je oma vragen of ze vanavond pannenkoeken maakt?' 'Kun je me vangen als ik van deze tak spring?' 'Kun je me in de rondte slingeren?' 'Wil je het nog een keer doen?' Draaien, draaien, draaien. En daarna samen duizelig op het gras liggen en naar de tollende lucht kijken.

Dan de andere vragen, als alles tot stilstand is gekomen.

'Hoe lang blijf je nog in Venas?'

'Nog vier dagen. Na het weekend ga ik terug naar Rotterdam.'

'En daarna?'

'Daarna ga ik naar Santiago.'

'Waar ligt dat?'

'In Chili.'

'Mag ik mee?'

'Dat kan niet.'

'Waarom niet?'

'Je moet naar school.'

'Ik wil niet naar school, ik wil met jou mee.'

Giuseppe klom op me, zijn gezicht een paar centimeter boven dat van mij.

Ik keek naar zijn dunne wenkbrauwen en zijn donkere ogen, naar zijn zuivere voorhoofd en naar het plukje blond haar dat op mijn gezicht viel. Ik was nog steeds verliefd.

'Waarom kan ik niet met jou mee?'

'Als je groot bent kun je nog heel veel reizen,' sprak de oom tot zijn neefje.

Giuseppe kreunde. Het was niet het antwoord dat hij wilde horen.

'Wanneer ga ik naar Rotterdam?' vroeg hij.

'In juni, als de zomer begint.'

Hij reageerde niet, maar ik zag een frons in zijn fijne voorhoofd verschijnen.

'Wie mis je het meest?' vroeg ik.

'Mama.'

'En je papa?'

'Ook.'

'En mij?'

'Jij bent nu hier.'

'Maar als ik weg ben, als je bij opa en oma bent?'

Hij dacht even na. 'Ik mis je in de winter,' zei hij, 'als ik in mijn eigen huis ben.'

Het huis waar ik logeerde, waar niemand was, maar waar alles wachtte op de terugkeer van de bewoners. De stoelen aan de keukentafel, de borden in de kasten, het gereedschap in de kelder. Ik woonde er al jaren niet meer. Mijn plaats was ingenomen. Giuseppe sliep in mijn slaapkamer.

Ik heb hem één keer naar zijn huis meegenomen, omdat hij het zo vaak had gevraagd. Hij wilde een speelgoedauto pakken die hij was vergeten mee te nemen naar het huis van Sophia's ouders.

'Je slaapt in mijn bed,' zei hij toen we op zijn kamer waren.

'Jij slaapt in mijn bed,' pareerde ik, maar Giuseppe leek het niet te horen. Hij zocht naar de auto tussen al het andere speelgoed.

Hij zag niet dat ik het bed niet had verschoond en dat ik onder zijn lakens sliep. Hij merkte ook niets van de stilte in het huis, van de voorwerpen en meubels die wachtten op zijn ouders en grootouders. Hij reed blij met zijn rode raceauto door de gang.

'Zio, kijk! Als je 'm naar achteren trekt, dan schiet ie naar voren.'

De raceauto spurtte naar de andere kant van de gang en botste tegen de muur, maar Giuseppe liep er niet achteraan. Hij draaide zich om en ging zijn kamer weer in.

'Ik wil me omkleden,' zei hij.

'Waarom zou je je omkleden?'

'Deze kleren zitten niet lekker.'

Hij opende de kledingkast en haalde er een lange broek, een vest en een T-shirt uit. Eerst begreep ik niet waar hij mee bezig was, maar toen hij zich had omgekleed, zag ik wat hij had gedaan. Hij had alle kleren uitgetrokken die hij van Sophia's moeder had gekregen. Het waren nette kleren, de broek met een scherpe vouw, het overhemd hagelwit. Kleding voor op zondag, voor naar de kerk.

Het was me de eerste dag al opgevallen dat Giuseppe er zo keurig uitzag, maar ik dacht dat Sophia's moeder het speciaal voor mij had gedaan, zoals wij vroeger ook nauw zittende pantalons en kriebelende truien moesten aantrekken als er bezoek kwam. Maar ze kleedde haar kleinzoon zeven dagen per week in zondagskleren, zoals ze zelf altijd glanzende schoenen met hakken droeg.

'Deze broek mag tenminste vies worden,' zei Giuseppe.

'Die andere niet?'

'Van oma mag niets vies worden.'

'Volgens mij houdt ze heel veel van je.'

'Ze kamt mijn haar elke ochtend in een scheiding.'

We willen zoveel doorgeven, overdragen aan de volgende generatie. IJs, poëzie, gereedschap. Een manier van leven. Er mag niets verloren gaan, omdat je anders jezelf verloochent.

Toen ik Giuseppe terugbracht naar zijn oma, bekeek ze hem

alsof hij een bastaardhond was. Maar ze keek niet veel vriendelijker naar haar echtgenoot, die de hele dag thuiszat. De brillenfabrieken waren vrijwel allemaal verdwenen in de streek. De Chinezen hadden aan het langste eind getrokken. Ook de fabriek van Sophia's vader was gesloten; hij had kunnen kiezen tussen een overplaatsing of vervroegd pensioen. Hij had voor het laatste gekozen. Nu waren ze aangekomen in een lastige fase van het huwelijk: de fase waarin je elkaar naar het leven staat. Sophia's moeder zag er nog altijd goed uit, maar ze had niet meer dezelfde ruimte als een paar jaar terug. Ze kon heel koel zijn, haar gezicht was harder geworden. In haar hand hield ze vaker een glas wijn. Misschien kwam het door Giuseppe dat ze niet terugging naar Modena, of ze had gewoon de moed niet om opnieuw te beginnen.

We aten met z'n vieren. Polenta met gorgonzola. Sophia's vader glimlachte af en toe naar zijn kleinzoon, maar Giuseppe sloeg er niet zoveel acht op. Hij had honger, en hij was zijn andere opa meer genegen. In de winter doken ze met z'n tweeën de kelder in en lieten de machines razen en tieren. Mijn moeder vond het verschrikkelijk, maar ze had er niks over te zeggen.

Toen de tafel was afgeruimd en Giuseppe lag te slapen, zei Sophia's moeder: 'Hij heeft jouw blik in zijn ogen.'

We dronken nog een glas wijn. Haar man zat op de bank en keek televisie. Ik moest zijn vrouw maar gezelschap houden.

'Hij lijkt meer op jou dan op Luca,' zei ze. Ze nam een grote slok, haar gezicht was hard als een steen.

Ze wist twee dingen, of eigenlijk drie; dat Sophia pas na heel lange tijd zwanger was geraakt, en dat ik altijd een zwak voor haar dochter heb gehad. Luca en ik hadden haar in onze jeugd omringd als vliegen. We hadden bijna iedere dag voor de deur gestaan. Haar moeder had vaak opengedaan en had op een gegeven moment tegen haar dochter gezegd dat ze moest kiezen.

En ze wist dat ik ondeugend was.

'Het komt door de zon,' antwoordde ik. 'Giuseppe en ik zijn veel buiten, Luca is altijd binnen. Hij ziet nooit zon.'

Giuseppe was de zon achternagereisd. De zalige zon boven Centraal-Amerika. Hij had het nog geen drie zomers volgehouden in de ijssalon. De tweede zomer was het ergst, toen moest hij ook helpen in de keuken. Luca wilde dat hij alle smaken leerde bereiden, maar Giuseppe wilde helemaal geen ijs maken.

'Het is al erg genoeg dat ik hier moet werken,' had hij tegen Luca gezegd. 'En nu sluit je me ook nog op in de keuken.'

'Een ijsmaker moet leren ijs maken.'

'Ik wil geen ijs maken.'

'Ik heb het ook geleerd.'

'Ik begrijp niet waarom ik moet doen wat jij hebt moeten doen.'

'Omdat het een traditie is,' antwoordde mijn broer. 'Omdat je opa en overgrootvader het ook hebben geleerd. Omdat deze ijssalon van onze familie is en hij van vader op zoon overgaat.'

Nooit had mijn broer gezegd dat hij niet zijn vader was. Tientallen malen had de waarheid op zijn tong gelegen en wilde hij die uitspugen, maar hij kon zich inhouden. Hij had Giuseppe de deur willen wijzen, hij had hem willen verstoten, hij had hem een klap op zijn kop willen geven met de spatolone, precies zoals Beppi de wanhoop nabij was geweest toen ik dichtbundels ging lezen.

Soms zocht Giuseppe troost bij zijn moeder, maar die stond zeven dagen per week achter het ijs. In de lente en de zomer was weinig tijd voor troost. Eén keer belde hij aan bij het kantoor van World Poetry. Ik liet hem binnen en ging met hem aan de grote tafel van de bibliotheek zitten. Hij zei niks, geen woord, en bleef maar naar het tafelblad kijken.

Ik zag mezelf als ik naar hem keek, en misschien zag mijn broer mij – de verrader, de vijand – als hij naar Giuseppe keek.

'Het heeft alleen voor een dichter zin om treurig te zijn,' zei ik, zoals Heiman tegen mij had gezegd. 'Wij, normale stervelingen, moeten gelukkig zijn.'

Hij keek me aan, maar reageerde niet. Ik zag dat hij tranen in zijn ogen had en dat zijn lippen trilden. Er schoten talloze dichtregels door mijn hoofd, honderden woorden om hem te troosten, maar ik deed wat Heiman nooit had gedaan. Ik legde mijn armen om Giuseppe en drukte hem tegen me aan. Ik omhelsde hem.

'Heb je het nooit tegen hem gezegd?' vraagt mijn broer.

'Nooit.'

'Ook niet tegen iemand anders?'

'Tegen niemand.' Behalve dan tegen het meisje in Buenos Aires, maar zij telde niet mee. Ze was opgelost in het verleden, verdwenen in de tijd.

Ik had er nooit mee geworsteld. Het had mij geen enkel moment op de tong gelegen. Ik had Giuseppe verwekt, maar hij was de zoon van Luca en Sophia. Ik was zijn oom, een oom die van hem hield en die hem opzocht in de lente, een oom die cadeaus meebracht vanuit de hele wereld. Een oom die hem vreselijk kon missen.

'De winters waren het moeilijkst,' zeg ik.

'De winters waren het mooist,' zegt Luca.

De winters die zomers waren voor de ijsmakers. Ondanks de korte, donkere dagen, ondanks de kou en de rook uit de schoorstenen, was de winter het milde en grote seizoen in het Cadoredal. In de bergen viel een last van je schouders.

'Ik keek met hem naar de sneeuwvlokjes,' vertelt mijn broer. 'We vingen ze op met onze tong, we deden wie er het eerst twee tegelijk opving. Giuseppe won altijd, omdat hij net zo'n lange tong heeft als zijn moeder.'

Ik zie ze lopen door de vallende sneeuw. Mijn broer en zijn zoon. Ze houden elkaars hand stevig vast, een schakel van een ketting die niet verbroken kan worden.

'Toen hij wat ouder was, haalde ik de slee van zolder die Beppi voor ons had gemaakt. We gingen met z'n drieën de heuvel af, ook Sophia, maar we vielen al bij de eerste bocht die we maakten. Eerst moest Giuseppe huilen, maar toen hij zijn vader en moeder zag lachen, schaterde hij het ook uit. "Er zit sneeuw in mijn nek!" riep ik. "Er zit sneeuw in mijn bh!" riep Sophia. "Er zit sneeuw in mijn onderbroek!" riep Giuseppe.'

Ik herinner me een winter waarin ik in drie verschillende hotelkamers wakker werd met Jim Morrison.

'Hij kon de hele dag buiten blijven en met vrienden sneeuwballengevechten houden. Je moest hem naar binnen roepen voor het eten en dan uitkijken dat je niet een sneeuwbal tegen je hoofd kreeg. Eén keer hebben we hem met z'n allen opgewacht voor de deur – Beppi, mama, Sophia en ik – en hebben we hem bekogeld totdat hij "genade" riep. Natuurlijk was hij boos en moest hij huilen, maar toen mama vertelde dat ze ossobuco had gekookt, was alles weer goed en zaten we even later met z'n vijven in de warme keuken met een dampend bord voor ons.'

Op sommige avonden zwijgt mijn broer en luistert hij liever naar mij of naar het zoemen van de motor van de Cattabriga, maar vanavond komen de herinneringen als vanzelf naar boven, de ene na de andere, zoals Fernando Pessoa op 8 maart 1914 naar zijn lessenaar liep, een vel papier pakte en meer dan dertig gedichten achter elkaar schreef.

Het is onmogelijk om alles te vertellen, het complete verhaal. We kennen het niet. We zijn niet bij alles aanwezig geweest. We vertellen elkaar wat we weten. We proberen een raadsel op te lossen.

Op een van de avonden dat we buiten op het terras zaten, zei Luca opeens: 'Soms denk ik dat je tegen hem hebt gezegd: "Ga maar naar Mexico. Je hoeft niet meer terug te komen. Je mag je leven zelf bepalen. Ga maar."'

'Geef je mij de schuld?'

Hij keek om zich heen, misschien in de hoop dat er een klant zou komen, maar er liep niemand naar de ijssalon.

'Ja, ik geef jou soms de schuld,' antwoordde mijn broer, 'maar vaak genoeg ook mezelf. Ik kan maar niet vergeten dat ik Giuseppe bijna te lijf ben gegaan in de keuken. We hadden voor de zoveelste keer ruzie over zijn haar. Hij liet het altijd loshangen, ook al had ik hem honderd keer gevraagd het in een staart te doen, of naar de kapper te gaan. Het was hartstikke gevaarlijk als je boven een draaiende Cattabriga stond. Je kent dat verhaal toch van die ijsmaker die gewurgd is door zijn ijsmachine? Zijn stropdas was vast komen te zitten. Ik was als de dood dat Giuseppes haar gegrepen zou worden. Bovendien was het onhygiënisch. Er kwamen haren van hem in het ijs. Er had al een keer iemand geklaagd over een haar in een bolletje bananenijs. Ik wist zeker dat die van Giuseppe was. Hij was lang en donker, bijna zwart. Ik heb het met mijn eigen ogen gezien.

Sophia zei altijd dat ik niet zo hard voor hem moest zijn, dat ik hem wat meer ruimte moest geven, maar zij stond niet met hem in de keuken. Ze geloofde dat hij gewoon tijd nodig had en dan zou het vanzelf goed komen. Het probleem is alleen dat er geen tijd is in een ijssalon. Ja, in de winter is er tijd, maar niet in de zomer, in een keuken van twee bij drie met draaiende ijsmachines en kratten fruit tot het plafond. Ik heb toen gewoon een afspraak voor hem gemaakt bij de kapper. Bij Lagerman, hier om de hoek. Iedereen liep daar naar buiten met een prachtige crewcut. Ze konden zo bij de marine. Wij wilden er vroeger ook altijd naartoe, maar mama vond ze te duur. Toen ik Giuseppe vertelde dat ze hem verwachtten, weigerde hij te gaan. Hij was er met geen stok naartoe te krijgen. Dus toen zei ik dat ik het zelf zou doen. Ik had er schoon genoeg van. Zijn haar werd almaar langer en het hing continu voor zijn ogen. Ik zocht naar een schaar, maar we hebben helemaal geen schaar in de keuken. Je hebt geen schaar nodig om ijs te maken. Toch ging ik door met zoeken, omdat ik het niet kon geloven, en weet je wat hij toen zei? Hij vroeg waarom ik niet nog een zoon had gemaakt. Een zoon die wel ijsmaker wilde worden. Met korte haren. Het deed verschrikkelijk pijn en ik werd ontzettend kwaad. Ik zag een mes liggen. Het mes waarmee je meloenen doormidden snijdt. Ik pakte het en kneep in het handvat. Ik ga zijn haren eraf snijden, dacht ik. Toen ben ik op hem afgestormd, maar hij was de keuken al uit voordat ik het mes had kunnen heffen.'

'Wanneer is dit gebeurd?'

'Een week voordat hij vertelde dat hij een ticket had gekocht naar Mexico.'

Toen kwam eindelijk iemand een ijsje kopen.

Als ik eerlijk ben, heb ik mezelf ook vaak de schuld gegeven. Had ik Giuseppe niet te veel over mijn werk verteld? Had ik hem verlokt tot een leven dat niet voor hem was bedacht? Ik wist dat hij in de ijssalon moest werken en dat hij deze op een dag zou krijgen. Er was geen andere zoon, geen broer die zijn lot kon overnemen.

Ik had hem verteld over Medellín, over Struga, over Tel Aviv. Over het poëziefestival in Mongolië dat niet alleen in de hoofdstad maar ook in dorpen en ronde tenten van vilt en wol in de Gobiwoestijn plaatsvond. Over de wodka van kamelenstremsel die ik had gedronken en de dichters die met een trillende stem hadden gezongen. *De avond overvalt de joerte/ Nachtelijk zwart/ Verdicht de schaduwen/ Zwarter dan alle nachten/ Van een winter bij elkaar.*

Over mijn afspraak in Chicago, in een van de torens aan de Magnificent Mile waar The Poetry Foundation zijn zetel heeft. De club die de schenking van Ruth Lilly beheert.

'Wie is dat?'

'Een dame die haar hele leven gedichten stuurde naar *Poetry*, een klein literair tijdschrift, maar er werd er nooit een gepubliceerd. Wel kreeg ze elke keer een brief van een van de redacteuren, Joseph Parisi. Hij schreef iedereen een persoonlijke afwijzing. Toen Ruth Lilly zevenentachtig jaar was, gaf ze tweehonderd miljoen dollar aan *Poetry*.'

'En wat deed je in Chicago?'

'Ik moest een presentatie geven voor de board van The Poetry Foundation. Zo'n twintig bobo's uit het culturele leven van Chicago die met z'n allen die tweehonderd miljoen bewaken. De voorzitter was er niet bij. Die zat in het vliegtuig naar New York en belde in via een kastje. Een kleine vierkante speaker op de tafel in het midden van de kamer. Precies zoals in een film. Ze vonden het plan interessant, maar er was geen budget.'

Over het festival in Huangshan dat was georganiseerd door vier vrienden, die ooit zeven dagen per week wijn dronken en poëzie schreven. Maar die toen bedachten dat zo'n leven te romantisch was en dat je er geen geld mee kon verdienen. Dus gingen ze over op drie dagen in de week drinken en dichten. In de tijd die overbleef richtten ze elk een onderneming op: een taxibedrijf, een hotel, een restaurant en een operahuis, en met het geld dat ze hiermee verdienden, organiseerden ze een eigen festival met dichters uit de hele wereld. Door de financiële onafhankelijkheid had de Chinese overheid geen enkele bemoeienis met het festival. Ze wisten er waarschijnlijk niet eens van. De vliegtickets, de catalogi met vertalingen, de excursies naar oude stadjes en zelfs de uitgebreide voetmassages werden betaald door de organisatie. Het festival was niet te vinden op internet. Er was geen publiek. De dichters droegen hun gedichten voor in beroemde tuinen, staand voor een eenzame dennenboom. Of hangend aan een klif in de Gele Bergen. De vier vrienden luisterden met een gelukzalige glimlach op hun gezicht.

'In wat voor hotel sliep je?'

'Het Xin An Country Hotel.' Op het bureau stond een doosje tissues die naar rozen roken, de stoel was een beschilderde porseleinen pot. Het raam keek uit op een klassieke tuin met zorgvuldig bijgehouden boompjes en een bruggetje over een vijver. Elke ochtend om halfnegen veegde een vrouw het gras met een rieten bezem.

Over de lezing in Barrancabermeja, een aantal dagen na het festival in Medellín. Ik zat met vier dichters in een geblindeerde auto, de chauffeur had een automatisch geweer op schoot. Achter ons reed een tweede auto met twee andere mannen die ook automatische wapens hadden. We waren op weg naar de grootste olieraffinaderij van het land. Het was vijf uur 's ochtends, alle dagarbeiders hadden zich verzameld op een weiland. Zeshonderd man, twaalfhonderd zwarte handen. De zon kwam op boven het land en de dichters die voordroegen van de velletjes papier die ze even ervoor uit hun zakken hadden gehaald.

Giuseppes ogen fonkelden, alsof hij een van de arbeiders was en het licht op hem scheen, terwijl de woorden van de dichters in zijn oren stroomden en zijn geest omwoelden.

Oscar Wilde had ooit voorgelezen aan de mijnwerkers in Leadville, Colorado. Hij had niet gekozen voor poëzie of zijn enige roman, *The Picture of Dorian Gray*. Hij had in een fluwelen pak voorgelezen uit de autobiografie van Benvenuto Cellini, een zestiende-eeuwse Italiaanse kunstenaar die pausen en vorsten had geschoffeerd, hoeren en maîtresses had bezocht en diverse moorden zou hebben gepleegd. De mijnwerkers genoten van zijn voordracht. Ze riepen dat Wilde volgend jaar terug moest komen en Cellini moest meenemen.

Giuseppe wilde ook meer.

We hebben de afgelopen jaren weinig met elkaar gesproken, Luca en ik. Als ik in de ijssalon was, kwam hij af en toe aan mijn tafeltje zitten of nodigde hij me uit in de keuken. Ik vroeg hoe het met Giuseppe ging, hoe hij het op school deed en of hij al een vriendinnetje had. Luca gaf antwoord terwijl hij doorwerkte of snel een espresso dronk. Soms vertelde hij uit zichzelf dat hij Giuseppe aan de lijn had gehad en dat hij zijn groeten aan mij moest overbrengen. We vermeden de andere vragen, een echt gesprek. Het was niet zo erg als de twaalf jaar dat hij nauwelijks een woord tegen mij had gesproken, maar er werd niet veel gezegd. We wilden de ander niet horen vertellen. Het was nijd. De winters die Giuseppe doorbracht in Venas, de lente waarin ik met hem door de weilanden liep, terwijl Luca kromgebogen over een ijsmachine in Rotterdam stond.

Nu verbinden de verzwegen verhalen ons en luisteren we naar ieder woord. Bijna ieder woord. Er zijn nog steeds dingen die mijn broer niet wil horen.

Ik had uiteraard het gedicht van Shelley voorgelezen aan Giuseppe, het gedicht dat mijn wereld op zijn kop had gezet toen ik vijftien was. 'Klein is het hart waarin één liefde gloeit,/ De geest waarin maar één gedachte groeit,/ Het leven dat men aan één doelwit wijdt,/ Zijn kans verspelend op onsterfelijkheid.' Giuseppe, ook vijftien, zijn haar nog kort, had mij wat glazig aangekeken. Misschien dezelfde blik die ik in mijn ogen had gehad toen ik het gedicht voor het eerst hoorde. Uiteindelijk wist hij een reactie te formuleren, één woord: 'Mooi.' Maar Luca wil er niets van weten.

'Verveel me alsjeblieft niet met dichtregels,' zegt hij. Of: 'Kun je de poëzie erbuiten laten?'

Ik zwijg over de dichters die Giuseppe graag las, de regels die hij uit zijn hoofd kende. Ik vertel hem ook niet over de keer dat Jules Deelder op het terras had gezeten en hij hem had gevraagd om een handtekening in een van zijn bundels. 'Voor Giuseppe,' had hij erin geschreven. 'De koffie is zwart en het ijs apart.'

Frans Vogel liep soms ook langs de ijssalon, maar hij ging nooit zitten. Misschien had mijn vader hem ooit van het terras af gejaagd. Hij zag eruit als een vagebond. Je kon hem herkennen aan de plastic tas die hij altijd bij zich had. Er zaten dichtbundels in die hij probeerde te slijten aan de boekhandels in de stad.

Ik had Giuseppe verteld over de eerste keer dat er dichters uit China te gast waren op het World Poetry Festival. Het was in de jaren zeventig. Tot dan was het ondenkbaar geweest dat schrijvers het streng communistische land konden uitreizen. Er waren geen vertalingen, maar het publiek, zich bewust van de bijzondere gebeurtenis, luisterde met ontzag naar de drie dichters uit de volksrepubliek. Totdat Frans Vogel opstond en naar een van de mompelende Chinezen op het podium riep: 'Harder! Ik kan je niet verstaan!'

Giuseppe had gevraagd om de laatste bundel van Vogel, maar hij was vooral onder de indruk van het motto dat voorin stond en afkomstig was van Breyten Breytenbach: 'De functie van het gedicht is de woorden goed en hard te neuken.'

Ik zwijg over Boris Ryzji, van wie hij alles wilde weten nadat ik hem de bundel *Wolken boven E* had gegeven. Een Russische jongen die wilde zingen als een dronken hoer. Zijn poëzie was doordrenkt van weemoed en wanhoop. Hij was dichter en straatvechter. Giuseppe was gegrepen door de directe en gewone taal, de dronkenlappen en junks die voorkwamen in zijn gedichten. Ryzji had een enorm litteken in zijn gezicht. Hij vertelde dat hij het had opgelopen tijdens een vechtpartij, maar in werkelijkheid was hij als kleuter lelijk gevallen.

Zijn optreden op World Poetry was een schandalige vertoning geweest. Hij was vrijwel het hele festival dronken en liet zich door niemand in het gareel brengen. Door zijn beroerde Engels viel er ook nauwelijks met hem te communiceren. Het publiek was teleurgesteld. Ryzji wankelde achter de katheder en las zijn gedichten in de verkeerde volgorde voor waardoor ze niet overeenkwamen met de geprojecteerde Nederlandse en Engelse vertaling.

Nog geen jaar later had hij zich verhangen in zijn ouderlijk huis in het desolate Jekaterinenburg. 'Ik heb van allemaal gehouden, geen flauwekul! Jullie Boris,' had hij op een papiertje geschreven dat op zijn bureau werd gevonden. Zesentwintig jaar was hij geworden, even oud als Lermontov, maar die was doodgeschoten bij een duel waarvan hij dacht dat het niet menens was.

Ik zal mijn broer niet het ontroerende gedicht voorlezen dat Boris Ryzji op de slotavond van World Poetry had voorgedragen, dat hij voor zijn zoontje had geschreven en dat begint met de regels:

Als ik terugkom uit Nederland, geef ik je Lego,
en dan bouwen we samen een prachtig kasteel.
Je kunt jaren en mensen tot terugkeer bewegen,
en ook liefde – wat zeg ik, er is nog zoveel.

Elke keer als ik het gedicht lees, blijven mijn ogen hangen bij de regel *We gaan leven en luieren tot het gaat sneeuwen*, en dan denk ik aan de zon die Giuseppe achterna is gereisd. De zon die de ijsmaker zo weinig ziet.

In plaats van dit alles vertel ik Luca over de Tre Cime di Lavaredo, de drie kolossale rotstorens die anderhalve seconde te zien zijn als je over de weg tussen Cortina en Dobbiaco rijdt.

'Ben je met hem naar de Tre Cime gegaan?'

Ik knik. We waren er met z'n tweeën naartoe gelopen op een wolkeloze dag, een rugtas om mijn schouders, een drinkfles aan zijn riem.

'Wanneer was dat?' wil Luca weten.

Ik moet even nadenken, terugrekenen. 'Hij was zeven jaar,' antwoord ik.

Mijn broer zwijgt. Hij rekent zelf ook terug, naar de lente dat Giuseppe zeven jaar was, naar de ijssalon waar Beppi en mijn moeder allebei nog werkten, naar de smaken die hij dat seizoen had gemaakt.

'Wat vond hij ervan?' vraagt hij dan. Het heeft hem moeite gekost om niet afgunstig te zijn, om door te vragen, meer te weten te komen.

Ik herinner me dat Giuseppe steeds sneller ging lopen toen we in de buurt van de Tre Cime waren. Er zijn verschillende wandelroutes die ernaartoe leiden; een ervan begint bij een grote geasfalteerde parkeerplaats op zo'n vijftien minuten lopen van de rotstorens, maar wij waren vroeg opgestaan en hadden de hele ochtend gelopen. Giuseppe had in zijn rechterhand een stok die hij had gevonden, zijn andere hand hield ik vast. We hadden onze sweaters uitgedaan. Het was een warme meidag, vrijwel geen sneeuw op de toppen om ons heen.

De Tre Cime duiken niet opeens op, je ziet ze van een afstand, maar met elke stap in hun richting worden ze groter en spectaculairder. Giuseppe, die de hele weg honderduit had verteld over dingen die hij in de zomer wilde gaan doen, zei geen woord meer toen we over het smalle pad tussen het puin van de rotsen liepen. Het was alsof hij gehypnotiseerd was door de berg die voor ons stond. De berg die zijn vader en grootvader nooit hadden gezien. Niet van zo dichtbij.

Toen bleven we staan en keken we omhoog, naar de gigantische toppen en scherpe lijnen van de rotsen, een drietand die tweehonderdzeventig miljoen jaar geleden was opgerezen uit een tropische oerzee. Versteend koraalrif. Zijn ogen kwamen er niet van los. Het was geweldig om met Giuseppe daar te staan. Te kijken, te zwijgen, zijn ademhaling te horen. Zijn hand vast te houden, erin te knijpen met alle liefde die je in je hebt.

'Zio!' riep hij toen opeens. 'Kijk! Daar zijn mensen.'

Ik keek naar de plek die hij aanwees, halverwege de vooroverhangende noordwand van de Cima Grande. Het duurde een hele tijd, toen zag ik twee kleine stipjes. Bergbeklimmers.

'Durf jij dat ook?' vroeg Giuseppe.

'Nee.'

'Ik wel.'

Het volgende moment trok hij aan mijn hand en wilde hij via de puinhelling omhooglopen, naar de voet van de rotstoren.

'Hij wilde de Cima Grande beklimmen,' zeg ik tegen mijn broer.

Luca reageert eerst niet, maar dan glimlacht hij, alsof hij zijn eigenwijze zoontje voor zich ziet, trekkend aan de hand van zijn oom.

We zien hem beiden, trekken en proberen los te komen, net zo lang tot de schakel breekt.

Nu is het herfst en wordt het steeds vroeger donker. Het zijn de laatste dagen dat de ijssalon open is. Mensen dragen jassen, de bladeren aan de bomen zijn geel. Alleen in het weekend staat er soms nog een rij. Het is geen slecht najaar, het regent weinig.

'We praten over hem alsof hij dood is,' zegt mijn broer.

'Dat is hij niet.'

'Hoe weet je dat?'

Ik geef geen antwoord.

'Ik vroeg je iets,' zegt Luca.

Eerst wil ik blijven zwijgen, zoals hij vroeger nooit antwoord gaf als ik hem iets vroeg, maar Luca geeft niet op. Hij blijft de vraag herhalen. Zijn woorden weerkaatsen tegen de tegels van de keuken, dezelfde witte tegels die de talrijke ruzies tussen Giuseppe en mijn broer hadden versterkt.

'Omdat ik zijn vader ben.'

Het is in één keer stil, zelfs de ijsmachines lijken een moment te zwijgen. Langzaam komt het geluid terug, schraapt het mes, begint het ijs weer te fluisteren. Dan opent Luca zijn mond. Even denk ik dat hij zal ontploffen, maar hij is niet boos.

'Ik was al bang dat je dat zou zeggen,' zegt hij, 'maar ik hoop dat je gelijk hebt.' Hij kijkt me aan met betraande ogen. 'Ik kan niet zonder hem en Sophia ook niet.'

Misschien kan ik wel zonder hem. Ik was het gewend om steeds op een andere plek dan Giuseppe te zijn. Vanaf het begin, vanaf zijn geboorte. Hij was altijd een kleine stip ver weg, maar als ik lang genoeg focuste, kon ik hem zien. Zoals ik mijn broer ook kan zien in de ijssalon als ik mijn moeder aan de lijn krijg. Het is iets wat automatisch gebeurt, wat mijn geheugen doet.

Luca zou zeggen dat ik dingen verzin of verhalen verwissel om gaten op te vullen, een heel groot gat.

Toch zie ik Giuseppe voor me, lopend over straat in Mexico, in Michoacán of Colima, of over het witte strand van Chacahua, waar pelikanen zich in de golven storten en met een vis in hun bek omhoogkomen. Een klein stipje, steeds verder weg. De ijsmaker op zoek naar de eeuwige zomer.

Zou ik meer weten omdat ik zijn echte vader ben? Of kennen we hem allebei niet goed, omdat we maar een deel van hem weten?

'Soms denk ik dat ik hem al verloren had voordat hij vertrok,' zegt Luca.

Ik kan hetzelfde zeggen; ik was hem altijd al kwijt.

Er zijn momenten dat ik denk dat Giuseppe het geweten heeft, dat hij het heeft kunnen zien, zoals de moeder van Sophia het zag.

Luca en ik zijn achter in de veertig. We zijn mannen met rimpels, dun haar en kronen op onze kiezen, maar we lijken minder op elkaar dan twintig jaar geleden. Mijn broer is zwaarder en ronder, voor een deel spieren die ik niet heb. Zijn schouders zijn hard en breed. Ik ben tenger, mager zelfs in vergelijking met

Luca. De tijd heeft de verschillen tussen ons groter gemaakt. Het is niet langer alleen de kleur van onze huid. Mijn broer loopt anders, zijn rug is krom.

Op de West-Kruiskade, niet ver van de ijssalon, zit de islamitische slagerij Benali. De oude Marokkaanse slager werkt er niet meer, zijn zoons hebben de zaak overgenomen, jongens die altijd in de slagerij van hun vader hebben gewerkt. Maar zijn oudste zoon is schrijver geworden. Hij heeft een aantal romans gepubliceerd, waarvan één een bestseller was, en is naar Amsterdam verhuisd. Een leven van drukte en dromen, van boekpresentaties en jonge vrouwen die bij uitgeverijen werken, van laat opstaan. Soms neemt de schrijver de trein naar Rotterdam en heel soms zie ik hem met een van zijn broers op het terras van Venezia zitten. De slager is bleek als het tl-licht dat boven zijn hoofd hangt, hij is kalend en heeft een postuur dat een enorme kracht verraadt, maar ook vertelt hoe zwaar zijn werk is. Zijn broer heeft een donkere huid, draagt een hippe Italiaanse pet en is fit als een marathonloper. De een uitgeput, gevloerd, de ander vol energie en plannen. Een os en een hengst.

Giuseppe heeft de broers een keer bediend op het terras. Ze hadden een ijsje bij hem besteld. Hij zag de overeenkomst meteen.

'Zie je die twee?' had hij tegen zijn moeder gezegd terwijl ze hun ijs aan het scheppen was. 'Het is net alsof papa en oom Giovanni daar zitten, alleen dan jonger en Marokkaans.'

Sophia moest lachen, maar Giuseppe ging verder. 'Die met dat petje is volgens mij met jou aan het flirten,' zei hij. 'Zie je niet hoe hij naar je kijkt?'

'Het is een knappe man.'

'En zijn broer?'

Ze reageerde niet, tenminste niet direct. Ze dacht na over een antwoord. Toen zei ze: 'Die andere man is volgens mij verlegen.'

'Op wie vind je dat ik lijk?'

'Je lijkt niet op hen.'

'Dat bedoel ik ook niet.'

Sophia stopte met scheppen. 'Wat bedoel je dan?'

'Ik bedoel: vind je dat ik meer op oom Giovanni of op papa lijk?'

Ze moest in haar spatola knijpen, anders zou die uit haar hand vallen. 'Je lijkt op mij,' zei ze en probeerde te glimlachen.

'Iedereen vindt dat ik meer op mijn oom lijk.'

Giuseppe keek naar zijn moeder, maar haar ogen waren naar beneden gericht, naar het ijs in de vitrine.

'Vind je dat niet ook?' zei hij.

Sophia keek hem nu aan. 'Als je van 's ochtends vroeg tot 's avonds laat werkt,' zei ze, 'als je de hele zomer zwoegt, als je jaren in de keuken doorbrengt, dan ga je vanzelf op je vader lijken.' Ze ging verder met het scheppen van het ijs voor de slager en de schrijver. 'Maak je daar maar geen zorgen over.'

Sophia, sprookjesprinses van mijn jeugd. Het meisje dat uit de wirwar van sneeuw tevoorschijn was gekomen en mij had betoverd. De vrouw die met mijn broer was getrouwd en die met mij een kind had verwekt. De vrouw die voor verzoening had gezorgd en de familie bijeen had gehouden. Zij ligt nu in bed en komt er niet meer uit.

Het is half augustus begonnen, een week nadat Giuseppe was vertrokken. Eerst kwam Sophia steeds later haar bed uit, om elf uur, om halftwaalf, ver na het middaguur. Toen kwam ze er helemaal niet meer uit. Volgens mijn broer is het hetzelfde patroon als toen het niet lukte zwanger te raken. De geschiedenis herhaalt zich. Maar nu was er niemand om haar werk over te nemen. Luca werkte al voor twee omdat Giuseppe weg was; in de plaats van mijn moeder was Sara gekomen. Mijn broer was genoodzaakt een student aan te nemen voor de rest van de zomer, en voor de avonden in het najaar. Ik zie de jongen soms achter het ijs staan of over het terras lopen alsof hij verdwaald is en door een vreemde familie is opgevangen, een familie die geen familie meer is.

Mijn vader staat in Venas in de kelder en slijpt een nieuw hart, terwijl mijn moeder het weerbericht bestudeert in de keuken. Giuseppe is ergens in Centraal-Amerika, Luca schept in Rotterdam een ijsmachine uit. Ik vertrek morgen naar Estland.

De vrouw die de hele familie bijeen had gehouden ligt in het donker. De deur van de slaapkamer is altijd dicht. Binnen is het warm en staat de lucht stil. Sophia ligt met haar hoofd onder de lakens. Haar lange haren lijken voor eeuwig te zijn beroofd van hun glans. Mijn broer heeft me verteld dat niets haar uit het dodenrijk van haar slaap kan halen. Het ruikt muf in de kamer. Als Luca de gordijnen opzijschuift en een raam openzet, begint Sophia te schreeuwen van onder de lakens, maar het is alsof ze roept vanuit een diepe slaap. Het zijn nauwelijks verstaanbare kreten en ze stopt er pas mee als hij de kamer heeft verlaten. Ze antwoordt niet op zijn vragen. Hij mag haar niet aanraken. Hij kan haar niet troosten.

Ik loop onder de rood-wit gestreepte luifel de ijssalon binnen, voorbij de vitrines en de kassa, door de deur die naar de trap leidt. Niemand vraagt wat ik ga doen. Sara staat achter het ijs en kijkt verveeld naar buiten. Luca is in de keuken. Ik ga met zijn toestemming naar boven. 'Je hebt al eerder voor een wonder gezorgd,' had hij gezegd. Daarna ging hij verder met werken.

Toen ik de trap had beklommen om Sophia te bevruchten had ik steeds een trede overgeslagen en toen ik naar haar toe was gegaan om mijn pasgeboren zoon te zien, was ik de trap over gevlogen. Ditmaal hoef ik niet naar de zolder, maar doe ik langer over de beklimming. Ik hou de leuning vast en hoor de treden kraken onder mijn schoenen. Ik vraag me af waarom ik dit doe, welke plicht ik nog moet vervullen. Waarom ik niet rechtsomkeert maak, onder de luifel door loop en zelf verdwijn.

Een regel van Boris Ryzji zingt in mijn hoofd. *Je kunt jaren en mensen tot terugkeer bewegen*. Maar ik betwijfel of het wonder herhaald kan worden. Sophia zal niet in een jurk met pioenrozen de deur opendoen, ze zal geen blos hebben, geen vlecht van gouden haren. Deze keer zal ze met droge lippen en kringen om haar ogen in bed liggen. Afwezig, uitgeput door het verdriet. Ze wacht op Giuseppe. Alleen zijn terugkomst kan haar uit deze rouw halen.

Ik loop door de eetkamer naar de slaapkamer van Luca en Sophia. Op tafel staan nog de borden en glazen van het avondeten. Vliegen storten zich op de etensresten. Het aanrecht is vol, in de gootsteen liggen aangekoekte pannen. Het is alsof er al een stok in de tandwielen is gestoken. Mijn broer kan niet zonder Sophia en de ijssalon kan niet zonder Giuseppe. Misschien dat hij het een paar seizoenen zal redden, dat extra personeel zal helpen, maar uiteindelijk heb je een zoon nodig, een opvolger.

Giuseppe had de ijsmachines op de dag van zijn geboorte tot stilstand gebracht, nu zouden ze misschien voorgoed tot stilstand komen.

Ik leg mijn hand op de deurklink, maar ga nog niet naar binnen. Er is niets te horen achter de deur. Geen geritsel van lakens, geen gehoest, geen gesnurk. Sophia ligt bewegingsloos in bed. Ik weet niet of ze naar mij zal luisteren, of mijn woorden haar kunnen wekken uit haar verdoving. Weten wij veel hoe een hart werkt? Hoe je het de pijn kunt laten vergeten, hoe je het weer hoop kunt geven?

Dan druk ik de klink naar beneden en open de deur. De scharnieren piepen, de warmte slaat me in mijn gezicht. Het is donker en doodstil. Het duizelt mij als ik de kamer binnenstap. Alles draait.

Een begin, een einde

Giuseppe keerde terug na twee ijskoude winters en een zomer die was bezongen door de cicaden. Luchten van lazuur, dagen van sint-janskruid, klaver en duizendblad. De tijd was machtig en lui voortgeschreden in het Cadore-dal, had de seizoenen ontrold en weer binnengehaald. Bomen waren omgehakt, koeien hadden gekalfd, jongens waren mannen geworden. Maria Grazia voelde hun blikken op haar lichaam, maar ze liep snel door als ze op straat werd aangesproken. Ze verstopte zich op haar kamer of ging naar het bos, bezocht plekken waar ze met Giuseppe was geweest. Ze vond ze allemaal terug, de plek waar het licht in spaken tussen de stammen viel en waar ze naar dennenappels hadden gezocht, het weiland waar ze paardenbloemen hadden geplukt, het stukje gras waar ze als een levensgrote klok in hadden gelegen. Alleen de Antelao durfde ze niet te beklimmen.

Er was een jaar voorbijgegaan sinds Giuseppe was verdwenen. Niemand had er iets van begrepen. Zijn moeder had dagenlang in zijn kamer op hem gewacht, het raam open waardoor hij naar buiten was geklommen. Hij was in het schemerdonker van de vroege ochtend vertrokken zonder een brief achter te laten, hij had zijn broers en zussen niets verteld. Maria Grazia had het mysterie kunnen oplossen, maar ze durfde de moeder van Giuseppe niet te zeggen wat er was gebeurd in de nacht voor zijn vertrek. De nacht waarin ze hem haar liefde had betuigd en gesmeekt had om een kind. Ze hield het als een geheim in zich. Op sommige momenten werd ze verteerd door schuld, maar er waren ook dagen dat ze niet kon geloven dat Giuseppe door haar was weggegaan. Wat had ze verkeerd gedaan? Ze had haar lichaam aan hem laten zien, haar blanke borsten en amberkleurige tepels.

Niemand wist waar Giuseppe was. De eerste dagen werd er door alle mannen in het dorp gezocht: de spijkersmid, de sleutelmaker, Enrico Zangrando, zijn vader, die altijd had gefloten als hij buiten was, maar nu stilletjes door de natuur liep. Ze maakten lange tochten in de bergen en stonden op de gletsjer van de Antelao. Ze dachten dat hij was gevallen bij het oogsten van de sneeuw.

Ook in de herfst, twee maanden later, toen de geur van geroosterde kastanjes de straten van Wenen vulde en de houtzager met zijn kachel op de hoek van de Volksgarten stond, werd er naar hem uitgekeken. Heel even dacht Bruno hem te zien, aan de overkant van de straat, maar toen hij Giuseppes naam riep, wist hij al dat het iemand anders was, een jongen met dezelfde sterke schouders en donkere haren, maar met een ander gezicht. Verfijnd en onbezorgd.

Ondanks de tijd die almaar voortschreed bleef Maria Grazia geloven in Giuseppes terugkomst. Ze wist zeker dat hij aan haar dacht, waar hij ook was. Ze wachtte op hem. De hele zomer lang. De boeren haalden nog eenmaal het gras binnen, vruchten werden gekookt en in potjes geconserveerd. Hagelstenen zo groot als walnoten vielen uit de hemel toen het donderde boven de dorpen.

'Hoe lang wil je op hem blijven wachten?' vroeg haar moeder.

Maria Grazia gaf geen antwoord. Ze keek naar buiten, naar de zwarte wolken.

'Wil je alleen blijven?'

Weer geen antwoord, alleen een rimpel in haar voorhoofd die dieper werd. Ze had haar dochter twee dagen geleden uit het bos zien komen. Ze hield de zoom van haar jurk vast en keek naar de dennenappels die ze erin had verzameld.

'Maria Grazia,' zei haar moeder. 'Ik vroeg je iets. Wil je alleen blijven?'

'Nee.'

'Dan moet je om je heen kijken en niet de hele tijd naar de grond.' Ze bekeek haar dochter, die mooier was dan haar andere dochters. De mooiste van het dorp. Ze kon het niet langer aanzien. Het verdriet om haar mond, het waas dat haar ogen bedekte. 'Hij komt niet terug,' zei ze. 'Je moet hem vergeten. Je moet naar iemand anders op zoek, een man die niet zomaar wegloopt, die in de ochtend opstaat en gaat werken. Hoor je me? Hij komt niet terug!'

Ze had niet geluisterd. Maria Grazia had haar moeder horen praten, maar ze had de woorden niet toegelaten. Ze wist dat hij op een dag op hun deur zou kloppen, zoals hij ook in haar jeugd had gedaan. Ze kon hem zien lopen door het dorp. Vuile kleren, versleten schoenen, eindelijk terug van een verre reis. Ze had dromen, helder als visioenen.

Haar hart was niet klein, zoals in het gedicht van Shelley, het hart waarin slechts één liefde gloeit. Het hart van Maria Grazia was sterk en onvermurwbaar.

Ook toen de zomer voorbij was, bleef ze op hem wachten. De herfst die volgde was mild, maar nat. De wolken zaten opgesloten tussen de bergen. Het regende vijf dagen achter elkaar. De straten werden schoongespoeld, het water van de Piave was bruin als roest. Toen kwam de tweede winter, nog kouder dan de eerste. De temperatuur zakte tot twintig graden onder nul, de wind was scherp als een zeis. Wie niet naar buiten hoefde, bleef binnen. Bij de brandende kachel. Hiervoor waren bomen omgehakt en stammen gekliefd. Hiervoor was in het hart van de zomer een enorme voorraad hout aangelegd. Pas in januari viel de sneeuw. De meesten hadden het geweten. Het hing in de lucht, je kon het ruiken. In een uur waren de weilanden wit en tegen de avond lag er een dik pak op de daken.

Kinderen kwamen de volgende ochtend hun huis uit en renden met rode wangen door de sneeuw. De zon bracht licht en warmte, de hemel was korenblauw. Mensen schepten de sneeuw van hun stoep, straten werden vrijgemaakt met behulp van ossen, die wolkjes bliezen uit hun natte neusgaten. Alleen Maria Grazia bleef binnen. Ze was op haar kamer en had de dekens over haar hoofd getrokken om de vrolijke geluiden van buiten niet te hoeven horen.

Het meisje dat zich in haar jeugd als een zonnebloem had gedraaid naar de zon en dat met paardenbloemenmelk kringetjes had gemaakt op haar armen. Het meisje dat in één zomer een vrouw was geworden en jongens de adem had benomen door in hun ogen te kijken terwijl ze haar mond een klein beetje openhield. Zij lag in bed en kwam er niet meer uit.

Een doodzonde, vonden de mannen in het dorp. Maar geen van hen was in staat om Maria Grazia uit haar sluimer van smart te wekken.

Januari veranderde in februari, werd maart. Alles smolt, slonk, sijpelde en verzwond, behalve de sneeuw op de gletsjers, de halsketting die om de top van de Antelao lag. Giuseppe zag de glinstering van grote afstand en hij wist dat hij bijna thuis was. Zijn kleren waren inderdaad vuil, zijn zolen versleten. Hij was bijna twee jaar weg geweest. Zijn neus en zijn voorhoofd waren bruinverbrand.

De eerste persoon die hem in het Cadore-dal zag, was zo verbijsterd en verheugd dat hij nauwelijks had geluisterd naar zijn woorden. Volgens de metselaar Pietro Zaetta zou Giuseppe hebben gezegd: 'Bleekgezicht, gegroet zij u.' Maar geheel zeker was hij daar niet van.

Het nieuws bereikte het dorp eerder dan Giuseppe zelf, het

ging door alle straten en alle huizen. Zijn vader, zijn moeder, zijn broers en zussen waren naar buiten gekomen en naar de doorgaande weg gelopen. In de verte dook hij op, een zwarte stip die steeds groter werd. Ze konden niet wachten om hem in hun armen te sluiten.

Maria Grazia had de dekens van zich afgeslagen en was uit bed gestapt. Ze had mensen horen schreeuwen, kreten van ongeloof en vreugde. Kinderen hadden zijn naam geroepen. Haar benen moesten wennen aan het gewicht dat ze moesten dragen, haar ogen aan het licht buiten. Het was alsof ze nog steeds van hem droomde toen ze hem zag. Hij was een reus geworden, sterker en groter dan toen hij weg was gegaan. Hij had een wolkenkrabber gebouwd, een spoorweg aangelegd.

Giuseppe werd naar binnen getrokken door zijn moeder, maar dezelfde avond nog klopte hij op de deur van zijn buurmeisje. Ze keek in zijn ogen, donkerblauwe ogen die de Atlantische Oceaan hadden gezien en de onmetelijke leegte van de Great Plains. Giuseppe keek niet weg. Hij was niet bang meer. Hij bleef naar haar kijken en zag hoe mooi ze was, ondanks haar droge huid en doffe haren. De schoonheid die sterker is dan al het andere.

In zijn kartonnen koffer had een indianentooi gezeten en een spijkerbroek waarvan de zakken waren gevuld met rood zand, afkomstig van de steppes in Zuid-Dakota. Hij had bielzen gelegd onder de brandende zon, hij had op buffels gejaagd in Wyoming en hij had in New York een vrouw nagekeken die een zijden jurk droeg en wier parfum hem had bedwelmd, maar hij was teruggekomen. De draden waren niet geknapt, het rag was nog intact, had hem naar haar gebracht.

En nu was het lente. Op de hoogste toppen lag sneeuw. Het gras op de weilanden werd groen, bij de rivier rook het naar gezaagde planken. Giuseppe ging met Maria Grazia naar de Antelao en roofde sneeuw van de koning. Ze beleefden alles opnieuw. Hij zag de kleine parels op haar neus, zij zag de natte plekken op zijn kleding. Ze moesten hun ogen dichtknijpen in het verblindende licht, er kwam damp van zijn blote armen. De sneeuw smolt in de rieten mand.

Beneden in het dal, in de kelder, bracht hij het wiel van de ijsmachine in beweging, het wiel dat zo lang had stilgestaan. Ze maakten sorbet van abrikozenjam en aten het met z'n tweeën op, lepel voor lepel, maar de dagen erop verkocht Giuseppe verschillende smaken ijs langs de doorgaande weg, waar steeds meer mensen naartoe kwamen. Het eelt groeide op zijn duim, haar huid nam de kleur van honing aan, haar lange haar glansde in de zon.

Hij was niet meer bang en sprak de taal van de liefde. Hij gaf haar een baby. De vader van mijn vader, mijn opa. En zo bleef de ijsmachine draaien.

Lijst van geciteerde gedichten

Verantwoording

Ik ben grote dank verschuldigd aan de familie Olivo van ijssalon Venezia in Rotterdam. Zij hebben uitgebreid de tijd genomen om mij te vertellen over hun familiegeschiedenis, steevast bij een ijsje, milkshake of espresso. Ook hebben ze mij verwelkomd in Venas di Cadore, waar ik werd voorgesteld aan andere familieleden en ijsmakers die mij onontbeerlijke informatie verschaften.

Ik ben zeer veel dank verschuldigd aan Bas Kwakman, directeur van het Poetry International Festival in Rotterdam. Hij heeft mij in verschillende gesprekken uitvoerig over zijn werk en zijn reizen verteld. Ook mocht ik zijn collectie tekeningen van hotelkamers inzien. Ik ben hem erkentelijk voor zijn openheid.

Ik wil Dorine de Vos bedanken voor de heerlijke en rustige plek ('de dienstbodekamer') waar ik dit boek heb kunnen schrijven, en voor de talloze espresso's die ze voor mij heeft gemaakt.

De vertaling van 'Ma il cielo è sempre più blu' van Rino Gaetano is van Manon Smits.

De volgende bronnen zijn van meer of minder belang geweest:

– Frank Bovenkerk e.a., *Italiaans ijs. De opmerkelijke historie van de Italiaanse ijsbereiders in Nederland*, 1984
– Elizabeth David, *Harvest of the Cold Months. The Social History of Ice and Ices*, 1994
– Pim Reinders, *Een Coupe Speciaal. De wereldgeschiedenis van het consumptie-ijs*, 1999
– Harry Oltheten, *Elio Talamini. Entrepeneur en visionair*, 2005